W0412066

Heiße Spur

Sommerliche Krimigeschichten

Herausgegeben von
Aleksia Sidney

Oktopus

Für den Blick hinter die Verlagskulissen:
www.oktopusverlag.ch/newsletter

Ein Oktopus Buch bei Kampa

Alle Rechte vorbehalten
Copyright © 2024 by Kampa Verlag AG, Zürich
www.oktopusverlag.ch
Covergestaltung und Satz: Lara Flues, Kampa Verlag
Covermotiv: © Paul Thurlby
Illustration originally created for Cabourg Mon Amour
Gesetzt aus der Stempel Garamond LT / 240125
Druck und Bindung: GGP Media GmbH, Pößneck
Auch als E-Book erhältlich
ISBN 978 3 311 30066 3

Inhalt

T. C. Boyle

Schluss mit cool

Zuerst waren da die Jugendlichen am Strand. Wie alt waren sie: fünfzehn, sechzehn? Große, hässliche Kids in zu großen Shorts mit Frisuren wie aus einem Abschlussalbum von 1963: Bürstenhaarschnitt, keine langen Matten – aber was wussten diese Kerle von 1963? Sie waren angesoffen, es war halb zwei Uhr nachmittags, und sie hatten sich wohl Tequila und eine Großflasche Bier in irgendeinem Laden besorgt oder die Hausbar von einer ihrer Mütter geplündert, und was hieß es schon, dass er in ihrem Alter genau das Gleiche getan hatte, *na und?* – das war damals gewesen, und das hier war jetzt. Angesoffen waren sie, und sie hatten einen Hund dabei, einen Retriever, bei dem noch eine andere Rasse mitgemischt hatte, das sah man um die Ohren, an der Schnauze und am starken Watschelgang der Hinterbeine. Sie warfen einen Stock für ihn – ein Stück Treibgut, mit Teer und Entenmuscheln überzogen –, und der Hund brachte ihn zurück. Jedes Mal, wenn er brav apportiert hatte und der Stock erneut in den feinen Saum der Brandung flog, brachen sie vor Lachen beinahe zusammen, klopften einander auf die frisch tätowierten Schultern und zerkugelten sich halb auf dem Sand, weil nichts auf der Welt witziger war als dieses Schauspiel. Wahrscheinlich waren sie außerdem noch stoned.

»Willst du ’nen Hund kaufen?«, riefen sie jedem zu, der den Strand entlangging. »Echt billig. Spottbillig.«

Sie fragten auch ihn – sie fragten Edison, Edison Banks –, als er durch den Sand stapfte, um sein Handtuch an der geschützten Stelle zwischen den Felsen auszubreiten, wo er seit einer Woche jeden Nachmittag hinkam, um sich auszustrecken und sein schmerzendes Knie ruhigzustellen. Er hatte vor Kurzem einen arthroskopischen Eingriff im rechten Knie gehabt, das jetzt geschwächt war, und die Tylenol-Codein-Tabletten, die sie ihm mitgegeben hatten, kratzten kaum auch nur an der Oberfläche des Schmerzes. Aber das Gehen im Sand war eine gute Übung – es kräftigte die Muskeln, hatte der Chirurg jedenfalls gesagt. »He, Alter«, hatte der hässlichste der drei gerufen, »willst du ’nen Hund kaufen?«

Edison trug Shorts, die fast ebenso groß waren wie die gestärkten Totenlaken, die sich diese Jungen irgendwie um ihre nicht vorhandenen Hüften gewickelt hatten, er hatte seine Lakers-Mütze verkehrt herum aufgesetzt, dazu ein zu großes T-Shirt und eine bunte Perlenkette, die Kette, die er schon immer getragen hatte, seit bunte Perlen damals 1969 erfunden worden waren. »Danke nein«, sagte er, ein bisschen mürrisch und leicht genervt von der Welt im Allgemeinen und diesen drei Jugendlichen im Speziellen, »hab vorhin einen zum Frühstück gehabt.«

Damit war die Unterhaltung beendet, und an einem besseren Tag wäre auch die ganze Begegnung vorbei gewesen, man hätte umgeblättert und weitergelebt. Edison wollte in der Sonne liegen, durch den tiefen Sand knapp über der Wasserlinie wandern, vielleicht hundert Meter in jeder Richtung, ein paar Schwimmstöße in der Brandung tun und das Codein gegen den Schmerz wirken lassen, bis es Zeit für Cocktails war – sonst nichts, so hatte er sich den Tag vorgestellt, abends dann irgendwo essen und eventuell noch ins Kino gehen. Aber die Jugendlichen ließen es nicht damit bewenden. Sie sahen in Edison nicht einen der Ihren, sein Witz gefiel ihnen nicht, ebenso wenig wie sein ergrauendes Soul-Bärtchen oder der silberne Knopf in seinem linken Ohr. Sie sahen in ihm ein lahmes, verkniffenes Fossil, in derselben Preisklasse wie ihre gelifteten Mütter, ihre durchgebrannten Väter und die diversen Lehrer, Schuldirektoren, Deputy-Sheriffs und Disco-Rausschmeißer, die jeder neue Tag durch ihr Leben spülte wie eine stinkende Algenbrühe. Sie schenkten ihm ein paar kalte, abschätzige Blicke und spielten weiter mit dem Hund.

Und *damit* hätte es dann endgültig gut sein können, aber kaum hatte Edison es sich auf dem Handtuch bequem gemacht, die Sonnencreme und sein Buch hervorgekramt, da kam der Stock in seine Richtung gesegelt. Und nach dem Stock, wenige Sekunden später, folgte der Hund, der nasse Hund, dieser hechelnde, winselnde, Sand und Wasser um sich schleudernde Hund mit seinem höchst eigenen Gestank nach Nässe. Der Stock wurde weggenommen, nur um gleich wieder zu ihm zurückgeschleudert zu werden, diesmal landete er einen halben Meter von ihm entfernt, sodass ihm etwas Sand ins Gesicht spritzte. Wollten die ihn etwa provozieren? Oder waren sie einfach nur besoffen und unachtsam? Nicht, dass es einen großen Unterschied bedeutete. Wenn dieser Stock nämlich noch einmal in seine Richtung flog, würde er handgreiflich werden.

Er versuchte, sich auf das Buch zu konzentrieren, in seinen Augen brannte der Schweiß, der Geruch der Sonnencreme trug ihn an die Strände von früher zurück, die Sonne war wie eine feste heiße Hand, die sich ihm auf die Schultern und die schweren Knoten seiner Waden drückte. Das Buch war nichts Besonderes – irgendein Schund über eine einarmige Detektivin, die ihre Fälle in einer Stadt am Meer voller reicher Leute löste, ähnlich wie die, in der er selbst lebte –, aber es hatte auf dem Tisch im Flur gelegen, als er zur Tür hinausgehinkt war, ein Überbleibsel von Kim. Kim war jetzt seit drei Wochen weg, verschwunden mit dem Z3 Roadster, den er ihr gekauft hatte, einer Ladung Schmuck und einer gesunden Auswahl von schulterfreien Kleidern und offenen Sandalen. Er rechnete jeden Tag damit, von ihrem Rechtsanwalt zu hören. Und natürlich von der Kreditkartengesellschaft. Von denen auch.

Als es das nächste Mal passierte, das letzte Mal, verfehlte ihn der Stock nur knapp, dass er ihn heranschwirren hörte wie einen Bumerang, und ehe er reagieren – geschweige denn sich ducken – konnte, lag das Ding da, unmittelbar neben seinem Ellenbogen, und da wälzte sich auch schon die hechelnde schwarze Gestalt des Hundes in einer Explosion aus Sand und Speichel über ihn. Edison ließ sein Buch fallen und fuhr aus dem Sand hoch, die Ebbe zog sich überall am Strand mit einem gedehnten langsamen Seufzer zurück, die Möwen kreischten, Kinder jauchzten im flachen Wasser. Sie grinsten ihn an, die drei Typen, sie lachten über ihn, aber jetzt war er auf den Beinen, jetzt kam er auf sie zu, seine Lippen bildeten eine eng zusammengekniffene Linie, die Venen an seinem Hals pulsierten, und das Grinsen erstarb auf ihren Mienen. »He, Jack«, schnarrte er in seinem bösartigsten New-Yorker-in-Kalifornien-Tonfall, »was dagegen, wenn du deinen beschissenen Stock mal woandershin schmeißt? Oder muss ich ihn dir stattdessen in den Arsch rammen?«

Sie waren noch halbe Kinder, flache Bäuche, ihre Anfängermuskeln entwickelten sich an den Oberarmen und Schultern wie ein lange aufgeschobenes Versprechen, nur Kinder, und er war ein Mann – und zwar einer, der recht gut in Form war, abgesehen von dem Knie. Er hatte hier das Sagen. Das hier war sein Strand – jedenfalls der Strand der Gemeinde, und er gehörte zu dieser Gemeinde, zahlte genug Steuern jedes Jahr, um sämtliche Straßen neu asphaltieren und der gesamten Polizei neue Uniformen und goldverzierte Schlagstöcke ausgeben zu können. Zudem waren Hunde auf diesem Strand verboten, außer an der Leine (*Hundeleinenzwang*, stand auf dem Schild, und er hatte im Scherz einmal zu Kim gesagt, sie müssten demnach eigentlich einen Hund kaufen und ihn anleinen, sonst würden sie gegen das Gesetz verstoßen), und Trinken war hier auch verboten, für Minderjährige überhaupt.

Einer der Jugendlichen, der mit der schwarzen Stoppelfrisur und dem fahrigen Blick, murmelte eine Entschuldigung – »Wir konnten doch nicht wissen« oder etwas in der Richtung, aber der große Typ, der Hässliche, der die Sache überhaupt ins Rollen gebracht hatte mit seiner bescheuerten Frage, ob er einen Hund kaufen wollte, blieb einigermaßen hartnäckig und sagte: »Ich heiß nicht Jack.«

Niemand rührte sich. Edison stand schwankend auf der Stütze seines gesunden Beins, das rechte Knie war immer noch rot und geschwollen, und die beiden blonden Jungen – es waren Brüder, das sah er auf den ersten Blick, da war etwas an den verkniffenen Mündern und den Augen, die zu eng zusammengepresst schienen, als wäre irgendwie nicht genug Platz auf der Leinwand für sie gewesen – verschränkten die Arme vor ihren gebräunten Brustkästen und musterten ihn mit verächtlichen Blicken.

»Na schön«, sagte er. »Bitte. Vielleicht möchtest du mir dann erzählen, wie du stattdessen heißt, na?«

Hinten auf der Straße, an der Böschung hinter dem Strand, bog eine Frau in einem aquamarinblauen Porsche Boxster in den letzten freien Platz in der langen Reihe geparkter Wagen ein und hielt dabei kurz inne, um ein Radfahrertrio vorübersausen zu lassen. Die Palmen ragten reglos über ihr auf. Kein Windhauch rührte sich. »Ich muss dir gar nichts erzählen«, sagte der junge Kerl, zog sich mit zitternden Händen den Stummel eines Joints aus einer der beutligen Taschen seiner Shorts und hielt ein Streichholz dran. »Weißt du, was ich dir sage? Du kannst mich mal, du Arsch.«

Und nun kam der Hund, am ganzen Leib bebend, ein fließendes Spiel der Muskeln, ließ den Stock vor den Füßen des Jungen fallen, und Edison erwiderte: »Nein«, wobei seine Stimme ihm in den eigenen Ohren wie eine Explosion erschien, »nein, du kannst *mich* mal!«

Er stand drei Meter von ihm entfernt, vielleicht auch

vier, und war so im Augenblick gefangen, dass er die Sinnlosigkeit nicht erkannte, die darin lag, hier auf dem öffentlichen Strand mit einem Haufen von besoffenen und rettungslos weltverdrossenen Jugendlichen Beschimpfungen auszutauschen – dabei war er dreimal so alt wie diese Halbstarken. Was war nur los? Was sahen sie in ihm? Und wieso hatten sie gerade ihn ausgesucht? Wieso ihn und nicht einen der richtig alten Knacker von vorgestern, die überall am Strand herumratzten mit ihren Bierbäuchen und den knochigen bleichen Beinen und den engen Badehosen, die ihnen in der Arschritze klebten wie geriatrische Einlagen?

In diesem Moment riss der hässliche Kerl dem Hund den Stock aus dem Maul und schleuderte ihn mit aller Kraft, die er aufbieten konnte, in Edisons Richtung, ein gewaltiger, ungestümer Wurf, der ihm das hölzerne Ding mit derartiger Wucht gegen die Brust knallte, dass er rückwärts in den Sand flog, während die Jugendlichen das Weite suchten und ihr hartes, schrilles Gelächter in seinen Ohren verklang.

Dann kam die Bar, die Szene an der Bar um vier Uhr nachmittags, die Sonne stand noch hoch am Himmel, und es waren keine anderen Gäste da. Edison hatte es nicht einmal für nötig befunden, zum Umziehen nach Hause zu gehen. Ins Wasser hatte er keinen Fuß gesetzt – er war zu wütend, zu aufgebracht, aufgekratzt und ausgebrannt, abgesehen von ein wenig getrocknetem Puderzuckersand an den Knöcheln und dem dunklen Fleck mitten auf seinem T-Shirt hätte niemand erraten können, dass er am Strand gewesen war – und wenn schon? Das hier war Kalifornien, ein Strand-Land, wo der Typ am Nebentisch in dem ausgeblichenen Hemd und den Supermarkt-Plastiktaschen für einsneunundzwanzig wahrscheinlich einen Kontostand hatte, der höher war als das Bruttonationalprodukt von einem halben Dutzend Dritte-Welt-Länder. Heute jedoch saß niemand am Nebentisch – der Laden lag verlassen da. Bis auf den Barkeeper, hinter sich den dem Alkohol geweihten Schrein, und eine großgewachsene, schlanke Cocktailkellnerin mit blauen Augen, Grübchen und Haaren, die schwarz schimmerten wie die Teerklümpchen draußen auf dem Strand.

Er bestellte sich eine Margarita on the rocks, Tequila vom oberen Bord, kein Salzrand, und kaute mürrisch auf einer Handvoll Erdnüssen, die optisch und geschmacklich an beschichtete Sägespäne erinnerten, seine dunklen, blutunterlaufenen Augen schweiften durch den Raum, vom Fernseher über die Kellnerin zum Spiegel hinter der Theke und wieder zurück. Sein Herz pochte immer noch heftig, obwohl er den Strand vor einer halben Stunde verlassen hatte – als gedemütigter, gebrechlicher Mann von tausend Jahren hatte er sich gefühlt, als er seine Sachen zusammenpackte und die Stufen zu seinem Auto hinaufhinkte. Es war irrational, er wusste es ja, eine Verlierersituation, aber er konnte an nichts anderes als an Rache denken – Rache? Eher schon an Mord, deshalb hatte er methodisch die Straßen in Strandnähe durchkämmt, eine schmale Gasse entlang, die nächste wieder zurück, und nach Anzeichen seiner drei Widersacher gesucht. Jedes Mal, wenn er um eine Ecke bog und weiter vorn eine Bewegung sah, war er sicher, sie wären es, besoffen und zugekifft und völlig unbekümmert würden sie einander klatschend die eingerollten Handtücher über den Rücken ziehen, sich herumschubsen und -stoßen, lauthals in der Welt herumkrähen. Und er, er würde sie überrumpeln, das Lenkrad herumreißen und schräg auf den Gehsteig fahren, um ihn den Weg abzuschneiden, und dann wäre er über ihnen, würde dem großen Burschen die Visage einschlagen, wieder und immer wieder, bis er ihm das Grinsen herausgeprügelt hätte …

»Noch einen?«, fragte der Barkeeper. Edison hatte ihn erst ein paar Mal gesehen – er hatte die Tagschicht, und Edison kannte seinen Namen nicht, ebenso wenig wie der Barmann Edisons kannte – und hatte keine richtige Meinung über ihn. Er war jung, achtundzwanzig, dreißig vielleicht, tief gebräunt und mit demselben Grundhaarschnitt wie die Kids am Strand, allerdings nicht ganz so kurzgeschoren. Edison entschied, dass er ihn mochte, er mochte sein Auftreten, die Surfer-Statur und die goldenen Strähnchen und sein Lächeln, das aussagte, dass er einfach jede verdammte Minute seines Lebens auf Erden genoss.

»Ja, nehm' ich«, sagte Edison, dabei stellte er fest, dass durch den ersten Drink, wohl im Verein mit dem Codein, die Wörter wie aus einer schlecht geölten Maschine herauskamen, alle Bauteile verklebt und festgeklemmt, »und dann lassen Sie mich mal die Karte sehen. Sie haben doch eine Speisekarte in dieser Bar?«

Die Cocktailkellnerin – sie war umwerfend, wirklich, eine große Frau, größer noch als der Barkeeper, hübsche Beine und wunderschöne Füße, die hoch auf einem

Paar schwarzer Plateauclogs standen – schenkte ihm ein Grübchengrinsen, als er den Kopf leicht neigte, um sie in die Unterhaltung einzubeziehen.

Klar hatten sie eine Speisekarte in der Bar, sicherlich, aber momentan gab es nicht viel mehr als rohes Gemüse oder einen Salat, bis die Küche um sechs fürs Abendessen öffnen würde – ob ihm das reichte, oder wollte er lieber warten? Edison erhaschte einen Blick auf sein Spiegelbild hinter der Theke, was ihn zusammenzucken ließ. Anfangs erkannte er sich gar nicht, irgendein älterer Jammerlappen musste auf den Barhocker neben ihm gerutscht sein, während er von der Kellnerin abgelenkt war, aber nein, da war die umgedrehte Lakers-Mütze und die Sonnenbrille und die offen stehende Senkgrube seines Mundes, oberhalb des Soul-Bärtchens und des Kinns, das nicht annähernd so kantig wirkte, wie es eigentlich sollte. Und seine Haut – wie war nur seine Haut so gelb geworden? War das Hepatitis? Trank er etwa zu viel?

Der Barkeeper ging ans andere Ende der Theke, um einen imaginären Fleck von der Mahagoniplatte zu wischen und ein halbes Dutzend Limetten in saubere Dreiecke zu verwandeln, und die Cocktailkellnerin widmete sich auf einmal intensiv der Registrierkasse. Im Fernsehen, knapp über der Hörbarkeitsgrenze, brabbelte jemand etwas über die Mechanik des Golfspiels, während die Kamera über endlose Weiten von smaragdgrünen Fairways zog und ein winziger weißer Ball auf einer bogenförmigen Bahn in den fernen Himmel aufstieg. Ein ewiger Moment hing in der Schwebe, und Edison bemühte sich, nicht darüber nachzudenken, was ihm am Strand geschehen war, aber es war sehr wohl da, nagte an ihm wie ein Kummer, und dann stand wieder der Barkeeper vor ihm. »Was ausgesucht?«

»Ich glaube, ich…«, begann Edison, doch in diesem Augenblick schwang die Tür auf und eine Frau mit einer wilden Mähne gebleichten Haars betrat die Bar und setzte sich auf einen Hocker drei Plätze weiter, »ich… ich weiß nicht, ich glaube, ich überleg's mir noch.«

Wer war sie? Er hatte sie schon in der Stadt gesehen, da war er sich sicher.

»Hallo, Carlton«, sagte sie und winkte dem Barkeeper mit zwei Fingern zu, während sie sich gleichzeitig umdrehte, um der Kellnerin ein »Hallo, Elise« hinüberzuflöten. Indem sie sich wieder auf dem Hocker gerade hinsetzte, warf sie Edison einen langen kühlen, abschätzenden Blick zu und grüßte auch ihn. »Martini«, instruierte sie den Barkeeper, »drei Oliven, kalt, aber ohne Eis. Und gib mir ein Wasser dazu. Ich sterbe.«

Sie war eine große Frau, ähnlich wie das Jeans-Model, das vor ein paar Jahren diesen alten Tatterkadaver von Millionär geheiratet hatte und dann vom Antlitz der Erde verschwand, groß, aber sexy, sehr sexy, und was sie hatte, zeigte sie her in ihrem engen schwarzen Top – und wie lange war es eigentlich her, dass Kim ihn verlassen hatte? Edison jedenfalls, dem das T-Shirt noch feucht auf dem Brustbein klebte, lächelte zurück.

Die Unterhaltung begann er. Er war ihr schon irgendwo begegnet, oder? Ja, sie hatte eine Eigentumswohnung ein Stück die Straße runter. Ob sie öfter hierherkam? Achselzucken. Ihre Haarwurzeln waren schwarz, und beim Sprechen grub sie die Finger tief hinein, massierte sich nebenbei den Kopf. »Paar Mal die Woche oder so.«

»Ich heiße Edison«, sagte er und lächelte dabei, als meinte er es ehrlich, und das tat er auch. »Und du bist…?«

»Ich bin Sukie.«

»Cool«, sagte Edison, der jetzt in seinem Element war und lächelte, lächelte. »Hab noch nie eine Frau getroffen, die Sukie hieß. Ist das dein richtiger Name?«

Sie fuhr sich mit den Fingern ins Haar und schüttelte heftig den Kopf, sodass die ganze aufgetürmte Pracht zum Leben erwachte. »Nein«, sagte sie.

»Das ist ein Spitzname?«

»Nein.«

»Aha, du willst mir deinen richtigen Namen also nicht sagen?«

Sie zuckte wieder die Achseln, eine elegante Geste ihrer breiten Schultern, die durch den gesamten Körper weiterbebte und erst in ihrem lässig wippenden Fußknöchel auslief. Sie trug einen blaugemusterten langen Baumwollrock und Sandalen. Ohrringe. Make-up. Und wie alt war sie? Fünfunddreißig, vermutete er. Fünfunddreißig und geschieden. »Und was ist mit dir?«, fragte sie. »Was ist denn Edison für ein Name?«

Jetzt war er am Ball. Er hob beide Arme und stellte die Handflächen zur Schau. »Mein Vater fand, ich sollte Erfinder werden. Aber vielleicht hast du trotzdem von mir gehört, von meiner Band, meine ich – ich hatte vor ein paar Jahren mal eine Band, die nach mir benannt war.«

Sie zwinkerte nur kurz.

»*Edison Banks.* Hast du je von ihnen gehört – also

von uns? Anfang der Achtziger? Warner Brothers? Die ›Downtown-LP‹?«

Nein, sie hatte von gar nichts gehört.

Na schön. Er wusste, wie er diese Tour spielen musste, obwohl er etwas außer Übung war: zunächst ein kleiner Rückzieher – »Na ja, wir waren nicht wirklich groß, ich weiß nicht« –, und dann eine lockere Erwähnung der wahren Feuerkraft, die er aufbringen konnte: »Das war noch, bevor ich zum Fernsehen ging.«

Aber die Situation schlug abrupt um, denn kurz bevor sie die Lippen zu einem Schmollmund wölben und »Fernsehen?« gurren konnte, flog lärmend die Tür auf, und die Sonne, die Straße und drei Typen in Anzügen kamen herein, alle sehr jung, mit Frisuren, die ihnen um die Ohren nachjagten, und Zähnen, die eigentlich auf Plakate für die Landesversammlung des Mundhygienikerverbands gehört hätten. Einer von ihnen nannte sich Lyle, wie sich später herausstellte, und als Sukie ihn eintreten sah, erstarrte sie für einen Sekundenbruchteil, doch Edison sah das, registrierte es und speicherte es ab.

Das Gelärme am anderen Ende des Tresens verstummte, und Edison fragte sie, ob sie noch einen Drink wolle: »Nein«, sagte sie, »nein, ich denke nicht. War aber nett, mit dir zu reden«, dabei rutschte sie bereits von ihrem Hocker und griff nach der Handtasche.

»Wie wär's mit einer Telefonnummer?«, fragte er. »Wir könnten mal essen gehen oder so – irgendwann, meine ich.«

Sie war jetzt auf den Beinen, sah auf ihn herab, die Handtasche fest gepackt. »Nein«, sagte sie und schüttelte den Kopf so energisch, dass ihr Haar alles Licht im Raum einzufangen schien, »nein, ich denke nicht.«

Edison bestellte sich noch einen Drink. Die Sonne glitt am Himmel nach unten, wo sie die längste Zeit schon hätte sein sollen. Er sah gedankenverloren auf die Straße hinaus und genoss den Anblick des Sonnenlichts, das sich in den Palmenwipfeln fing und langsam in die Arme der Berge dahinter sank. Autos zogen träge vorbei. Er beobachtete ein Pärchen, das um die Ecke bog und unter einem grünen Schirm auf der Terrasse des Restaurants gegenüber Platz nahm. Für einen Sekundenbruchteil stieg das Bild seiner Demütigung vor seinem inneren Auge auf – das Gesicht des Halbstarken, der wurfbereite Stock, aber er kämpfte es nieder und blätterte in einem Exemplar der Stadtteilzeitung, nur um etwas zu tun, während er seinen süß-säuerlichen Drink schlürfte und sich durch eine weitere Schüssel mit gepressten Sägespänen futterte.

Er las von irgendjemandes prunkvoller Hochzeit (»fünfzehntausend Dollar allein für das Sushi-Buffet«), über den boomenden Immobilienmarkt und wie irgendein aktueller Filmstar eine der großen Villen in den Hügeln aufgekauft hatte, überflog die Wein-Rubrik (»mit einem dramatischen Aroma von getrockneten Kirschen und Räucherfleisch und einem sehr hübsch definierten mineralischen Abgang«), dann blieb er an einem Artikel über einen wählerischen Einbrecher hängen, der bei helllichtem Tage operierte, indem er Häuser der Gegend durch unverschlossene Türen und ebenerdige Fenster betrat und sich mit so viel Schmuck wieder davonmachte, wie er tragen konnte –

allerdings nur Schmuck von höchster Qualität. Imitate interessierten ihn nicht, ebenso wenig wie offenbar Teppiche, Elektronik, Vasen oder Kunstwerke. Edison sann darüber nach – ein Einbrecher, ein wählerischer Einbrecher. Die Dreistigkeit, die so etwas erfordern musste – einfach auf ein Haus zuzugehen und an der Vordertür zu klopfen: Hallo, jemand zu Hause? Und wenn wirklich jemand da war, verkaufte er wahrscheinlich Zeitschriftenabos oder suchte seine entlaufene Katze. Was für eine Art, sein Geld zu verdienen. Das wäre etwas, worauf diese kleinen Ärsche am Strand hinarbeiten könnten.

Als er wieder aufblickte, um seinen vierten Drink zu bestellen, füllte sich der Raum allmählich. Die Kellnerin – Elise, er sollte sich ihren Namen merken, und den des Barkeepers auch, aber wie hieß der noch schnell? – schritt hin und her auf ihren langen Beinen, ein Tablett voller Gläser hoch über die wogende Menge haltend. Im Fernseher oben in der Ecke hatte sich die Szene von Golf zu Baseball gewandelt, Fairway und puttig-Grün war dem langen dichten Gras des Außenfelds gewichen – oder war das Kunstrasen, nur eine große Schaumstoffmatte mit diesem Polsterzeugs für Ostereier drauf? Er überlegte, dass er jetzt endlich etwas essen sollte, um es hinter sich zu bringen – einfach diesen Soundso hinter dem Tresen um die Speisekarte bitten und gleich hier irgendetwas bestellen, danach könnte er noch ein bisschen in der Bar herumhängen und sehen, was sich so ergab. Nach Hause gehen wäre zu deprimierend. Dort erwartete ihn nichts als die Fernbedienung und ein Kilopaket Gefriererbsen, das er sich um das schlimme Knie legen konnte. Und das traf ihn zutiefst: Wo war bloß Kim, wenn er sie brauchte, wenn er Schmerzen litt und sich kaum bewegen konnte? Kümmerte sie das etwa? Sie hatte den Wagen und die Kreditkarten und inzwischen wohl längst wieder einen neuen armen Irren, der sie zum Tanzen ausführte…

»Entschuldigung«, sagte jemand neben ihm, und er blickte in das Gesicht eines der drei Männer, die vor einer Weile hereingekommen waren, und zwar desjenigen, auf den die große Blondine so heftig reagiert hatte. »Ich möchte Sie nicht stören, aber sind Sie nicht Edison Banks?«

Das Codein troff wie Schlick durch seine Adern, und sein Knie – er hatte schon vergessen, dass er ein Knie hatte… Aber er schälte die Sonnenbrille herunter und lächelte den Mann an. »Stimmt«, sagte er, und wenn er auch nie zugegeben hätte, dass ihn die Frage freute, war das doch der Fall. Er lebte jetzt seit drei Jahren in der Stadt, und niemand wusste, wer er war, nicht mal der Briefträger oder die Frau, die ihm in der Bank sein Geld auszahlte.

»Ich bin Lyle«, sagte der Mann, und dann tauschten sie einen lässigen ausgefeilten Soul-Händedruck. »Lyle Hansen, und ich kann Ihnen gar nicht sagen, wie cool ich das finde. Ich meine, ich bin ein Riesenfan von Ihnen. *Savage Street* war einfach das Coolste in der Geschichte des Fernsehens, und das meine ich ernst – die Serie hat mich durch die Highschool gebracht, und das war eine miese Zeit für mich, echt die Hölle der Pubertät und so, dazu die ganzen Regeln und Vorschriften und meine Eltern, die mir wegen jeder Kleinigkeit auf die Nerven gingen – Scheiße, *Savage Street* war damals mein *Lebensinhalt*!«

Edison umklammerte seinen Drink, das beruhigende Gefühl des Glases in seiner Hand, die Gesichter an der Bar, die dunkelblauen Schatten, die sich über das Gebäude auf der anderen Straßenseite schoben. Aus der Musikbox erklang Trip-Hop, eine gedehnte, träge Frauenstimme über einem industriellen Gewitter aus Gitarren und Percussion – eine Musik, der es gelang, bissig und unheilvoll zugleich zu wirken, und es passte. Es passte alles genau.

»Hören Sie, ich wollte Sie hier nicht belästigen oder so…«

Edison winkte ab. »Kein Problem, Mann, alles cool, alles easy.«

Lyle musste etwa so alt wie der Barkeeper sein, was bedeutete, dass seine Highschool-Zeit etwa zehn bis zwölf Jahre hinter ihm lag. Er trug das Haar länger als der Mann an der Bar, aus der Stirn nach hinten gekämmt und mit Gel festgehalten, da und dort baumelte eine Strähne nach vorn herunter. Er wechselte ständig von einem Fuß auf den anderen, klimperte mit den Schlüsseln in der Tasche, zupfte an seiner Krawatte und ließ immer wieder das Lächeln aufblitzen. »He, Carlton«, sagte er in den Lärm hinein, »gib mir noch einen, ja – und für Mr. Banks hier auch. Geht auf mich.«

»Nein, nein«, protestierte Edison, »das ist nicht nötig«, aber das Geld lag bereits auf dem Tresen, und die Drinks kamen in frischen Gläsern. »Also, Sie haben diese Serie geschrieben *und* produziert, stimmt's?«

»Ach was, ich hab' sie *erdacht*. Wissen Sie, wenn man

bei den Credits liest: ›Erdacht von‹«? Ich hab' die ersten zwei Staffeln geschrieben und ihnen den Stoff dann überlassen. Wozu arbeiten, wenn man spielen kann, nicht wahr?«

Lyle trank Herraduras aus einem schlanken Glaszylinder. Er kippte den neuen Drink in sich hinein, dann klatschte er sich auf die Stirn wie bei einem Mückenstich. »Ich fasse das nicht. Da rede ich hier mit Edison Banks – wissen Sie, als Sie damals hierhergezogen sind, wann war das, vor drei, vier Jahren oder so?«

»Vor drei.«

»Genau, und da hab' ich diesen Artikel in der Zeitung über Sie gelesen und mir gedacht: Wow! Sie waren doch auch Gitarrist bei Edison Banks, stimmt's? Ich hab' beide Alben von denen gehabt, New Wave, ja? Also, worauf ich eigentlich stehe, das ist Jazz. Miles Davis. Monk. So Sachen aus der Zeit.«

Edison fühlte, wie eine Last sich von ihm hob. »Ich bin schon mein Leben lang Jazzfan«, sagte er, und der Alkohol loderte in ihm auf, bis die ganze Bar davon in Flammen stand – ein mystisches Feuer brannte da aus den Flaschen und Lampenfassungen und den goldglänzenden Gesichtern, die an der Theke aufgereiht saßen. »Jedenfalls seit ich fünfzehn war, da bin ich mit der U-Bahn nach Harlem raufgefahren und hab mich in die Clubs reingemogelt. Ich hab' zu Hause alles – *Birth of the Cool, Sketches,* jede Scheibe von Coltrane, Sonny Rollins, Charles Lloyd, Ornette, Mulligan – und noch dazu alles auf den Original-LPs.«

Lyle legte beide Hände auf den Tresen, wie um sich abzustützen. Er trug einen silbernen Totenkopfring am kleinen Finger, und das ausgefledderte Ende einer Tätowierung lugte an seinem linken Handgelenk hervor, wo der Ärmel ein Stück hinaufgerutscht war. »Vielleicht denken Sie, ich bin nur irgend so 'n Anzug oder was«, sagte er, »aber das stimmt nicht.« Er zog an seinen Kragenaufschlägen. »Sehen Sie das hier? Ist mein erster Tag im neuen Job. Immobilien. Da ist eben das große Geld zu holen. Aber ich sag Ihnen, ich hätte riesige Lust, mal was von diesen Sachen mit Ihnen zu hören – ich meine, *Miles*! Mann! Und ich weiß auch, was sie meinen – CDs bringen's einfach nicht so wie Vinyl.«

Und Edison, für den sich der Rest dieses miesen Abends plötzlich rosig verklärt hatte, wandte sich ihm zu und sagte: »Ich wohne oben an der Ecke Dolores und San Ignacio – großes Haus im spanischen Stil mit Ziegeldach. Kommen Sie vorbei, Mann – jederzeit, kein Problem.« Und dann blickte er auf und sah die Kellnerin – Elise – vorübergleiten wie eine Ballerina, genauso kam es ihm vor, wie eine Ballerina, die nackten Arme in die Höhe gehoben und das Tablett über ihrem Kopf schwebend. Er musste jetzt nach Hause. Musste etwas essen. Die Katze füttern. Vor dem Fernseher einkrachen. »Bloß nicht zwischen eins und vier – da bin ich unten am Strand.«

Am nächsten Morgen sagte ihm seine trockene Kehle, dass er am Abend zuvor zu viel getrunken hatte – das und ein eigenartig schwummriges Gefühl in den Ohren, so als wäre sein Kopf ein Radio, das genau zwischen zwei Sendern eingestellt war, deshalb nahm er zwei von den Tylenol-Codein-Tabletten, um sich den Übergang in den Tag zu erleichtern. Theoretisch arbeitete er an einem Drehbuch über die Abenteuer einer Rockband auf Tournee, erzählt aus der Perspektive des Hundes, der dem Schlagzeuger gehörte, aber dabei hatte er sich festgefahren, noch bevor Kim gegangen war, und jetzt hatte er nichts als einen Haufen Wörter auf dem Bildschirm. Er nahm sich die Zeitung und ein Glas Orangensaft hinaus auf die Terrasse, dann schwamm er ein paar Runden und fühlte sich gleich besser. Um elf kam das Hausmädchen und briet ihm Rührei und Chorizo, bevor sie sich mit Eimer, Scheuerlappen und Staubsauger an die Arbeit machte. Zwei Stunden später, er saß starr an seinem Schreibtisch und spielte seine achtzehnte Runde Computer-Solitaire, klopfte es an der Tür.

Es war Orbalina, das Hausmädchen. »Mr. Banks«, sagte sie und steckte den Kopf ins Zimmer, »ich will Sie ja nicht stören, aber ich kann nicht, ich kann einfach nicht...« Er sah, dass sie weinte, ihr Gesicht war zerfurcht von der Geografie ihres Kummers, und Tränen nässten ihre Wangen. Das war nichts Neues – sie heulte ständig über dies und das, da waren all die Tragödien, die ihre weitläufige Familie andauernd heimsuchten, oder mal war es die Art, wie ein Mann im Fernsehen so ausgesehen hatte, als wäre er mitten in ihrem Wohnzimmer zum Leben erwacht, mal war es die Hohlheit des Himmels über dem Friedhof von Culiacán, wo ihre Mutter unter einem Holzkreuz begraben lag. Kim hatte ihre Stimmungsschwankungen immer mit einer Mischung aus Mitgefühl und Entschiedenheit, die an Brutalität grenzte, behandelt; jetzt war das ihm überlassen. »Was ist denn?«, fragte er. »Worum geht es?«

Sie war jetzt im Zimmer, eine gedrungene Frau von Mitte Dreißig, der Großteil des Körpergewichts war ihr in die Hinterbacken gewandert. »Die Elefanten«, schluchzte sie.

»Elefanten? Was für Elefanten?«

»Wissen Sie, was die mit denen anstellen, mit den Elefanten?« Sie begrub das Gesicht in den Händen, dann sah sie ihn aus Augen an, die wie tiefe Seen aus Blut waren. »Wissen Sie's?«, fragte sie nach, und ihre Gestalt wurde von den Windstößen eines anhaltenden emotionalen Sturms geschüttelt.

Er wusste es nicht. Sein Knie tat weh. Er hatte Kopfschmerzen. Und sein Drehbuch war Scheiße.

»Sie prügeln sie. Mit großen, mit großen *Stöcken*!« Ihre Hände fuchtelten umher. »So groß! Oder so! Und wenn sie zu alt zum Arbeiten sind, wenn sie im Dschungel stürzen, mit diesen schweren Baumstämmen in ihren eingerollten Nasen, wissen Sie, was die dann mit ihnen machen? Sie schlagen sie noch mehr! Ja! Das tun die! Und ich weiß, was ich sage, weil ich es nämlich im, im…« Hier versagte ihre Stimme, bis die letzten Worte so leise und gedämpft herauskamen, als gehörten sie zu einem Gebet: »… im Fernsehen gesehen habe.«

Er war jetzt auf den Beinen, der Bildschirm hinter ihm zeigte sieben ordentliche Reihen elektronischer Spielkarten, ein leise schmurgelnder Schmerz bemächtigte sich seines Knies, als wäre ein Nagetier unter der Kniescheibe gefangen und knabberte sich den Weg nach draußen frei. »Hör zu«, sagte er, »ist schon in Ordnung, mach dir keine Sorgen deswegen.« Er wollte sie in den Arm nehmen und an sich drücken, aber das konnte er nicht tun, weil sie das Hausmädchen und er der Arbeitgeber war, also humpelte er nur an ihr vorbei zur Tür und sagte: »Tja, ich geh dann mal an den Strand, okay? Und du putzt hier noch fertig, und dann nimmst du dir den Rest des Tages frei – und morgen, morgen auch.«

Als er auf die Einfahrt hinaustrat, war der Morgendunst verflogen. Der Himmel war von einem klaren, unermesslichen Blau, dem Blau der Abenteuer der Kindheit, von Picknicks, Ausflügen zum Bear Mountain und nach Catalina Island, dem Blau der guten Zeiten, und er musste an seine erste Frau Sarah denken, an Cap d'Antibes, die Isla Mujeres, Molokai. Damals waren sie viel gereist, durchaus auch abseits der ausgetretenen Touristenpfade. Seine Sehnsucht, alles zu sehen, war endlos: den Tadsch Mahal, die verschneiten Gipfel von Hokkaido, versonnen sich drehende Gebetsmühlen auf den kahlen Hängen oberhalb von Lhasa. Sie fuhren überallhin. Sahen alles. Doch auch das verlor seinen Reiz, so wie alles andere. Er verschwand einen Moment lang hinter den Bougainvilleenbüschen, um seine Blase zu entleeren – am Strand konnte man nirgendwo pissen, außer man tat es heimlich im flachen Wasser jenseits der Brecher, aber seit er vierzig war, hielt er es offenbar kaum eine Stunde lang aus, dann spürte er wieder diesen quälenden Druck im Unterleib. Und war das vielleicht cool? Nein, nichts davon war auch nur ansatzweise cool – das nannte man alt werden.

Da war die verfärbte Stelle auf dem Garagenboden, wo Kims Wagen immer gestanden hatte, eine Art beständiger Schatten, aber er dachte nicht weiter darüber nach.

Er beschloss, den Sportwagen zu nehmen – ein prima restaurierter Austin Healey 3000, den er einem Typ vom Film abgekauft hatte, der eine ganze Garage voll davon besaß, weil er sich gut darin fühlte, und es war letztens eher die Ausnahme gewesen, sich gut zu fühlen. Das Verdeck war unten, deshalb nahm er sich die Zeit, eine Handvoll Sonnencreme auf der weichen Haut unter den Augen zu verschmieren – gab ja keinen Grund, am Ende so auszusehen wie eine dieser ausgewickelten Mumien, die in jedem Café und jeder Trattoria der Stadt vor ihren Weißweinen und Vorspeisen dösten. Dann rückte er die Sonnenbrille zurecht, drehte die Baseballkappe nach hinten und schoss mit einem wohlmodulierten Röhren die Straße hinunter.

Er war fast am Strand angelangt – war bereits auf den palmengesäumten breiten Boulevard eingebogen, der parallel zum Wasser verlief, da fielen ihm die drei Halbstarken vom Vortag ein. Und wenn sie heute wiederkamen? Und wenn sie längst da waren? Der Gedanke ließ ihn unverhältnismäßig heftig bremsen, und sofort sah sich irgendein Arschloch über seinem Geländewagen, Bodenplatte knapp drei Meter über Bodenhöhe, dazu veranlasst, ihn anzuhupen – und ihm den Finger zu zeigen. Normalerweise hätte er daraufhin einen Anfall gekriegt – das kam noch aus New York, da ging's um Territorialverteidigung und um Haltung, aber er war dermaßen verstört, dass er einfach nur demütig rechts heranfuhr und das Arschloch vorbeiließ.

Dann aber beschloss er, sich von niemandem von seinem eigenen Strand vertreiben zu lassen, schon gar nicht von irgendwelchen kleinen Punk-Hosenscheißern, die das eine Ende von Hip nicht vom anderen unterscheiden konnten. Er fand einen Parkplatz gleich gegenüber von den Stufen, die auf den Strand führten, und zerrte seine Sachen mit einer ungestümen, wütenden Armbewegung aus dem Kofferraum – wenn er rennen könnte, wenn er nur rennen könnte, er würde sie jagen, bis ihre stinkenden, zugekifften Lungen den Geist aufgaben, und wenn es Kilometer dauerte. Diese Wichser. Diese kleinen Wichser. Er atmete schwer und schwitzte unter dem Band an der Mütze.

Dann war er auf den Betonstufen, der Pazifik breitete sich in einer endlosen Folge von Wellen vor ihm aus, in der Luft lag ein kühler, unergründlicher Duft, der Strand lag als weißer Bogen da, der Sand war in beiden Richtungen übersät mit Decken und Sonnenschirmen, so weit das Auge reichte. Etwas an diesem Anblick verbesserte jedes Mal seine Laune, egal, wie viel Selbstmitleid er gerade empfand. Das war eine Sache, die er an Kim nie verstanden hatte: Kim mochte den Strand nicht. Zu viel Sonne. Schlecht für die Haut. Und dann der Sand – der Sand war auch nichts anderes als Dreck, und sie hatte immer gemeckert, wenn sie ein paar weiße Körnchen auf dem Teppich in der Eingangshalle fand. Aber es gefiel ihr, wenn er heiß und feurig zu ihr nach Hause zurückkehrte, weil er stundenlang Hunderten von Frauen dabei zugesehen hatte, wie sie sich bis auf die notdürftigsten Reste nackt auszogen und am ganzen Leib mit den süßesten Lotionen und Feuchtigkeitsspendern einrieben. Das gefiel ihr durchaus.

Er war gerade auf der Treppe und betrachtete zwei Mädchen, die vor ihm gingen, als er das schrille, hektische Bellen des Hundes hörte. Da waren sie wieder, alle drei, mit ihren übergroßen Shorts und den Stoppelfrisuren, und sie lachten und blödelten, warfen ihr Stöckchen, als wäre nichts passiert. Und es war ja auch nichts passiert, ihnen jedenfalls nicht. Edison erstarrte und blieb auf der sechsten Stufe von oben stehen. Es war, als wäre er gelähmt, als hätte er einen Schlaganfall erlitten, während er nach dem Eisengeländer gegriffen und einen wackligen Fuß vor den anderen gesetzt hatte. Ein älteres Paar schob sich an ihm vorbei, wahre Trümmerberge aus Fett und Fleisch, dann eine junge Mutter, ihre Kinder mit Plastikeimern im Kielwasser. Er konnte sich nicht rühren. Der Hund bellte. Unten auf dem Strand erscholl ein Ruf. Der Stock flog durch die Luft.

Dann klopfte er sich die Taschen ab, als hätte er etwas vergessen, machte langsam kehrt und hinkte die Stufen wieder hinauf. Lange Zeit saß er im Wagen und drehte am Radio herum, bis er einen Rap-Sender gefunden hatte, und er drehte ihn so laut, wie es nur ging, obwohl er diese Musik hasste, aufrichtig hasste. Schließlich legte er krachend einen Gang ein und ließ den Wagen ruckartig davonschießen, während der dröhnende Bass und die hämmernden Texte einen Dolch in den Leichnam des Nachmittags stießen, wieder und wieder, die ganze lange Fahrt hindurch.

Zuerst dachte er an die Bar – an etwas zu essen und einen Cocktail, um das Codein wieder aus dem Loch hervorzuholen, in dem es sich versteckt haben musste, aber er brachte es nicht fertig. Er war Edison Banks. Er hatte seine eigene Band gehabt. Er hatte *Savage Street* erdacht. Er setzte sich nicht um halb zwei Uhr nachmittags in eine Bar zum Lunch, und vor allem aß er nicht allein – oder trank vor fünf Uhr Alkohol, nicht einmal Wein. Die anderen mochten das tun, all seine hoffnungslos abgestumpften, aber vor Diamanten nur so strotzenden Nachbarn: Sie bestellten sich Lunch. Und dann schlürften sie ein paar Cocktails und kauften dem Blumenmädchen in dem kurzen Röckchen Blumen ab, bevor sie im Drugstore ihre Rezepte einlösten, und inzwischen war es dann schon wieder Cocktailzeit, und sie schlürften weitere Drinks und aßen zu Abend. Oder bestellten jedenfalls.

In der nächsten halben Stunde ließ er einfach die Reifen glühen, nahm die Kurven wie ein Selbstmörder – oder ein Teenager, ein stoppelköpfiger, waschbrettbäuchiger, stöckchenwerfender Teenager, und dann lief ihm der Motor heiß, und er schaltete das Radio aus und schlich nach Hause wie einer der lebenden Toten in ihren alten Jaguars und Daimlers. Jetzt ein Schläfchen, dachte er, das Knie hochlegen, die Gefriererbsen darumwickeln und mit einem Buch in der Hand am Swimmingpool dösen – wo er zumindest seine Privatsphäre hatte. Beim Aussteigen aus dem Wagen biss er die Zähne zusammen und belastete das rechte Bein nur vorsichtig, aber die Gefriererbsen und noch eine Codeintablette würden helfen, und er brachte den Fußweg hinter sich, ohne etwas zu spüren. Er suchte nach den Schlüsseln, die Sonne lag ihm wie eine Last auf den Schultern, während ein Kolibripärchen die Luft mit irisierenden Finten und Fluchten tüpfelte und die Palmen entlang des Pfades in einem kaum spürbaren Windhauch erbebten, da bemerkte er, dass die Hintertür offen stand.

Und das war seltsam, denn er war sich sicher, dass er sie beim Weggehen zugedrückt und abgeschlossen hatte – Kim mochte keinen Schimmer in Sicherheitsfragen gehabt haben, sie hatte auch mal ihre Handtasche auf dem Vordersitz liegenlassen, wo sie jeder sehen konnte, war halb geschminkt aus dem Haus gerannt, ohne daran zu denken, dass sie die Eingangstür sperrangelweit offen gelassen hatte, er aber war in diesen Dingen unfehlbar. Er vergaß nie etwas, und wenn sein Gehirn von den kleinen weißen Pillen, die ihm die Ärzte dauernd verschrieben, noch so benebelt war. Er hätte die Tür nicht offengelassen. Unmöglich. Sein nächster Gedanke war das Hausmädchen – sie musste noch im Haus sein. Dann aber blickte er über die Schulter, den Abhang hinunter und hinter den Zaun zu dem Platz auf der Straße, wo sie immer ihren schmutzigbraunen Corolla parkte. Er stand nicht mehr dort.

Er zog die Tür hinter sich ins Schloss und dachte, dass er mit ihr darüber reden musste: einfach zu gehen und das Haus weit offen zu lassen – es gab keine Entschuldigung dafür, selbst wenn sie zu Tode betrübt war wegen des Schicksals der Elefanten oder der letzten Brustoperation ihrer Schwester. In der Küche kämpfte er mit dem kindergesicherten Verschluss der Medikamentenflasche und jagte sich dann mit Obstsaft eine der Pillen hinunter. Er hatte den Gefrierschrank geöffnet, um nach den Erbsen zu greifen, da ließ ihn ein Geräusch von oben den Atem anhalten. Es war ein verstohlenes Geräusch, das leise Reiben von Holz auf Holz – wie das Aufziehen einer Kommodenschublade, Eiche antik, die leicht klemmte. Er atmete erst wieder, als er das verhaltene

Quietschen hörte, mit dem die Schublade wieder zuging, und wie ein Echo folgte das Geräusch der nächsten, die aufgezogen wurde.

Edison hatte drei Schusswaffen im Haus, identische 9-mm-Pistolen aus rostfreiem Stahl, Smith & Wesson, von denen zwei noch nie abgefeuert worden waren, und er holte sich jetzt die, die er in einem kleinen Fach in der Speisekammer hinter ein paar alten Telefonbüchern aufbewahrte. Er hielt sie lange Zeit in der Hand und lauschte, dann vergewisserte er sich, dass sie geladen war, entsicherte sie mit einem Klicken und stieg die Treppe hinauf. Es war sehr still. Auf den Wänden über ihm prallten die Schatten ineinander, in der Luft lag ein dichter Schleier von Staubteilchen, und die Fliegen am oberen Fenster zogen träge Kreise. Er war in seinem eigenen Haus, zwischen vertrauten Gegenständen, und doch wirkte alles verzerrt und ungewohnt, schließlich war er diese Treppe noch nie mit einer Pistole in der Hand hinaufgegangen – dennoch fühlte er sich nicht nervös und angespannt, nicht sehr jedenfalls. Er fühlte sich wie ein Jäger in einem klimatisierten Urwald.

Als er ins Schlafzimmer schlich – das große Schlafzimmer, in dem er während der letzten drei Wochen allein in dem breiten antiken Bett geschlafen hatte, sah er dort einen Mann, der mit dem Rücken zur Tür stand und Arme und Schultern geschäftig bewegte. Edison ging der Ausdruck *alle Schubladen durchwühlen* durch den Kopf. Und dann war da noch ein anderer Ausdruck, tausendmal im Fernsehen gehört – den auch er in so vielen Episoden von *Savage Street* verwendet hatte, dass er sie nicht zählen konnte: *Stehen bleiben!* Und genau das sagte er jetzt, bellte es mehr, als dass er es sagte, und das Schimpfwort rutschte gleich mit heraus, um maximale Wirkung zu erzielen. »Stehen bleiben, Arschloch«, genau das sagte er. »Stehen bleiben, Arschloch!«

Im gleichen Moment drehte sich Lyle, gewandet in denselben europäisch geschnittenen Anzug, den er am Abend zuvor getragen hatte, lässig herum, die Hände lose herabhängend. »Mann«, sagte er, und in seiner Stimme war der ganze Sonnenschein dieser Welt destilliert, keine Sorge, kein Problem, und ist das nicht typisch Kalifornien? »Ich bin nur mal vorbeigekommen, wollte Ihre Einladung annehmen, alles klar? Cooles Haus hier. Ich steh echt auf Ihre Antiquitäten – sind Sie der Sammler oder Ihre Frau?«

Edison hielt eine Pistole in der Hand. Eine Waffe, aus der er erst einmal gefeuert hatte, auf dem Hallenschießstand, zwölf Dollar die Stunde, kein Ziel war groß genug gewesen, dass er es wirklich gut erwischt hatte – oder vielleicht war es doch nicht diese Pistole. Vielleicht war es auch die unter dem Waschbecken im Badezimmer oder die hinter dem Vorhang in der Eingangshalle. Die Pistole war kalt. Sie wog schwer. Er wusste nicht, was er damit anfangen sollte, da er sie nun mal in der Hand hatte wie ein Partygeschenk.

»He, kommen Sie, Mann, stecken Sie bloß das Ding da weg, ja? Sie jagen mir noch Angst ein.« Lyle trug zweifarbige Lederschuhe und eine handbemalte Krawatte, sehr cool. Er strich sich das Haar aus der Stirn, mit einer Hand, die ihn verriet – einer Hand, die zitterte. »Ich meine, ich hab' geklopft und so, aber es ist niemand an die Tür gegangen, klar? Also bin ich rein, um auf Sie zu warten, damit wir vielleicht ein paar Scheiben abhören können; sagt man das nicht so – ›paar Scheiben abhören?‹«

In diesem Moment ging Edison auf, dass Lyle genau wie der Halbstarke am Strand war, nur erwachsen geworden: nichts als Hohn und Hass, nichts als Mache. »Sie sind der Kerl«, sagte Edison. »Sie sind der Kerl, stimmt's?«

Und da war es ja: die vorgeschobene Unterlippe, die tote blaue Leere seiner Augen. »Welcher Kerl? Ich weiß gar nicht, wovon Sie sprechen, Mann – ich meine, ich will Sie hier besuchen, auf *Ihre* Einladung hin, um, um…«

»Der Juwelendieb. Der ›wählerische Einbrecher‹. Das sind *Sie*, oder?« Das Wissen durchfuhr ihn siedendheiß, ein Wissen wie die glühende Nadel, mit der seine Mutter ihn immer verarztet hatte, wenn er heulend mit einem eingezogenen Splitter im Finger heimgekommen war. »Zeig mir deine Taschen, zieh das Futter nach außen.«

»Paar Scheiben abhören«, sagte Lyle, aber jetzt klang die Redewendung bitter, näselnd und giftig. »So sagt ihr Hepcats das doch, ihr Hipsters und spargeldürren bleichen Rocker? Einfach irre cool, was?« Dabei zog er eine Halskette aus der Tasche, eins der Schmuckstücke, die Kim in ihrer Hektik dagelassen hatte. Er hielt sie ihm einen Moment lang hin, ein seidenweiches Gehänge aus dünnem gehämmertem Gold mit mehreren schönen Steinen, und ließ sie dann auf den Teppich fallen. »Ich will dir mal was sagen, *Edison* – deine Serie war ein Dreck. Sogar damals schon war sie ein Witz – meine Kumpels und ich haben uns immer zugekifft und uns kaputtgelacht darüber, weißt du das? Und deine

Band – deine erbärmliche Rockband, die war sogar noch schlimmer.«

Draußen, hinter Lyle, hinter den Jalousien und den Gardinen, ergoss sich die Sonne über alles wie fette Sahne, und das Fenster, das diesen Anblick einrahmte, erinnerte an nichts so sehr wie an einen übergroßen Fernsehschirm. Edison fühlte, wie etwas in ihm abstarb, welkte und starb wie eine verdorrte Pflanze, und er fragte sich, ob das am Codein lag oder woran sonst. Er war fast überrascht, als er nach unten sah und feststellte, dass er immer noch die Pistole hielt.

Lyle lehnte sich gegen die Kommode zurück und wühlte in der Jackentasche nach einer Zigarette, steckte sie sich zwischen die Lippen und entzündete sie mit einer raschen Bewegung seines Feuerzeugs. »Und, was willst du jetzt machen, mich umlegen?«, fragte er. »Denn hier steht dein Wort gegen meins. Ich meine, wo sind deine Zeugen? Wo ist das Diebesgut? Du hast mich zu dir eingeladen, stimmt's? ›Jederzeit, Mann‹, das hast du doch gesagt, oder? Und da bin ich nun, dein werter Gast, und vielleicht hatten wir einen kleinen Streit, und du bist ein bisschen durchgeknallt – alten Typen passiert so was schon mal, stimmt's? Knallen die nicht dann und wann ein bisschen durch?« Er stieß einen blauen Rauchschleier aus. »Oder, ach was, Scheiße, ich meine, ich war gerade dabei, meine Immobilien-Adressen durchzugehen, und ich dachte, die Bude hier wär' zu verkaufen, also wandere ich herein, unschuldig, absolut unschuldig, und plötzlich steht da ein Typ mit einer Knarre, und wer ist das? Das bist du.«

»Stimmt genau«, sagte Edison, »das bin ich. Edison

Banks. Und wer zum Teufel bist du? Was hast du je geschrieben? Wie viele Platten hast du aufgenommen? Hä?«

Lyle führte die Zigarette zum Mund, und Edison sah zu, wie die Glut sich im Sauerstoffrausch rötete. Er hatte nichts zu sagen, aber sein Blick – das war genau der Blick wie von diesem Kerl am Strand. Genau. Haargenau derselbe. Nur dass es diesmal keine Verfolgungsjagd geben würde, denn Edison hatte ihn längst eingeholt.

Klaus-Peter Wolf

Der Schutzengel

Mordwaffen landen normalerweise in der Asservatenkammer der Kriminalpolizei. In meinem Fall geht das nicht.

Die Nordsee passt in keine Plastiktüte.

Ich habe immer dafür gesorgt, dass erst gar nichts in die Asservatenkammer kam. Ein richtig gelungener Mord ist ein Kunstwerk. Ja, es gibt das perfekte Verbrechen. Es ist eines, das niemand als Solches erkennt.

Genaugenommen waren meine Verbrechen ja sowieso keine. Aber bei den verrutschten Maßstäben in der Gesellschaft heutzutage regelt man seine Sachen besser diskret.

Michael Rose saß auf der Terrasse im Strandkorb und bestrich sein Rosinenbrot mit Butter, während er ruhig in die Digicam sprach. Es war ihm wichtig, locker und entspannt zu wirken. Er wollte seiner Tochter nicht etwas hinterlassen, auf dem er verklemmt rüberkam, wie ein Mann, der den Rechtfertigungsschweiß kalt im Nacken spürte.

Er trank einen Schluck von seinem geliebten Tee und lächelte, als sei dies eine Aufnahme fürs Werbefernsehen.

Rose hatte seinen Bart kurz getrimmt und über den Wangenknochen und an den Lippen scharf konturiert. Ein paar lästige Härchen, die aus der Nase wuchsen, fielen der Nagelschere zum Opfer. Er fand, er sah gut aus, und das Silbergrau seiner Haare gab seiner Erscheinung und seinen Worten etwas Weises, ja Wahrhaftiges.

Rose goss sich Tee nach und hoffte, das Knistern des Kandis würde eine heimelige Atmosphäre schaffen. Er ließ Sahne gegen den Uhrzeigersinn in die Tasse tropfen und hielt sie scheinbar zufällig so, dass die aufsteigenden Wölkchen voll im Bild waren.

Eine Möwe vertrieb die Raben aus seinem Kirschbaum.

Ich sehe ja ein, dass es wichtig ist, die Dinge aufzubewahren, denn irgendwann gibt es plötzlich neue Erkenntnisse oder Ermittlungsmethoden. Man denke nur an die DNA-Analyse. Dieser genetische Fingerabdruck hat inzwischen viele Unschuldige aus dem Gefängnis geholt. Das ist dann immer der Moment, in dem auch die härtesten Verfechter der Todesstrafe nachdenklich werden, weil man sich bei Hingerichteten nicht so gut entschuldigen kann …

Unzufrieden mit seiner letzten Aussage richtete er sich auf und holte die Kamera zu sich. Die Vögel hatten ihn abgelenkt.

Ich habe mich verhaspelt, dachte er.

Er klatschte in die Hände, um die streitenden Tiere loszuwerden.

Die Möwe drehte eine Runde über seinem Dach und beobachtete ihn dann von der Straßenlaterne aus. Sie thronte dort oben, als würde die Siedlung ihr gehören.

Er ließ die Aufnahme noch einmal laufen. Der Anfang gefiel ihm. Aber den Unsinn mit der DNA wollte er löschen. Diese Aussage machte viel zu sehr den Eindruck, er könnte befürchten, sich eines Tages vor Gericht verantworten zu müssen.

Er ging näher ran und schützte das Display gegen die Sonne. War da in dem blau-weißen Segeltuch ein dunkler Fleck?

Tatsächlich!

Er musste alles noch einmal machen. Er holte eine Scheuerbürste und ein Reinigungsspray für Teppiche. Er schrubbte mit dem weißen Schaum eine Weile an dem Flecken herum. Dann ärgerte er sich. Jetzt sah alles noch schlimmer aus. Der Rest des Stoffes wirkte gegen die nun helle Stelle grau.

Diese ganze Strandkorbstimmung mit der Teetasse war ihm plötzlich zu spießig. So altbacken wollte er nicht rüberkommen.

Er steckte sein Asthmaspray in die Jackentasche, packte die Kamera ein und beschloss, nach Norddeich zu fahren. Im letzten Moment kam er noch einmal zurück, wickelte das Rosinenbrot sorgfältig in eine Serviette ein und ließ das kleine Paket in der Jackentasche verschwinden. Er hatte sich seit dem letzten Herzinfarkt daran gewöhnt, alles langsam, ohne jede Hast, ganz in Ruhe zu erledigen. Manchmal unterzuckerte er, und dann war so ein Krintstuut genau richtig.

Es kündigte sich ein Sonnenuntergang an, der viel ausdrucksstärker war als so ein schnöder blau-weißer Strandkorb. Ja, er wollte sich vor diesem Hintergrund in Szene setzen. Raus aus der Enge des Strandkorbs. Hinein in die weite, offene Landschaft. Die Naturgewalten sollten hinter ihm toben, damit deutlich wurde, dass er ein Leuchtturm war inmitten der Brandung.

Rose fuhr über die Norddeicher Straße zunächst zum Hafen, aber dort legte gerade die Frisia an. Die letzte Fähre aus Norderney. Die wenigen Parkplätze waren voll, außerdem rannten jetzt hier zu viele Touristen herum.

Helden wie er gingen in der Masse zu schnell unter. In der Menge wurde alles so profan. Größe inszenierte man am besten in der Einsamkeit. Ja, der wahre Held musste ein einsamer Wolf sein. Ein Lonesome Cowboy.

Der Gedanke trieb ihm Tränen in die Augen.

Zwei Rad fahrende Pärchen, die nebeneinander die komplette Straßenseite einnahmen und in ihrer zur Schau gestellten Verliebtheit sogar Händchen hielten, zwangen ihn, das Tempo zu drosseln.

Das war typisch für Ostfriesland. Die Radfahrer verhielten sich wie eine Besatzungsmacht, die das Recht auf ihrer Seite wusste. An manchen Tagen liebte er diese Art der Entschleunigung und passte sich mühelos der Geschwindigkeit der Radfahrer an. Heute wäre er am liebsten in ihre Gruppe gerast, um sie niederzuwalzen.

Wie um ihn zu verhöhnen überholte ihn jetzt ein Eis schleckender Jüngling links. Der radelte nun munter neben den zwei Pärchen her. Sein Pferdeschwanz wippte auf und ab. Alle fünf ignorierten die Autoschlange hinter sich genüsslich.

Rose stellte den Wagen auf dem großen Parkplatz beim Ocean Wave ab und flanierte über den Dörper Weg auf den Deich zu. Er wog ab, was dagegen sprach, eine Bratwurst zu essen oder ein Fischbrötchen. Aber die fünf Radfahrer waren vor ihm beim Imbiss, und er hatte keine Lust, sich jetzt hinter denen in die Schlange zu stellen.

Zwischen Diekster Köken und der Strandhalle waren noch zu viele Touristen unterwegs, aber schon hundert Meter weiter, dort, wo wegen der Schafe keine Hunde mehr auf dem Deich herumstreunen durften, war er allein. Er setzte sich ins Gras und positionierte die Kamera auf einer Parkbank.

Über Juist schwebte eine dunkle Wolke, die von den Strahlen der untergehenden Sonne geradezu zerrissen wurde, als hätte sie ein Loch hineingebrannt. Die flammenden Ränder wurden von Schwarz umrahmt. Dahinter das dunkle Blau. Hunderte Male hatte er im Deichgras gesessen, sich vom Wind die Gedanken freipusten lassen und den Wolkenformationen zugesehen. Jeder Abend war anders. Nie bot sich ihm das gleiche Bild.

Hier hatte er Pläne geschmiedet und später in die Tat umgesetzt. Der Deichkamm war immer ein Ort der Inspiration für ihn gewesen.

Er verrenkte sich, um einen Blick durch die Kamera werfen zu können. Er wollte diesen Sonnenuntergang mit drauf haben und sich selbst davor. Sein Rücken schmerzte, aber das durfte jetzt keine Rolle spielen. Die Tonaufnahmen würden gut werden. Es war nicht zu windig.

Wenn du diese Aufzeichnungen von mir anschaust, Liebste, dann bin ich tot. Dies ist mein Vermächtnis an dich. Andere Männer hinterlegen ein Testament beim Notar. Das ist in meinem Fall nicht gut möglich. Er würde sicherlich die Polizei informieren, und ich möchte meine letzten Jahre an der Nordsee genießen, statt sie im Knast zu verbringen. Ich habe auch keine Lust, mich in öden Gerichtsverhandlungen für meine Taten zu rechtfertigen.

Die Sonne schien auf Juist zu fallen wie eine glühende Bombe.

Er ahnte, dass sie ihm im Film einen Heiligenschein bescheren würde. Er korrigierte seine Position noch einmal und lächelte in die Kamera.

Ich wollte dir immer ein gutes Leben bieten, mein Engel, und sicherlich hast du dich gefragt, wie ich es geschafft habe, das Haus im Stiekelkamp in Norden zu finanzieren. Diese älteste ostfriesische Stadt war immer der Ort unserer Sehnsucht.

Ich habe dich damals belogen, Schätzchen. Dein Vater hat nie im Lotto gewonnen. Ich habe es versucht, oh ja, Woche für Woche habe ich meine Dummensteuer entrichtet. Sogar Systemtipps habe ich ausprobiert. Aber das alles macht nicht wirklich reich, sondern es nährt nur die Illusion, man könnte es so schaffen.

Ich habe als Gärtner angefangen. Friedhofsgärtner, welch ein Wort! Aber auch als Mitarbeiter eines Krematoriums kann man sich so ein Haus und so ein Leben nicht leisten. Nie. Egal wie viel man arbeitet! Überstunden machen nicht reich.

Nun, liebe Melanie, ich habe eine simple Methode gefunden, zu Geld zu kommen.

Nicht alles verbrennt im Ofen bei 1200 Grad. Künstliche Gelenke, Sargnägel bleiben übrig. Auch große Knochen, die dann später in einer Art Mühle zu Asche zerkleinert werden. Naja, und dann eben auch das Zahngold.

Glaubst du, die Angehörigen gucken in der Urne nach, ob auch alles drin ist?

Er war so versunken in seinen eigenen Redefluss, so begeistert von seiner schlüssigen Argumentation, dass er das Pärchen zunächst nicht bemerkte, das von der Meeresseite her über den Deich in seine Richtung lief.

Er blickte in ihre Gesichter und suchte darin zu lesen. Hatten sie etwas mitgekriegt? Musste er sie an Ort und Stelle abstechen?

Es würde nicht einfach werden, die Sache nach einem Doppelselbstmord aussehen zu lassen. Dazu hätte er Gift gebraucht und einen rührenden Abschiedsbrief, inspiriert von Romeo und Julia.

Sie sprachen ihn unbefangen an, baten ihn, ein Foto von ihnen zu machen. Sie wollten sich vor diesem Sonnenuntergang küssen oder wenigstens im Arm halten und das dann gleich auf Facebook posten, um die Daheimgebliebenen neidisch zu machen. Der junge Mann hielt ihm das iPhone hin.

Rose ließ sich das Gerät erklären und fragte grinsend, ob man mit diesem Ding denn auch telefonieren könne. Er erntete einen Lacher.

Rose ließ die eigene Kamera weiterlaufen. Er fand, so wurde alles schön authentisch. Dieser kleine Zwischenfall gab ihm die Gelegenheit zu zeigen, was für ein lockerer, hilfsbereiter Typ er war. Ja, genauso sollte seine Tochter ihn in Erinnerung behalten.

Das Pärchen war zufrieden mit seinem Foto und bedankte sich. Er ging zurück zu seiner Digicam und setzte sich in Positur.

Er kämmte sich mit den Fingern durch die Haare.

Du magst doch Lyrik! Liebste Melanie, kennst du Gottfried Benn? Er schrieb über einen Goldzahn:
»Den schlug der Leichendiener sich heraus,
versetze ihn und ging für tanzen.
Denn, sagt er, nur Erde soll zur Erde werden.«

Er war stolz auf sich, denn er hatte den Vers auswendig gelernt. Auf keinen Fall wollte er ihn ablesen. Seine Melanie sollte ihren Vater als gebildeten, an schöner Literatur interessierten Menschen in Erinnerung behalten.

Dreißig Jahre lang habe ich das Gold aus der Asche aufgesammelt, mein Engel. Es hat für das Haus im Stiekelkamp gereicht. Ich hinterlasse es dir schuldenfrei. Aber nicht nur das. Ich habe im Keller einen Goldschatz vergraben. Wenn du das Weinregal wegschiebst und dort die Bretter auf dem Boden anhebst, dann wirst du staunen. Weißt du noch, wie oft wir gemeinsam in den Dünen auf Schatzsuche waren? Es gibt ihn wirklich, den Goldschatz der Piraten.

Mach nicht alles gleich zu Geld, das fällt auf. Beim heutigen Goldpreis reicht das Vermögen für viele unbeschwerte Jahre.

Er reckte sich und lachte: *Ja, dein Vater hat gut für dich gesorgt. Es soll dir an nichts mangeln. An gar nichts. Jetzt, da ich tot bin, kann ich dich nicht mehr beschützen, so wie ich es immer getan habe.*

Falls es ein Leben nach dem Tod gibt, komme ich als dein Schutzengel zurück. Ja, so habe ich mich immer gefühlt, das war meine eigentliche Bestimmung: dein Schutzengel zu sein. Erinnerst du dich noch an diesen schrecklichen Lehrer, Herr Jansen, oder wie der hieß … Du hast vor der Mathearbeit solche Angst gehabt. Dir ist richtig schlecht geworden. Du warst völlig blockiert im Gehirn. Konntest am Ende gar nicht mehr rechnen, nicht einmal die einfachsten Aufgaben.

Ich bin zum Elternsprechtag gegangen, aber dieser Möchtegernpädagoge war so etwas von uneinsichtig. Wir haben uns nur gestritten, und danach wurde alles noch schlimmer für dich.

Ich wollte dich von der Schule nehmen, aber das alles wurde immer komplizierter. Mir blieb schließlich gar nichts anderes übrig, als ihn zu überfahren.

Ja, dieser schlimme Unfall damals, erinnerst du dich? Das war ich. Natürlich erinnerst du dich. Ihr habt alle so geweint damals am Grab. Erst habt ihr ihn gehasst, ihn den »Sabberkönig« genannt und ihm die Pest an den Hals gewünscht. Ihr wolltet ihn alle loswerden, du und deine Freundinnen. Und dann am Grab habt ihr euch die Augen ausgeheult, als sei er der beste Lehrer aller Zeiten gewesen ... Dann habt ihr diese nette Frau Finke bekommen. Ja, das war eine Lehrerin! Du bist von einer glatten Fünf auf eine Drei Plus gekommen, und am Ende hättest du im Abschlusszeugnis fast eine Eins ergattert ...

Er winkte ab. Eine Möwe näherte sich ihm vorsichtig, fast ängstlich, als würde sie spüren, dass von diesem Mann eine Gefahr ausging.

Bestimmt wirst du am Ende auch um deinen Carsten weinen, ganz wie es sich gehört für eine trauernde Witwe. Aber ich werde dich befreien, meine kleine Prinzessin. Die Art, wie er dich ansieht, habe ich immer gehasst. Was sollte ich als dein Vater tun? Natürlich wusste ich, dass er nicht gut für dich ist, und dir eines Tages wehtun wird. Doch du warst so verliebt, du hast alles durch eine rosarote Brille gesehen.

Aber er betrügt dich nicht nur, nein. Wenn es nur so einfach und billig wäre. Was er tut, ist viel schlimmer: Er treibt einen Keil zwischen uns. Seit ihr zusammen seid, haben wir nie wieder gemeinsam Urlaub gemacht. Er nimmt dich voll in Beschlag. Heute spielst du Tennis. Früher hast du Tennis gehasst. Du trinkst Prosecco mit diesem klebrigen, süßen Zeug drin ... Früher hast du Alkohol gehasst, weil du genau weißt, dass der Schnaps Mamas Untergang war. Von wegen Depressionen! Der

Alkohol hat sie umgebracht, nicht die Scheidung und erst recht nicht, dass du mir zugesprochen wurdest. Nein, mein Engel, du hast keine Schuld. So etwas darfst du gar nicht erst denken …

Du bist ein so guter Mensch, viel zu gut für diese Welt. Deine reine Seele zieht solches Geschmeiß wie diesen Carsten an. Du musst nicht durch so einen schmutzigen Scheidungsprozess wie ich. Das wäre viel zu viel für dich. Du hast damals viel zu sehr gelitten. Die eigene Scheidung wäre wie eine Retraumatisierung für dich. Das werde ich dir ersparen. Ich, dein Schutzengel. Dein Vater.

Ich habe mich mit Carsten angefreundet. Entweder ist er so blöd, dass er nichts gemerkt hat, oder er ist sensibel wie ein Metzgermesser. In seinem übergroßen Narzissmus hat er echt geglaubt, dass ich ihn jetzt doch als Schwiegersohn akzeptiere. Ihn, diesen Kretin!

Jedenfalls wird er sich von mir das Watt zeigen lassen. Wir gehen gemeinsam von Norddeich nach Juist. Das sieht ganz einfach und harmlos aus, als könnte man hinspucken, aber der Weg ist voller Gefahren. Wattwanderungen vom Festland nach Juist sind verboten, aber das weiß das Döfchen nicht. Was versteht ein Carsten aus Bayern schon vom Wattenmeer?

Er hat sich nie hier eingelebt. Er will dich zu sich und seinen Eltern holen, in ihren Betrieb nach München. Der denkt, ich hätte das nicht gemerkt? Er will uns trennen. Uns!

Sterben wird er. Morgen früh. Ich habe mich mit ihm verabredet. Wir wollen bei Sonnenaufgang los. Er will sich von mir die Schönheit des Meeresbodens zeigen lassen.

Er wird in eine Wattwüste laufen und darin umkommen. Die Priele sind viel zu tief, und das ablaufende Wasser hat eine Sogkraft, der auch der beste Schwimmer nicht standhält. Ich glaube allerdings gar nicht, dass er so weit kommt. Ich habe ihm gesagt, er soll Stiefel anziehen, damit er sich die Füße nicht an den scharfen Muscheln aufschneidet. Der Idiot hat sich auch noch für den Tipp bedankt. Seine Stiefel werden im Schlick steckenbleiben, und er wird schließlich barfuß weitermüssen. Ich führe ihn dann über die größte Muschelbank mit Austernkolonien. Ihre scharfen Schalen werden die Haut unter seinen Füßen in Fetzen schneiden und wenn nicht, dann habe ich vorsichtshalber einen abgebrochenen Flaschenhals im Rucksack. Der macht vergleichbare Verletzungen. Schließlich wird er im Schlick versinken, und die Nordsee erledigt den Rest für mich. Für uns wollte ich sagen, mein Kind. Für uns.

Ich werde aus Versehen alles das vergessen, was ein Wattführer braucht, um Hilfe zu leisten. Kein Seil, um ihn herauszuziehen. Kein Funkgerät. Ein Handy, ja, aber leider ist der Akku leer. Man wird mich deshalb nicht bestrafen können. Ich bin ja schließlich kein lizensierter Wattführer. Ich bin nur ein trauernder Schwiegervater, der einen Fehler gemacht hat und nun schwer daran leidet …

Rose fand, dass er seine Arbeit gut gemacht hatte. Er war

hungrig geworden. Er zog seinen Krintstuut aus der Jackentasche und biss in das Rosinenbrot. Er kaute ganz langsam. Den Rest warf er der Möwe hin, doch sie floh vor ihm, als er sich aufrichtete.

Zu Hause im Stiekelkamp begrüßte er seinen Schwiegersohn mit der freundlichen Ermahnung: »Wir müssen um vier aufstehen!«

Der nickte mit nur schlecht gespielter Vorfreude. »Männertag! Schon klar.«

Melanie versprach: »Ich steh mit auf und mach euch Krabben mit Rührei. Eine Stärkung vor so einer Tour ist schon wichtig!«

Er ließ die beiden vor dem Fernseher im Wohnzimmer allein. Schwerfällig ging er die knatschenden Holztreppen hoch. Er grinste: *Genießt euren letzten Abend zu zweit. Ich hoffe, es endet nicht wieder mit wüsten Beschimpfungen und Heulerei …*

Er zog seinen blau-weiß gestreiften Schlafanzug an und legte sich aufs Bett. Er hatte einen großen Tag vor sich. Es war alles nur eine Frage der richtigen Planung, das hatte er in seinen Krimis gelernt.

Die Nachttischlampe zirkelte ihm ein warmes Licht ab. Es reichte aus, um noch ein paar Seiten in seinem Kriminalroman zu lesen. Dann schlief er erschöpft ein. Neben sich auf der Ablage ein Glas Wasser, die Herztabletten und die Kamera.

Im Wohnzimmer nahm Melanie Carstens Hand. »Ich finde es toll, dass ihr endlich einen Weg zueinander findet.«

»Er hat es mir nicht gerade leicht gemacht, dein alter Herr.«

»Die Wattwanderung wird eure Beziehung zueinander verbessern. Ich weiß, wie schwierig er ist, aber gib ihm bitte eine Chance.«

Dann ging Melanie in die Küche und deckte den Frühstückstisch schon einmal ein. Die Männer sollten sehen, wie begeistert sie von dem Versuch der zwei war, sich anzunähern und das Kriegsbeil endlich zu begraben. Die ständigen Streitereien der beiden hatten auch ihre Beziehung zu Carsten schwer belastet, ja zermürbt. Jetzt hoffte sie auf einen Neuanfang.

Sie schlich zu ihrem Vater ins Zimmer, holte die Herztabletten und legte sie neben sein Frühstücksbrettchen. Die durfte er morgen bei der anstrengenden Tour auf keinen Fall vergessen. Genauso wenig wie sein Asthmaspray. Und weil sie eine liebevolle Tochter war, nahm sie auch seine Digicam an sich, um die Akkus wieder aufzuladen, was ihm immer erst einfiel, wenn die Kamera streikte. Diese schöne Wattwanderung sollte doch dokumentiert werden.

Dann sah sie, was er gerade aufgenommen hatte, und für einen Moment wurde ihr schwindelig. Sie musste sich setzen. Dann trank sie ein großes Glas Leitungswasser. Sie wusste nicht, was sie tun sollte, sie war viel zu schockiert. Sie spielte sogar kurz mit dem Gedanken, dieses Geständnis zu vernichten, aber dann wurde ihr klar, dass sie Carsten informieren musste.

Der erschien jetzt ohnehin in der Küche, um sich noch ein Bier zu holen, und meckerte über den Film. »Es ist so spannend, als würde man Farbe beim Trocknen zugucken. Die Versager denken wohl, nur weil Polizisten drin vorkommen, sei es ein Krimi ... Was ist mit dir, Melli? Ist dir schlecht?«

Sie sah aus, als hätte sie in den Abgrund der Hölle gesehen. Stumm wies sie auf die Digicam. Er setzte sich und spielte die letzten Minuten noch einmal ab.

Mit einer Stimme, die ihm unbekannt vorkam, sagte sie: »Wir müssen die Polizei rufen.«

Aber Carsten war ganz anderer Meinung. »Lass uns nichts überstürzen, Melli. Man wird dir alles wegnehmen. Das Haus. Das Zahngold. An Unrechtsgut kann man kein Eigentum erwerben. Wir stehen vor dem Nichts, wenn es so kommt. Das kann ich nicht zulassen. Andererseits hat sein Herz Wände dünn wie Papier. Und dann noch sein Asthma ... Stell dir vor, auf der Wattwanderung ist seine Spraydose leer ... Jedermann weiß, wie gefährlich der Weg vom Festland nach Juist ist ... Er ist ein alter kranker Mann. Ich bin jung und gesund. Es wird niemanden wundern, wenn ich lebend zurückkomme und er nicht ...«.

Dann lächelte er sie an, wie es früher so oft ihr Vater getan hatte, und sie wusste, dass sie einen neuen Beschützer hatte.

Agatha Christie
Die Gesellschafterin

Und wie steht es mit Ihnen, Dr. Lloyd?«, fragte Miss Helier lächelnd. »Haben Sie nichts Gruseliges zu erzählen?« Es war das Lächeln, das jeden Abend das Theaterpublikum verzauberte. Jane Helier galt so manchem als die schönste Frau Englands, und eifersüchtige Berufskolleginnen sagten gern zueinander: »Natürlich ist Jane keine *Künstlerin*. Sie kann nicht *spielen*, verstehen Sie? Aber wer solche Augen hat …«

Ebendiese Augen richteten sich jetzt aufmerksam auf den grau melierten älteren Junggesellen, der sich seit fünf Jahren als Arzt um die Gebrechen der Dorfbewohner von St. Mary Mead kümmerte.

Unwillkürlich zog Dr. Lloyd seine Weste glatt (die neuerdings unangenehm spannte) und zermarterte sich das Hirn, um das bezaubernde Wesen, das sich so vertrauensvoll an ihn gewandt hatte, nicht zu enttäuschen.

»Heute Abend würde ich zu gern in Mord und Totschlag schwelgen«, meinte Jane versonnen.

»Famos gesagt!«, erklärte Colonel Bantry, ihr Gastgeber. »Wirklich famos!« Und er ließ ein lautes, herzhaft-soldatisches Lachen hören. »Findest du nicht auch, Dolly?«

Seine Frau kehrte schleunigst zu den Anforderungen

des gesellschaftlichen Lebens zurück (sie hatte gerade die Frühjahrsbepflanzung ihres Gartens geplant).

»Ja, wirklich famos«, bestätigte sie ein wenig vage. »Das habe ich schon immer gesagt.«

»Wirklich, meine Liebe?«, fragte die alte Miss Marple und zwinkerte ein bisschen dabei.

»Gruselgeschichten haben wir hier in St. Mary Mead eigentlich nicht zu bieten, Miss Helier, und Verbrechen noch weniger«, sagte Dr. Lloyd.

»Das überrascht mich aber«, sagte Sir Henry Clithering, der Ex-Chef von Scotland Yard, und an Miss Marple gewandt: »Ich habe unsere Freundin hier immer so verstanden, als wäre St. Mary Mead ein wahrer Hort des Verbrechens und des Lasters.«

»So etwas habe ich bestimmt nie gesagt, Sir Henry«, protestierte Miss Marple leicht errötend. »Ich habe nur gesagt, dass die menschliche Natur in einem Dorf nicht anders ist als anderswo, man hat nur mehr Gelegenheit und Muße, sie aus größerer Nähe zu beobachten.«

»Aber *Sie* haben nicht immer hier gelebt«, sagte Jane Helier zu Dr. Lloyd. »Sie haben alle möglichen ausgefallenen Orte in der ganzen Welt kennengelernt, Orte, an denen etwas los ist!«

»Das stimmt natürlich«, bestätigte Dr. Lloyd, der noch immer angestrengt nachdachte »Ja, natürlich ... Doch, jetzt hab ich's.«

Erleichtert seufzend lehnte er sich zurück.

»Es ist jetzt etliche Jahre her, ich hatte es fast vergessen ... Aber die Umstände waren sehr eigenartig, wirklich sehr eigenartig. Und jener letzte Zufall, der mir den Schlüssel in die Hand spielte, war es ebenfalls.«

Miss Helier rückte ihren Stuhl ein wenig näher heran, zog sich die Lippen nach und schwieg erwartungsvoll. Auch die anderen Gäste sahen ihn gespannt an.

»Ich weiß nicht, ob jemand aus unserer Runde die Kanaren kennt«, begann der Arzt.

»Die müssen wundervoll sein«, sagte Jane Helier. »Sie liegen irgendwo in der Südsee, nicht? Oder im Mittelmeer?«

»Ich habe auf dem Weg nach Südafrika dort Station gemacht«, sagte der Colonel. »Der Pico del Teide im Licht der sinkenden Sonne ist ein prachtvoller Anblick.«

»Die Geschichte, von der ich erzählen will«, begann Dr. Lloyd, »spielte nicht auf Teneriffa, sondern auf Gran Canaria. Sie liegt jetzt viele Jahre zurück. Nach einer gesundheitlichen Krise musste ich meine Praxis in England aufgeben und ins Ausland gehen. Ich praktizierte in Las Palmas, der Hauptstadt der Insel, und empfand das Leben dort in vielerlei Hinsicht als sehr angenehm. Das Klima war mild und sonnenreich, man konnte fabelhaft surfen, Schwimmen ist ohnehin meine Leidenschaft, und das Treiben im Hafen faszinierte mich. Schiffe aus aller Welt legen in Las Palmas an. Jeden Morgen ging ich an der Mole entlang, die für mich weit fesselnder war als für die Damen eine Straße voller Hutläden.

In Las Palmas treffen wie gesagt Schiffe aus aller Welt ein. Manche bleiben ein paar Stunden, manche ein, zwei Tage. In dem größten Hotel des Ortes, dem Metropole, sieht man Menschen aller Rassen und Nationalitäten – Zugvögel. Selbst wer nach Teneriffa will, bleibt gewöhnlich ein paar Tage dort, ehe er auf die andere Insel übersetzt.

Meine Geschichte beginnt in besagtem Hotel Metropole, an einem Donnerstagabend im Januar. Es wurde getanzt, und ich saß mit einem Freund an einem kleinen Tisch und beobachtete die Gesellschaft. Unter den Tänzern waren auch ein paar Engländer und andere Nationalitäten, aber die meisten waren Spanier, und als das Orchester einen Tango anstimmte, gingen nur fünf oder sechs spanische Paare aufs Parkett. Sie tanzten alle gut, und wir sahen zu und staunten. Unsere besondere Bewunderung galt einer Frau, die sich – groß, schön und geschmeidig – mit der Grazie einer gezähmten Leopardin bewegte. Etwas Gefährliches ging von ihr aus, das sagte ich auch zu meinem Freund, und er stimmte mir zu.

›Frauen dieses Typs‹, sagte er, ›machen Geschichte. Das Leben geht nicht achtlos an ihnen vorüber.‹

›Schönheit kann ein gefährlicher Besitz sein‹, sagte ich.

›Es ist nicht nur die Schönheit. Schau sie dir doch nur einmal an. Dieser Frau – oder wegen dieser Frau – werden seltsame und aufregende Dinge geschehen. Das Leben geht, wie gesagt, nicht achtlos an ihr vorüber. Du brauchst sie nur anzusehen und weißt Bescheid.‹

Nach einer kleinen Pause fügte er lächelnd an:

›So wie du nur diese beiden Frauen da drüben anzusehen brauchst, um zu wissen, dass sie nie in eine Ausnahmesituation geraten könnten. Sie sind für ein gefahr- und ereignisloses Dasein geschaffen.‹

Ich folgte seinem Blick. Die Frauen, von denen er sprach, waren Touristinnen, die gerade angekommen waren, ein Schiff der niederländischen Lloyd-Linie hatte abends angelegt, und nach und nach trafen die Passagiere im Hotel ein.

Ich begriff sofort, was mein Freund meinte. Es waren Engländerinnen – brave, biedere Frauen, wie sie einem häufig im Ausland begegnen. Ich schätzte beide auf um die vierzig. Die eine war blond und eine Spur – nur eine Spur – zu füllig, die andere brünett und – auch wieder nur eine Spur – zu mager. Sie hatten sich gut gehalten, so sagt man wohl, dezent und unauffällig in ihren gut geschnittenen Tweedkostümen und ungeschminkt. Eine stille Selbstsicherheit, das Geburtsrecht wohlerzogener Engländerinnen, ging von ihnen aus. Aber sie waren beide nichts Besonderes – sie waren wie Tausende ihrer Schwestern. Mit Hilfe des Baedekers würden sie das sehen, was sie zu sehen wünschten, und vor allem anderen die Augen verschließen. Sie würden die englische Bibliothek am Ort aufsuchen und in die anglikanische Kirche gehen, und die eine oder die andere oder beide würden ein wenig zeichnen. Wie mein Freund gesagt hatte, würde weder der einen noch der anderen etwas Aufregendes oder Ausgefallenes begegnen, und sollten sie die halbe Welt bereisen. Ich sah zurück zu unserer geschmeidigen Spanierin mit den jetzt halb geschlossenen feurigen Augen und lächelte.«

»Die Ärmsten«, seufzte Jane Helier. »Also ich finde es sehr töricht, wenn jemand nicht das Beste aus sich macht. Diese Frau in der Bond Street – Valentine – ist phantastisch. Audrey Denman geht zu ihr, und haben Sie sie in *Schritt abwärts* gesehen? Als Schulmädchen im ersten Akt ist sie einfach um-wer-fend. Dabei ist Audrey gut und gern fünfzig, ja, ich weiß zufällig, dass sie in Wirklichkeit auf die sechzig zugeht.«

»Erzählen Sie weiter«, sagte Mrs Bantry zu Dr. Lloyd.

»Ich liebe Geschichten über geschmeidige spanische Tänzerinnen, sie trösten mich über mein Alter und meinen Umfang hinweg.«

»So leid es mir tut«, sagte Dr. Lloyd leicht verlegen, »aber bei dieser Geschichte geht es nicht um diese Spanierin.«

»Nicht?«

»Nein. Mein Freund und ich waren auf dem Holzweg. Die spanische Schöne hat nichts wirklich Aufregendes erlebt. Sie hat einen Angestellten vom Schifffahrtsamt geheiratet, und als ich die Insel verließ, hatte sie bereits fünf Kinder und war sehr dick geworden.«

»Wie die Kleine von Israel Peters«, warf Miss Marple ein. »Die zum Theater ging und so schöne Beine hatte, dass sie die Rolle des jungen Helden in der Pantomime bekam. Alle unkten, es werde böse enden, aber sie hat einen Handelsvertreter geheiratet und sich bestens mit diesem Leben arrangiert.«

»Die dörfliche Parallele«, bemerkte Sir Henry halblaut.

»In meiner Geschichte«, fuhr der Arzt fort, »geht es vielmehr um die beiden Engländerinnen.«

»Ist denen doch etwas zugestoßen?«, hauchte Miss Helier. »Allerdings – und zwar schon am nächsten Tag.«

»Und was?«, fragte Mrs Bantry ermutigend.

»Als ich an jenem Abend das Hotel verließ, warf ich aus Neugier einen Blick ins Gästebuch und fand auch gleich die Namen – Miss Mary Barton und Miss Amy Durrant, wohnhaft in Little Paddocks, Caughton Weir, Buckinghamshire. Dass ich den Trägerinnen dieser Namen so bald und unter so tragischen Umständen erneut begegnen würde, hätte ich mir nicht träumen lassen.

Für den nächsten Tag hatte ich mich mit Freunden zu einem Picknick verabredet. Wir wollten, mit Lunchpaketen versehen, quer über die Insel nach Las Nieves fahren – wenn ich den Namen richtig in Erinnerung habe, es ist so lange her –, in eine geschützte Bucht, wo wir, wenn wir Lust hatten, auch schwimmen konnten. Beim Aufbruch verspäteten wir uns allerdings etwas, sodass wir unterwegs haltmachten und picknickten, um danach nach Las Nieves weiterzufahren, wo wir vor dem Tee noch schwimmen wollten.

Als wir uns dem Strand näherten, herrschte dort große Aufregung. Die ganze Bevölkerung des kleinen Dorfes schien sich dort versammelt zu haben. Sobald sie uns sahen, stürmten sie zu unserem Wagen und setzten zu einer atemlosen Erklärung an. Da mein Spanisch nicht sehr gut war, dauerte es ein wenig, bis ich begriffen hatte, worum es ging.

Zwei dieser verrückten Engländerinnen waren baden gegangen, und die eine war zu weit hinausgeschwommen und in Schwierigkeiten geraten. Die andere war ihr gefolgt und hatte versucht, sie an Land zu bringen, aber die Kräfte hatten sie verlassen, und auch sie wäre ertrunken, wäre nicht ein Mann mit einem Boot hingerudert und hätte die Retterin und die in Seenot Geratene aufgenommen. Letzterer aber war nicht mehr zu helfen.

Sobald ich begriffen hatte, worum es ging, drängte ich mich durch die Menge und eilte zum Strand hinunter. Zunächst erkannte ich die beiden Frauen nicht. Die füllige Gestalt in dem schwarzen Baumwolltrikot und der engen grünen Gummibadekappe, die besorgt aufsah, weckte keinerlei Erinnerungen. Sie kniete neben ihrer Freundin und versuchte sich ziemlich stümperhaft an Mund-zu-Mund-Beatmung. Als ich mich als Arzt zu erkennen gab, seufzte sie erleichtert, und ich sagte, sie solle sofort in eine der Hütten gehen, um sich abzutrocknen und umzuziehen. Eine der Damen aus unserer Gruppe begleitete sie. Ich selbst kümmerte mich um ihre Freundin, aber alle Mühen waren vergeblich. Das Leben war eindeutig erloschen, und schließlich musste ich widerstrebend aufgeben.

Ich ging zu den anderen in die kleine Fischerhütte, wo ich die traurige Nachricht überbringen musste. Die Überlebende hatte jetzt ihre Straßenkleidung an, und ich erkannte in ihr sofort eine der beiden Damen, die am Vorabend angekommen waren. Sie nahm die betrübliche Nachricht ziemlich gefasst auf, und man merkte, dass es weniger persönliche Betroffenheit war als der Schreck über den Vorfall, der ihr zu schaffen machte.

›Arme Amy‹, sagte sie, ›sie hatte sich auf das Baden hier so gefreut, und sie konnte gut schwimmen. Ich verstehe es nicht. Was kann Ihrer Meinung nach passiert sein, Doctor?‹

›Vielleicht war es ein Krampf. Erzählen Sie doch mal genau, was sich abgespielt hat.‹

›Wir waren etwa zwanzig Minuten geschwommen, und ich wollte zurück zum Strand, aber Amy sagte, sie wolle noch einmal hinausschwimmen, was sie auch tat. Plötzlich hörte ich sie rufen und begriff, dass sie um Hilfe schrie. Ich schwamm so schnell wie möglich zu ihr. Als ich bei ihr ankam, hielt sie sich noch über Wasser, aber sie klammerte sich so heftig an mich, dass wir beide untergingen. Ohne den Mann im Ruderboot wäre ich auch ertrunken.‹

›Das kommt recht oft vor‹, sagte ich. ›Einen Ertrinkenden zu retten ist nicht einfach.‹

›Es ist so grauenvoll‹, fuhr Miss Barton fort. ›Wir sind erst gestern angekommen und freuten uns so sehr auf die Sonne und unseren kleinen Urlaub. Und jetzt kommt es zu dieser … dieser unglaublichen Tragödie.‹

Ich bat sie um persönliche Angaben über die Tote und sagte, ich würde alles in meiner Macht Stehende für Miss Barton tun, aber die spanischen Behörden brauchten vollständige Informationen. Die gab sie mir bereitwillig.

Die Tote, Miss Amy Durrant, sei vor fünf Monaten als Gesellschafterin zu ihr gekommen. Sie hätten sich gut verstanden, aber über ihre Familie habe Miss Durrant kaum je gesprochen. Sie sei früh Waise geworden, sei bei einem Onkel aufgewachsen und habe, seit sie einundzwanzig war, ihren Lebensunterhalt selbst bestritten.

Ja, so war das«, fuhr der Arzt fort und wiederholte nach einer kleinen Pause in abschließendem Ton: »Ja, so war das.«

»Das verstehe ich nicht«, sagte Jane Helier. »Ist das alles? Es ist natürlich sehr traurig und so weiter, aber … aber nicht das, was ich gruselig nennen würde.«

»Da gibt es wohl noch eine Fortsetzung«, vermutete Sir Henry.

»Ja, die gibt es«, bestätigte Dr. Lloyd. »Ich fragte natürlich die Dorfbewohner nach dem, was sie gesehen hatten, sie waren schließlich Augenzeugen, und eine Frau erzählte etwas Seltsames. Seinerzeit hatte ich nicht weiter darauf geachtet, aber hinterher fiel es mir wieder ein. Sie behauptete, Miss Durrant habe gar nicht in Schwierigkeiten gesteckt, als sie gerufen habe, die andere Dame sei zu ihr geschwommen und habe Miss Durrants Kopf unter Wasser gedrückt. Es war eine so verrückte Geschichte, und vom Ufer aus sieht so etwas immer ganz anders aus. Es ist denkbar, dass Miss Barton versucht hat zu erreichen, dass ihre Freundin das Bewusstsein verlor, weil die panische Umklammerung sie beide in die Tiefe gezogen hätte. Glaubte man der Aussage der Spanierin, hatte es hingegen so ausgesehen, als versuchte Miss Barton bewusst, ihre Gesellschafterin zu ertränken.

Ich schenkte der Aussage, wie gesagt, weiter keine Beachtung, aber sie fiel mir wieder ein, als wir versuchten, etwas über diese Amy Durrant herauszufinden. Anscheinend hatte sie keine Angehörigen. Miss Barton und ich sichteten gemeinsam ihre Habe. Wir fanden eine Adresse und schrieben dorthin, aber wie sich herausstellte, war es nur ein Zimmer, das sie gemietet hatte, um ihre Habseligkeiten zu lagern. Die Hauswirtin wusste nichts, sie hatte die Frau nur das eine Mal gesehen, als sie das Zimmer besichtigt hatte. Damals habe Miss Durrant gesagt, sie hätte gern immer einen Ort, den sie ihr Eigen nennen und zu dem sie jederzeit zurückkehren könne. Das Zimmer enthielt ein, zwei schöne alte Möbelstücke, einige Bildbände und eine Truhe mit Stoffen, die sie auf Auktionen gekauft hatte, aber keine persönlichen Gegenstände. Der Vermieterin hatte sie gesagt, ihre Eltern seien in Indien gestorben, als sie noch ein Kind war, und sie sei bei einem Onkel, einem Pfarrer, aufgewachsen, aber ob es der Bruder ihres Vaters oder ihrer Mutter war, hatte sie nicht verraten, sodass wir in dieser Richtung nicht weiterkamen.

Der Fall war nicht eigentlich geheimnisvoll, aber unbefriedigend. Es muss viele einsame Frauen geben, die sich – stolz und zurückhaltend – in so einer Lage befinden. Unter ihrer Habe in Las Palmas fanden sich zwei Fotografien, ziemlich alt und verblichen und an den Rändern beschnitten, damit sie in die Rahmen passten, in denen sie jetzt steckten, sodass der Name des Fotografen nicht mehr zu sehen war, und eine alte Daguerreotypie – vielleicht von ihrer Mutter, vermutlich aber eher von ihrer Großmutter.

Miss Barton hatte zwei Referenzen genannt bekommen, einen Namen hatte sie vergessen, der zweite fiel ihr nach einigem Nachdenken wieder ein. Es war eine Dame, die nach Australien ausgewandert war und die wir anschrieben. Bis ihre Antwort eintraf, verging natürlich viel Zeit, und der Brief half uns leider nicht weiter. Miss Durrant sei als Gesellschafterin bei ihr gewesen, schrieb sie, eine sehr tüchtige und ganz reizende Frau, aber von ihren Privatangelegenheiten oder ihren Familienverhältnissen wisse sie nichts.

Es war also, wie gesagt, kein ungewöhnlicher Fall, aber beides zusammengenommen – diese Amy Durrant, von der niemand etwas wusste, und die verrückte Aussage der Spanierin – löste bei mir Unbehagen aus. Dazu kam noch etwas. Als ich mit der Verunglückten beschäftigt war, hatte Miss Barton auf dem Weg zur Fischerhütte noch einmal zurückgesehen – mit einem Gesichtsausdruck, den ich nur als quälende Besorgnis bezeichnen kann – eine Art schmerzlicher Verunsicherung, die mir tiefen Eindruck machte.

Seinerzeit erklärte ich mir diesen Blick als die überwältigende Trauer um ihre Freundin. Später wurde mir klar, dass ich ihr Verhältnis falsch eingeschätzt hatte. Sie waren einander nicht innig zugetan, von tiefer Trauer konnte keine Rede sein. Miss Barton hatte Amy Durrant gerngehabt, ihr Tod war ein Schock für sie gewesen – aber mehr nicht.

Warum dann diese quälende Besorgnis? Die Frage ließ mich nicht mehr los. Ich hatte mich in diesem Blick nicht getäuscht. Und fast gegen meinen Willen begann sich eine Antwort herauszukristallisieren. Angenommen, die Aussage der Spanierin traf zu, angenommen, Mary Barton hatte bewusst und kaltblütig versucht, Amy Durrant zu ertränken. Sie hält die Frau unter Wasser, während sie vorgeblich versucht, sie zu retten. Ein Ruderboot nimmt sie auf. Sie sind an einem einsamen Strand. Und dann erscheine völlig überraschend ich auf der Bildfläche. Ein Arzt! Noch dazu ein englischer Arzt! Sie weiß sehr genau, dass Menschen, die viel länger als Amy Durrant unter Wasser waren, durch Mund-zu-Mund-Beatmung gerettet werden können. Aber sie muss ihre Rolle spielen, muss mich mit ihrem Opfer allein lassen. Und als sie sich noch ein letztes Mal umdreht, liegt dieser Ausdruck quälender Besorgnis auf ihrem Gesicht. Wird Amy Durrant wieder erwachen und *verraten*, was sie weiß?«

»Ich bin total hingerissen«, sagte Jane Helier.

»So gesehen schien der Fall doch nicht so klar, und die Person Amy Durrant wurde umso geheimnisvoller. Wer war Amy Durrant? Warum sollte sie, eine unbedeutende

Gesellschafterin, von ihrer Arbeitgeberin ermordet werden? Was für eine Geschichte steckte hinter jenem todbringenden Badeausflug? Sie war erst ein paar Monate bei Mary Barton. Mary Barton war mit ihr ins Ausland gereist, und an dem Tag nach ihrer Landung war es zu der Tragödie gekommen. Beide waren nette, durchschnittliche, kultivierte Engländerinnen. Die ganze Sache war verrückt, und das sagte ich mir auch. Meine Phantasie war mit mir durchgegangen.«

»Sie haben also nichts unternommen?«, fragte Miss Helier.

»Was hätte ich tun sollen, meine Liebe? Es gab keine Beweise. Die meisten Augenzeugen erzählten dieselbe Geschichte wie Miss Barton. Mein Verdacht beruhte auf einem flüchtigen Gesichtsausdruck, den ich mir womöglich nur eingebildet hatte. Mir blieb nur eins – dafür zu sorgen, dass gründliche Nachforschungen nach den Angehörigen von Amy Durrant angestellt wurden. Als ich das nächste Mal in England war, suchte ich sogar ihre Vermieterin auf, von dem Ergebnis habe ich Ihnen erzählt.«

»Aber Sie hatten das Gefühl, dass irgendetwas nicht stimmte«, stellte Miss Marple fest.

Dr. Lloyd nickte.

»Die meiste Zeit schämte ich mich wegen meiner Zweifel. Wie konnte ich diese sympathische Engländerin mit den guten Manieren eines gemeinen, kaltblütigen Mordes verdächtigen? Ich bemühte mich, in der kurzen Zeit, die sie noch auf der Insel verbrachte, besonders nett zu ihr zu sein. Ich half ihr mit den spanischen Behörden. Ich tat alles, was ein Engländer tun konnte, um eine Landsmännin in einem fremden Land zu unterstützen, aber ich bin überzeugt davon, dass sie um meinen Verdacht und meine Abneigung wusste.«

»Wie lange ist sie denn dortgeblieben?«, wollte Miss Marple wissen.

»Etwa vierzehn Tage. Miss Durrant wurde dort begraben, und etwa zehn Tage danach reiste Miss Barton mit dem Schiff wieder zurück nach England. Der Schock habe sie derart aufgewühlt, dass sie nicht wie geplant den Winter dort verbringen könne, sagte sie.«

»Hatten Sie denn den Eindruck, dass sie aufgewühlt war?«, fragte Miss Marple.

Der Arzt zögerte.

»Äußerlich war ihr nichts anzumerken«, sagte er vorsichtig. »Sie war zum Beispiel nicht dicker geworden?«, fragte Miss Marple weiter.

»Erstaunlich, dass Sie das fragen. Wenn ich es mir recht überlege ... ja, ich hatte tatsächlich den Eindruck, dass sie zugenommen hatte.«

»Wie grässlich!« Jane Helier schauderte. »Das ist ja ... das ist, als wenn ein Mensch sich am Blut seines Opfers mästet.«

»Vielleicht tue ich ihr auch unrecht«, fuhr Dr. Lloyd fort. »Vor ihrer Abreise sagte sie etwas, was in eine völlig andere Richtung deutete. Es mag den einen oder anderen Verstand geben – ja, ich glaube fest, dass es so etwas gibt –, der sehr langsam arbeitet, der eine gewisse Zeit braucht, um die Ungeheuerlichkeit der begangenen Tat zu begreifen.

Es war der Vorabend ihrer Abreise. Sie hatte mich zu sich gebeten und sich sehr herzlich für all meine Hilfe bedankt. Natürlich spielte ich die Sache herunter, sagte, ich hätte nur getan, was in dieser Situation selbstverständlich sei, und so weiter. Nach einer Pause stellte sie mir plötzlich eine Frage.

›Glauben Sie, dass es unter bestimmten Umständen zulässig ist, das Recht selbst in die Hand zu nehmen?‹

Das sei eine schwierige Frage, sagte ich, aber alles in allem müsse ich sie verneinen. Gesetz sei Gesetz, und dem müssten wir uns beugen.

›Selbst wenn es machtlos ist?‹, wandte sie ein.

›Ich verstehe nicht recht …‹

›Es ist schwer zu erklären, aber es ist möglich, dass man etwas, was eindeutig als Unrecht, ja als Verbrechen gilt, aus einem guten und hinlänglichen Grund tut.‹

Ich erwiderte trocken, dass das vermutlich schon mehr Verbrecher so gesehen hätten, und sie erschauderte.

›Aber das ist grauenvoll‹, sagte sie halblaut. ›Ganz grauenvoll.‹

Und dann bat sie mich in verändertem Tonfall um ein Schlafmittel. Sie habe seit …, sie zögerte, … seit dem furchtbaren Schock nicht mehr richtig schlafen können.

›Sind Sie sicher, dass das der Grund ist? Sie haben keine Sorgen? Nichts, was Ihnen nachgeht?‹

›Was sollte mir nachgehen?‹, fragte sie scharf und misstrauisch.

›Manchmal sind Sorgen ein Grund für Schlaflosigkeit‹, sagte ich leichthin.

Sie schien kurz nachzudenken.

›Meinen Sie Sorgen um die Zukunft oder Sorgen wegen einer Vergangenheit, an der nichts mehr zu ändern ist?‹

›Es kann beides sein.‹

›Nur bringt es nichts, sich Sorge um Vergangenes zu machen, man bekommt ja nicht zurück … Ach, Schluss damit! Man darf nicht grübeln. Nicht grübeln …‹

Ich verordnete ihr ein leichtes Schlafmittel und verabschiedete mich. Auf dem Rückweg ließen ihre Worte mich nicht los. Man bekommt ja nicht zurück, was man verloren hat? Oder wen?

Dieses letzte Gespräch hatte mich wohl in gewisser Weise auf das Kommende vorbereitet. Ich hatte es natürlich nicht erwartet, aber als es dann geschah, war ich nicht überrascht. Von Anfang an hatte ich nämlich den Eindruck, dass Mary Barton eine gewissenhafte Frau war – keine schwache Sünderin, sondern eine Frau mit Überzeugungen, nach denen sie zu handeln bereit war, eine Frau, die nicht klein beigeben würde, solange sie noch an diese Überzeugungen glaubte. In unserem letzten Gespräch hatte ich den Eindruck, dass sie an ihren Überzeugungen zu zweifeln begann. Aus ihren Worten meinte ich herauszuhören, dass sie die ersten Ansätze jener schrecklichen Gewissenserforschung zeigte, die wir Reue nennen.

Es geschah in Cornwall, in einem kleinen, um diese Jahreszeit fast ausgestorbenen Badeort. Es muss … lassen Sie mich überlegen … es muss Ende März gewesen sein. Ich las in der Zeitung davon. Eine gewisse Miss Barton hatte sich dort in einem kleinen Hotel eingemietet und sich – das war allen aufgefallen – sehr sonderbar benommen. Nachts geisterte sie herum und führte Selbstgespräche, sodass ihre Zimmernachbarn rechts und links kein Auge zutun konnten. Eines Tages hatte sie den Pfarrer aufgesucht und ihm gesagt, sie müsse ihm etwas äußerst Schwerwiegendes beichten – sie habe ein Verbrechen begangen. Statt weiterzusprechen, war sie dann unvermittelt aufgestanden und hatte gesagt, sie würde ein andermal wiederkommen. Der Pfarrer hielt sie für leicht verwirrt und nahm ihre Selbstbezichtigung nicht ernst.

Am nächsten Morgen war sie nicht in ihrem Zimmer. Ein an den Coroner gerichtetes Schreiben wurde gefunden. Es lautete:

Ich habe gestern versucht, mit dem Pfarrer zu sprechen und alles zu gestehen, aber es gelang mir nicht. Sie hat es nicht zugelassen. Ein Leben für ein Leben – nur so ist Wiedergutmachung möglich. Mein Leben muss ebenso enden, wie das ihre endete. Auch ich muss in der tiefen See ertrinken. Ich glaubte im Recht zu sein. Ich begreife jetzt, dass dem nicht so war. Wenn ich will, dass Amy mir verzeiht, muss ich zu ihr gehen. Man gebe niemandem die Schuld an meinem Tod – Mary Barton.

Ihre Sachen fanden sich am Strand in einer abgelegenen Bucht in der Nähe, sie hatte sich offenbar dort entkleidet und war entschlossen ins Meer hinausgeschwommen – an einer Stelle, wo bekanntermaßen die Strömung gefährlich war und man leicht abgetrieben werden konnte.

Die Leiche fand sich nie, aber nach einiger Zeit erklärte man Amy Durrant für tot. Sie war eine reiche Frau gewesen, ihr Vermögen belief sich auf hunderttausend Pfund. Da sie kein Testament hinterlassen hatte, ging alles an ihre nächsten Angehörigen – Vettern in Australien. Die Presse spielte diskret auf das an, was sich auf den Kanaren zugetragen hatte, und vertrat die Theorie, dass Miss Durrants Tod den Verstand der Freundin zerrüttet habe. Die gerichtliche Untersuchung befand, wie in solchen Fällen üblich, auf Selbstmord bei zeitweiser Unzurechnungsfähigkeit.

Und so fiel nach der Tragödie von Amy Durrant und Mary Barton der Vorhang.«

Es blieb eine ganze Weile still, dann tat Jane Helier einen tiefen Atemzug.

»Aber Sie können doch nicht aufhören, wenn es am spannendsten ist! Weiter bitte!«

»Das ist kein Fortsetzungsroman, Miss Helier, sondern das wahre Leben, und das wahre Leben hört auf, wann es ihm passt.«

»Ich will aber wissen, wie es weitergeht.«

»Deshalb müssen wir jetzt unsere Köpfe anstrengen, Miss Helier«, erklärte Sir Henry. »Warum hat Mary Barton ihre Gesellschafterin umgebracht? Das ist die Frage, die Dr. Lloyd uns gestellt hat.«

»Na ja, da gibt es natürlich jede Menge Gründe. Ich meine … Vielleicht ist Amy Durrant ihr auf die Nerven gegangen, oder sie ist eifersüchtig geworden. Dr. Lloyd hat zwar nicht von Männern gesprochen, aber auf der Schiffsreise … Man weiß doch, was die Leute über Schiffe und Schiffsreisen so erzählen.«

Miss Helier legte eine kurze Verschnaufpause ein, und ihre Zuhörer hatten Gelegenheit festzustellen, dass Jane Heliers Kopf zwar bezaubernd war, aber das, was darin steckte, eher zu wünschen übrigließ.

»Ich könnte zahlreiche Vermutungen vorbringen«, sagte Mrs Bantry, »aber ich muss mich hier wohl auf eine beschränken. Ich denke mir das so: Miss Bartons

Vater verdankte sein Vermögen der Tatsache, dass er Amy Durrants Vater in den Ruin getrieben hat, und dafür wollte Amy sich rächen. Nein, halt, es ist gerade andersherum. Wie ärgerlich. Warum bringt die reiche Arbeitgeberin die bescheidene Gesellschafterin um? Ich hab's. Miss Barton hatte einen jüngeren Bruder, der sich aus Liebe zu Amy Durrant erschossen hat. Miss Barton wartet ihre Gelegenheit ab, Amy verarmt, Miss B. stellt sie als Gesellschafterin ein, reist mit ihr auf die Kanarischen Inseln und verübt ihre Rache. Wie finden Sie das?«

»Vorzüglich«, sagte Sir Henry. »Nur ist nicht bekannt, dass Miss Barton einen jüngeren Bruder gehabt hätte.«

»Wir folgern das einfach«, erklärte Mrs Bantry. »Wenn sie keinen jüngeren Bruder hatte, haben wir kein Motiv, deshalb muss sie einen gehabt haben. Alles klar, Watson?«

»Gut und schön, Dolly«, wandte ihr Mann ein. »Aber das ist nur eine Vermutung.«

»Ja, natürlich«, sagte seine Frau. »Wir raten doch alle nur, wir haben keine Anhaltspunkte. Rate doch mit, Schatz.«

»Also ganz ehrlich, ich weiß nicht, was ich sagen soll. Aber an Miss Heliers Idee, dass sie sich um einen Mann gestritten haben, ist etwas dran, finde ich. Wahrscheinlich war es ein anglokatholischer Pfarrer. Sie haben ihm beide einen Chormantel gestickt, und er hat zuerst den von dieser Durrant getragen. Verlass dich drauf – irgendwas in der Art war es. Denk dran, wie sie zum Schluss zu einem Pfarrer gerannt ist. Wenn's um einen gutaussehenden Geistlichen geht, verlieren diese Frauen alle den Kopf, das hört man immer wieder.«

»Ich will versuchen, Ihnen eine subtilere Erklärung anzubieten«, sagte Sir Henry, »gebe aber gern zu, dass auch sie nur eine Vermutung ist. Ich behaupte, dass Miss Barton von jeher geistig verwirrt war. Das gibt es häufiger, als man denkt. Ihr Wahn verstärkte sich, und mit der Zeit hielt sie es für ihre Pflicht, die Welt von bestimmten Personen zu befreien, möglicherweise von sogenannten gefallenen Frauen. Über Miss Durrants Vergangenheit ist nicht viel bekannt, vielleicht gehörte sie zu dieser Kategorie. Miss Barton erkennt das und beschließt sie zu beseitigen. Später beginnt sie an der Berechtigung ihrer Tat zu zweifeln und wird von Reue überwältigt. Ihr Ende beweist, dass sie in völliger Umnachtung gehandelt hat. Sind Sie nicht auch dieser Meinung, Miss Marple?«

»Ich fürchte nein, Sir Henry.« Miss Marple lächelte entschuldigend. »Meiner Meinung nach beweist ihr Ende, dass sie eine sehr gescheite und findige Person war.«

Jane Helier stieß einen leisen Schrei aus. »Wie dumm ich war! Darf ich noch einmal raten? Erpressung. Diese Gesellschafterin hat sie erpresst. Ich verstehe nur nicht, warum Miss Marple sagt, es war gescheit von ihr, sich umzubringen. Das leuchtet mir überhaupt nicht ein.«

»Ja, wissen Sie«, sagte Sir Henry, »Miss Marple kannte einen ganz ähnlichen Fall in St. Mary Mead.«

»Dass Sie sich immer über mich lustig machen müssen, Sir Henry«, sagte Miss Marple vorwurfsvoll. »Allerdings gebe ich gern zu, dass er mich ein wenig an die alte Mrs Trout erinnert. Sie hat für drei alte Frauen, die gestorben waren, in verschiedenen Gemeinden Altersrente kassiert.«

»Das klingt nach einem äußerst komplizierten und einfallsreichen Verbrechen«, sagte Sir Henry. »Mir ist aber nicht klar, wie es zur Aufklärung unseres Rätsels beiträgt.«

»Natürlich nicht – *Ihnen* nicht«, sagte Miss Marple. »Aber einige der Familien waren sehr arm, und die Altersrente wäre ein großer Segen für die Kinder. Ich weiß, dass das für Außenstehende schwer zu verstehen ist. Aber eigentlich wollte ich Folgendes damit sagen: Dreh- und Angelpunkt des Falles war die Tatsache, dass ältere Frauen alle gleich sind.«

»Wie bitte?«, fragte Sir Henry verblüfft.

»Ich weiß, Erklären ist nicht meine Stärke ... Ich meine es so: Als Dr. Lloyd anfing, die beiden Damen zu beschreiben, wusste er nicht, welche welche war, und auch im Hotel wusste das wohl keiner. Nach ein, zwei Tagen hätten sie es natürlich erfahren, aber am nächsten Tag ertrank eine der beiden, und als die Überlebende sagte, sie sei Miss Barton, dürfte es niemandem in den Sinn gekommen sein, dass das nicht stimmen könnte.«

»Sie glauben ... Ja, ich verstehe«, sagte Sir Henry nachdenklich.

»Es ist die einzig mögliche Lösung. Die liebe Mrs Bantry hat es gerade angesprochen: Warum sollte die reiche Arbeitgeberin die bescheidene Gesellschafterin umbringen? Der umgekehrte Fall ist viel wahrscheinlicher. So ist das eben im Leben.«

»Meinen Sie das ernst?«, fragte Sir Henry. »Sie erschüttern mich.«

»Aber natürlich«, fuhr Miss Marple fort, »musste sie Miss Bartons Sachen anziehen, die ihr vermutlich etwas zu eng waren, sodass es wirkte, als hätte sie zugenommen. Deshalb habe ich diese Frage gestellt. Ein Mann würde natürlich denken, die Dame sei dicker geworden und nicht die Sachen kleiner – auch wenn das vielleicht nicht ganz richtig formuliert ist.«

»Aber was hätte Amy Durrant davon gehabt, Miss Barton zu ermorden?«, fragte Mrs Bantry. »Sie konnte doch die Täuschung nicht bis in alle Ewigkeit aufrechterhalten.«

»Sie hat die Täuschung nur einen Monat aufrechterhalten«, erläuterte Miss Marple. »Ich nehme an, dass sie in dieser Zeit auf Reisen ging und sich von Menschen fernhielt, die sie möglicherweise hätten erkennen können. Das habe ich damit gemeint, dass *ältere* Frauen alle gleich sind. Dass in ihrem Pass ein anderes Foto war, dürfte nirgends aufgefallen sein, man weiß ja, wie Pässe sind. Im März ist sie dann nach Cornwall gefahren, hat sich sonderbar benommen und damit Aufmerksamkeit erregt, sodass die Leute, als man ihre Sachen am Strand fand und ihren Abschiedsbrief las, nicht den einzig vernünftigen Schluss zogen.«

»Nämlich?«

»Es gab keine Leiche«, sagte Miss Marple mit Nachdruck. »Dabei hätte das doch jedem von Anfang an klar sein müssen, der sich nicht von den vielen falschen Fährten hat ablenken lassen, die sie gelegt hatte – einschließlich der Hinweise auf Mord und Reue. Es gab keine Leiche – das war der wichtigste Anhaltspunkt.«

»Meinen Sie, dass von Reue keine Rede sein konnte?«, fragte Mrs Bantry. »Sie hat sich also nicht ertränkt?«

»Die nicht!«, sagte Miss Marple. »Es ist genau wie

bei Mrs Trout. Sie verstand sich sehr gut darauf, falsche Fährten zu legen, aber ich war ihr über. Und ich durchschaue auch Ihre reuegeplagte Miss Barton. Die dachte gar nicht daran, sich zu ertränken. Ich vermute, sie hat sich nach Australien abgesetzt.«

»Sie vermuten wieder einmal richtig, Miss Marple«, bestätigte Dr. Lloyd. »Ich hingegen fiel an jenem Tag in Melbourne aus allen Wolken.«

»Meinten Sie das mit jenem letzten Zufall?«

Dr. Lloyd nickte.

»Ja, es war Pech für Miss Barton – oder Miss Amy Durrant, wie immer man sie nennen mag. Ich arbeitete eine Zeit lang als Schiffsarzt, und nach der Landung in Melbourne war die erste Person, der ich begegnete, als ich über die Straße ging, ebenjene Dame, von der ich glaubte, sie sei in Cornwall ertrunken. Sie begriff, dass das Spiel aus war, und tat einen mutigen Schritt – sie zog mich ins Vertrauen. Eine sonderbare Frau, der es wohl gänzlich an moralischem Bewusstsein mangelte. Sie war die Älteste in einer Familie mit neun Kindern, alle bettelarm. Einmal hatten sie sich hilfesuchend an ihren reichen Vetter in England gewandt und waren abgewiesen worden, da Miss Barton sich mit ihrem Vater zerstritten hatte. Geld wurde dringend gebraucht, denn die drei jüngsten Kinder waren anfällig und benötigten teure ärztliche Behandlungen. Amy Barton scheint sich schon zu diesem Zeitpunkt für kaltblütigen Mord entschieden zu haben. Sie machte sich auf den Weg nach England – die Passage verdiente sie sich als Kindermädchen – und bekam die Stelle als Gesellschafterin bei Miss Barton, wo sie sich Amy Durrant nannte. Sie mietete ein

Zimmer und stellte ein paar Möbel hinein, um ihre Geschichte glaubhafter zu machen. Der Plan, Miss Barton zu ertränken, war ein spontaner Einfall. Sie hatte schon seit langem darauf gewartet, dass sich eine Gelegenheit ergeben würde. Dann inszenierte sie den Schluss des Dramas und kehrte nach Australien zurück, und zu gegebener Zeit erbten sie und ihre Geschwister als nächste Angehörige Miss Bartons Vermögen.«

»Ein sehr kühnes und fast perfektes Verbrechen«, sagte Sir Henry. »Wäre Miss Barton auf den Kanaren ums Leben gekommen, hätte der Verdacht auf Amy Durrant fallen können, und ihre Verbindung zu der Familie Barton wäre womöglich ans Licht gekommen. Durch den Identitätswechsel aber und das doppelte Verbrechen, wenn man es so ausdrücken will, wurde das wirksam verhindert. Ja, ein fast perfektes Verbrechen.«

»Was ist mit ihr geschehen?«, fragte Mrs Bantry. »Was haben Sie in der Sache unternommen, Dr. Lloyd?«

»Ich war in einer sehr schwierigen Lage, Mrs Bantry. An Beweisen, so wie das Gesetz sie versteht, habe ich noch immer sehr wenig in der Hand. Auch gab es gewisse, für den ärztlichen Blick deutliche Anzeichen dafür, dass die Dame, so robust und dynamisch sie auch nach außen hin wirkte, nicht mehr lange zu leben hatte. Ich begleitete sie nach Hause und lernte die übrige Familie kennen – reizende Menschen, der ältesten Schwester aufs herzlichste zugetan und ohne die geringste Ahnung, dass sie ein Verbrechen begangen hatte. Warum sollte ich ihnen Kummer bereiten, wenn ich nichts beweisen konnte? Das Geständnis hatte außer mir niemand gehört. Ich ließ der Natur ihren Lauf. Miss Amy Barton starb ein halbes Jahr nach meiner letzten Begegnung mit ihr. Ich habe mich oft gefragt, ob sie bis zuletzt heiter und ohne Reue war.«

»Ausgeschlossen«, sagte Mrs Bantry.

»Ich denke doch«, meinte Miss Marple. »Bei Mrs Trout war es so.«

Jane Helier schüttelte sich ein wenig.

»Eine wirklich packende Geschichte. Ich verstehe nur noch immer nicht, wer wen ertränkt hat. Und was hat diese Mrs Trout damit zu tun?«

»Gar nichts, liebes Kind«, sagte Miss Marple. »Sie war nur eine Frau – eine nicht sehr nette Frau – aus dem Dorf.«

»Aus dem Dorf, ja so. Aber in einem Dorf passiert ja nie was, oder?« Sie seufzte. »Wenn ich in einem Dorf leben würde, hätte ich schon längst den Verstand verloren.«

Henning Mankell

Der Mann am Strand

Am Nachmittag des 26. April 1987 saß Kriminalkommissar Kurt Wallander in seinem Dienstzimmer im Polizeipräsidium von Ystad und schnitt sich gedankenverloren Haare aus dem einen Nasenloch. Es war kurz nach fünf. Er hatte gerade eine Mappe zugeklappt, in der Material über die trostlose Fahndung nach einer Autoschieberbande gesammelt war, die gestohlene Luxusautos nach Polen schmuggelte. Die Ermittlung konnte sich inzwischen, gewisse Unterbrechungen eingerechnet, der zweifelhaften Ehre eines zehnjährigen Bestehens erfreuen. Sie war angelaufen, als Wallander gerade erst in Ystad zu arbeiten begonnen hatte. Insgeheim hatte er sich oft gefragt, ob sie auch an dem in ferner Zukunft liegenden Tag seiner Pensionierung noch weiterlaufen würde.

Auf seinem Schreibtisch war ausnahmsweise einmal vollkommene Ordnung. Längere Zeit hatte dort das Chaos geherrscht, und er hatte das schlechte Wetter zum Vorwand genommen, um zu arbeiten, denn er war Strohwitwer.

Einige Tage zuvor waren Mona und Linda auf die Kanarischen Inseln geflogen. Für Wallander war diese Reise eine totale Überraschung gewesen. Er hatte nichts davon gewusst, dass Mona das Geld dafür zusammengespart hatte, und auch Linda hatte nichts gesagt. Gegen den Widerstand ihrer Eltern hatte sie vor Kurzem das Gymnasium geschmissen. Im Augenblick machte sie vor allem einen zornigen, müden und verwirrten Eindruck. Er hatte die beiden frühmorgens nach Sturup gefahren und auf dem Rückweg nach Ystad gedacht, dass er eigentlich nichts dagegen hatte, ein paar Wochen ganz für sich allein zu haben. Seine Ehe mit Mona knackte in allen Fugen. Woran es lag, wusste keiner von ihnen. Aber beiden war klar, dass in den letzten Jahren Linda ihre Beziehung zusammengehalten hatte. Was würde passieren, jetzt, wo sie die Schule aufgegeben und angefangen hatte, ihren eigenen Weg zu gehen?

Er stand auf und trat ans Fenster. Der Wind zerrte und rüttelte an den Bäumen auf der anderen Straßenseite. Es nieselte. Das Thermometer zeigte vier Grad über Null. Noch war der Frühling in weiter Ferne.

Er zog die Jacke an und verließ das Zimmer. An der Anmeldung nickte er der Wochenendvertretung zu, die am Telefon sprach. Er fuhr mit dem Wagen ins Zentrum. Während er überlegte, was er fürs Abendessen einkaufen sollte, schob er eine Kassette mit Maria Callas in den Kassettenspieler.

Sollte er überhaupt etwas einkaufen? Hatte er überhaupt Hunger? Seine Unentschlossenheit ärgerte ihn. Gleichzeitig hatte er keine Lust, wieder in seine alte Unart zu verfallen und an irgendeinem Imbissstand Hamburger zu essen. Mona hatte ihn immer öfter darauf hingewiesen, dass er dick würde. Und sie hatte recht. Vor ein paar Monaten hatte er plötzlich eines Morgens sein Gesicht im Badezimmerspiegel angestarrt und eingesehen, dass seine Jugend unwiderruflich vorbei war. Er würde bald vierzig sein, sah aber älter aus. Früher hatte er eher jünger ausgesehen, als er war.

Verstimmt fuhr er auf den Malmöväg und hielt bei einem der Supermärkte an. Er wollte gerade die Tür zuschlagen, als im Wageninneren sein Autotelefon zu summen begann. Einen Moment lang überlegte er, ob er es ignorieren sollte. Was es auch sein mochte, sollte sich doch ein anderer darum kümmern. Im Augenblick hatte er mit seinen eigenen Problemen genug zu tun. Aber er überlegte es sich doch, griff zum Hörer und meldete sich.

»Wallander?«, hörte er seinen Kollegen Hansson fragen.

»Ja.«

»Wo bist du?«

»Ich wollte gerade einkaufen.«

»Mach das nachher. Komm stattdessen her. Ich bin im Krankenhaus. Ich warte draußen auf dich.«

»Was ist denn los?«

»Es ist ein bisschen schwer zu erklären. Es ist besser, wenn du gleich kommst.«

Das Gespräch war vorbei. Wallander wusste, dass Hansson nicht angerufen hätte, wenn es nichts Ernstes wäre. Er brauchte nur ein paar Minuten zum Krankenhaus. Vor dem Eingang kam Hansson ihm schon entgegen. Er schien zu frieren. Wallander versuchte, von seinem Gesicht abzulesen, was passiert war.

»Was ist denn los?«

»Da drinnen sitzt ein Taxifahrer, der Stenberg heißt«, sagte Hansson. »Er trinkt Kaffee und ist völlig außer sich.«

Wallander folgte Hansson fragend durch die Glastüren.

Die Cafeteria lag rechts. Sie gingen an einem alten Mann vorbei, der im Rollstuhl saß und langsam einen Apfel kaute. Wallander erkannte Stenberg, der allein an einem Tisch saß. Er war ihm schon einmal begegnet, konnte sich aber nicht erinnern, in welchem Zusammenhang. Stenberg war um die fünfzig, korpulent und fast kahl. Seine Nase war verbogen, als sei er in seiner Jugend Boxer gewesen.

»Sie kennen vielleicht Kommissar Wallander?«, sagte Hansson.

Stenberg nickte und stand auf, um Wallander zu begrüßen.

»Bleiben Sie doch sitzen«, sagte Wallander. »Erzählen Sie lieber, was passiert ist.«

Stenbergs Blick flackerte. Wallander erkannte, dass der Mann entweder sehr beunruhigt war oder Angst hatte. Was von beidem zutraf, konnte er noch nicht sagen.

»Ich bekam eine Fahrt von Svarte«, sagte Stenberg. »Der Kunde wollte an der Hauptstraße warten. Er hieß Alexandersson. Als ich ankam, stand er da auch. Er setzte sich auf die Rückbank und sagte, er wolle in die Stadt. Ich sollte am Markt halten.

Ich sah im Rückspiegel, dass er die Augen zumachte. Ich dachte, er schliefe. Als wir in die Stadt kamen, hielt ich am Markt und sagte, dass wir da seien. Er reagierte überhaupt nicht. Ich stieg aus, öffnete die hintere Tür und fasste ihn ganz leicht an. Aber er reagierte nicht. Daher glaubte ich, er sei krank, und fuhr ihn hierher zur Notfallambulanz. Da sagten sie, er wäre tot.«

Wallander zog die Stirn kraus.

»Tot?«

»Sie haben Wiederbelebungsversuche gemacht«, sagte Hansson. »Aber es half nicht. Er war tot.«

Wallander überlegte.

»Sie brauchen fünfzehn Minuten von Svarte in die Stadt«, sagte er zu Stenberg. »Er machte nicht den Eindruck, als ginge es ihm nicht gut, als er einstieg?«

»Wenn er krank gewesen wäre, hätte ich es gemerkt«, sagte Stenberg. »Außerdem hätte er sich dann wohl zum Krankenhaus fahren lassen.«

»Und soweit Sie sehen konnten, war er nicht verletzt?«

»Nein. Er trug einen Anzug und einen hellblauen Mantel.«

»Hatte er etwas in den Händen? Eine Tasche oder sonst etwas?«

»Nichts. Ich dachte, es wäre am besten, die Polizei anzurufen. Obwohl das Krankenhaus das wohl auch muss, nehme ich an.«

Stenbergs Antworten kamen prompt und ohne Zögern. Wallander wandte sich an Hansson.

»Wissen wir, wer er ist?«

Hansson holte seinen Notizblock hervor.

»Göran Alexandersson«, sagte er. »Neunundvierzig Jahre alt. Selbstständiger Unternehmer in der Elektronikbranche. Wohnhaft in Stockholm. Er hatte eine Menge Geld in der Brieftasche. Und viele Kreditkarten.«

»Komisch«, meinte Wallander. »Aber ich nehme an, er hatte einen Herzinfarkt. Was sagen denn die Ärzte?«

»Dass nur eine Obduktion eine eindeutige Klärung der Todesursache ergeben kann.«

Wallander nickte und stand auf.

»Sie müssen die Bezahlung für die Fahrt aus der Hinterlassenschaft beantragen«, sagte er zu Stenberg. »Wir melden uns, wenn wir noch Fragen haben.«

»Es war zwar unangenehm«, sagte Stenberg mit Nachdruck. »Aber ich werde den Teufel tun und mir von den Hinterbliebenen einen Leichentransport bezahlen lassen.«

Dann ging er.

»Ich würde ihn mir gern ansehen«, sagte Wallander. »Du brauchst nicht mitzukommen, wenn du nicht willst.«

»Lieber nicht«, gab Hansson zurück. »Ich versuche in der Zwischenzeit, seine Angehörigen zu erreichen.«

»Was hat er in Ystad gemacht?«, fragte Wallander nachdenklich. »Das sollten wir vielleicht auch herausfinden.«

Wallander blieb nur einen kurzen Augenblick an der Bahre, die in einem Raum in der Notfallambulanz stand. Vom Gesicht des Toten konnte er nichts ablesen. Er untersuchte seine Kleidung. Sie war wie die Schuhe von bester Qualität. Sollte sich zeigen, dass ein Verbrechen vorlag, mussten die Techniker die Kleidung genauer unter die Lupe nehmen. In der Brieftasche fand Wallander nichts außer dem, was Hansson schon genannt hatte. Anschließend sprach er mit einem der Ärzte in der Notfallambulanz.

»Es sieht ganz nach einem natürlichen Tod aus«, meinte der Arzt. »Keine Anzeichen von Gewalt, keine Verletzungen.«

»Und wer hätte ihn auf dem Rücksitz eines Taxis erschlagen sollen?«, sagte Wallander. »Aber ich möchte trotzdem so schnell wie möglich das Resultat der Obduktion haben.«

»Wir lassen ihn jetzt in die Gerichtsmedizin nach Lund bringen«, sagte der Arzt. »Falls die Polizei nichts dagegen hat.«

»Nein«, erwiderte Wallander. »Warum sollten wir?«

Er fuhr zurück ins Polizeipräsidium und ging zu Hansson, der gerade ein Telefonat beendete. Während Wallander wartete, befühlte er missmutig seinen Bauch, der oberhalb des Gürtels hervorzuquellen begann.

»Ich habe gerade mit Alexanderssons Büro in Stockholm gesprochen«, sagte Hansson, nachdem er aufgelegt hatte. »Sowohl mit seiner Sekretärin als auch mit seinem engsten Mitarbeiter. Sie sind natürlich geschockt. Aber sie konnten mir wenigstens sagen, dass Göran Alexandersson seit sechs Jahren geschieden war.«

»Hatte er Kinder?«

»Einen Sohn.«

»Dann müssen wir den ausfindig machen.«

»Das geht nicht«, antwortete Hansson.

»Warum nicht?«

»Weil er tot ist.«

Wallander konnte sich oft über Hanssons umständliche Art, etwas auf den Punkt zu bringen, aufregen. Dies war ein solcher Fall.

»Tot? Wieso tot? Muss man dir alles aus der Nase ziehen?«

Hansson versuchte, seine Notizen zu entziffern.

»Sein einziges Kind, ein Sohn, starb vor fast sieben Jahren. Anscheinend war es irgendein Unglücksfall, ich habe das Ganze noch nicht durchschaut.«

»Hatte dieser Sohn möglicherweise einen Namen?«

»Bengt.«

»Hast du gefragt, was Göran Alexandersson in Ystad wollte? Oder in Svarte?«

»Er hat gesagt, er wolle eine Woche Urlaub machen. Er wollte im Hotel Kung Karl wohnen. Er kam vor vier Tagen her.«

»Dann fahren wir jetzt dahin«, sagte Wallander.

Sie durchsuchten Alexanderssons Hotelzimmer über eine Stunde, ohne irgendetwas von Interesse zu finden. Der Koffer war leer. Die Kleider waren ordentlich in den Schrank gehängt. Ein Extrapaar Schuhe.

»Kein Stück Papier«, sagte Wallander nachdenklich. »Nicht ein Buch. Nichts.«

Dann nahm er den Telefonhörer ab und fragte in der Rezeption nach, ob Göran Alexandersson selbst telefoniert oder Telefongespräche empfangen oder Besuch gehabt habe. Die Antwort war eindeutig. Niemand hatte Zimmer 211 angerufen. Niemand war zu Besuch gekommen.

»Er hat ein Zimmer hier in Ystad«, sagte Wallander. »Aber er ruft aus Svarte ein Taxi an. Fragt sich, wie er dahin kam.«

»Ich frage bei den Taxiunternehmen nach«, sagte Hansson.

Sie fuhren ins Präsidium zurück. Wallander blieb am Fenster stehen und betrachtete abwesend den Wasserturm auf der anderen Straßenseite. Er dachte an Mona und Linda. Vermutlich saßen sie in irgendeinem Straßenrestaurant und aßen zu Abend. Aber worüber sprachen sie? Bestimmt darüber, was Linda jetzt anfangen wollte. Er versuchte sich ihr Gespräch vorzustellen. Aber alles, was er hörte, war das Rauschen des Heizkörpers. Er setzte sich an den Schreibtisch, um einen vorläufigen Bericht abzufassen, während Hansson mit den Taxiunternehmen in Ystad telefonierte. Bevor er anfing, ging er jedoch noch einmal in den Essraum und raffte ein paar Stücke Gebäck an sich, die verloren auf einem Teller lagen. Es war fast acht, als Hansson an seine Tür klopfte und eintrat.

»Er ist in den vier Tagen, die er schon hier in Ystad war, dreimal nach Svarte gefahren«, sagte Hansson. »Er hat sich am Ortsrand absetzen lassen. Am frühen Morgen ist er rausgefahren, und am Nachmittag hat er ein Taxi gerufen.«

Wallander nickte abwesend.

»Das ist ja nicht verboten«, sagte er. »Vielleicht hatte er da draußen eine Geliebte?«

Wallander stand auf und trat ans Fenster. Der Wind hatte an Stärke zugenommen.

»Wir lassen ihn durch unsere Register laufen«, sagte er nach einer Weile. »Mein Gefühl sagt mir, dass es nichts bringt. Aber auf jeden Fall. Und dann können wir nur die Obduktion abwarten.«

»Es war bestimmt ein Herzinfarkt«, sagte Hansson und stand auf.

»Bestimmt«, sagte Wallander.

Anschließend fuhr er nach Hause und machte eine Dose Pyttipanna auf. Er hatte schon angefangen, Göran Alexandersson zu vergessen. Nachdem er sein kärgliches Mahl verzehrt hatte, schlief er vor dem Fernseher ein.

Am Tag danach ließ Wallanders Kollege Martinsson den Namen Göran Alexandersson durch alle zugänglichen Register laufen. Ohne Ergebnis. Martinsson war der Jüngste in der Kriminalabteilung und derjenige von ihnen, der für die neue Technik am aufgeschlossensten war.

Wallander widmete den Tag den gestohlenen Luxuswagen, die in Polen herumfuhren. Am Abend besuchte er seinen Vater in Löderup und spielte ein paar Stunden Karten. Es endete damit, dass sie sich darüber stritten, wer wem wie viel schuldig war. Auf dem Heimweg im Auto fragte Wallander sich, ob er, wenn er alt wurde, auch so werden würde wie sein Vater. Oder hatte er schon angefangen, zu werden wie er? Boshaft, griesgrämig und unfreundlich. Er sollte einmal jemanden fragen. Vielleicht nicht gerade Mona.

Am Morgen des 28. April klingelte Wallanders Telefon. Es war die Gerichtsmedizin in Lund.

»Ich rufe an wegen einer Person namens Göran Alexandersson«, sagte der Arzt. Er hieß Jörne, und Wallander kannte ihn aus seiner Malmöer Zeit.

»Was ist es denn?«, fragte Wallander. »Gehirnblutung oder Schlaganfall?«

»Keins von beiden«, erwiderte Jörne. »Entweder hat er Selbstmord begangen oder er ist ermordet worden.«

Wallander fuhr zusammen.

»Ermordet? Was meinst du damit?«

»Genau das, was ich sage.«

»Aber das ist undenkbar. Er kann nicht im Fond eines

Taxis ermordet worden sein. Stenberg, der ihn gefahren hat, bringt keine Leute um. Aber er kann ja wohl auch kaum Selbstmord begangen haben?«

»Wie es zugegangen ist, kann ich nicht beurteilen«, sagte Jörne ungerührt. »Dagegen kann ich mit Sicherheit sagen, dass er an einem Gift starb, das er mit einem Getränk oder mit etwas zu essen zu sich genommen hat. Und für mich deutet das auf Mord. Aber das rauszufinden ist natürlich euer Job.«

Wallander sagte nichts.

»Ich faxe euch die Papiere rüber«, sagte Jörne. »Bist du noch da?«

»Ja«, sagte Wallander. »Ich bin noch da.«

Er bedankte sich bei Jörne, legte auf und dachte über das nach, was er gerade gehört hatte. Dann drückte er das Haustelefon und bat Hansson, zu ihm herüberzukommen. Er zog einen seiner Notizblöcke heran und schrieb zwei Wörter.

Göran Alexandersson.

Draußen hatte der Wind weiter zugenommen. In den Böen erreichte er schon Sturmstärke.

Der böige Wind wehte weiter über Schonen. Wallander saß zurückgezogen in seinem Zimmer und musste sich eingestehen, dass er noch immer nicht wusste, was mit dem Mann passiert war, der vor zwei Tagen auf der Rückbank eines Taxis gestorben war. Um zehn Uhr am Vormittag begab er sich zu einem der Sitzungszimmer des Präsidiums und schloss die Tür hinter sich. Hansson und Rydberg saßen schon am Tisch. Wallander war überrascht, als er Rydberg sah. Er war wegen Rückenschmerzen krankgeschrieben und hatte seine Rückkehr nicht angekündigt.

»Wie geht es dir denn?«, fragte Wallander.

»Ich sitze hier«, sagte Rydberg abweisend. »Was ist denn das für ein Quatsch von einem Mann, der im Fond eines Taxis ermordet worden ist?«

»Lass uns vorne anfangen«, entgegnete Wallander.

Dann blickte er in die Runde. Einer fehlte.

»Wo ist Martinsson?«

»Er hat angerufen und sich entschuldigt, er hat einen geschwollenen Hals«, antwortete Rydberg. »Aber vielleicht kann Svedberg dazukommen?«

»Wir warten ab, ob es nötig wird«, sagte Wallander und sortierte seine Papiere. Das Fax aus Lund war gekommen.

Dann sah er seine Kollegen an.

»Die Geschichte, die anfänglich so simpel zu sein schien, könnte sich als bedeutend schwieriger erweisen, als ich geglaubt habe. Ein Mann stirbt auf dem Rücksitz eines Taxis. Der Gerichtsmediziner in Lund hat festgestellt, dass er an einem Gift gestorben ist. Was wir immer noch nicht wissen, ist, wie viel Zeit zwischen der Einnahme des Giftes und dem Augenblick des Todes vergangen ist. Aber Lund hat versprochen, uns in ein paar Tagen Bescheid zu geben.«

»Mord oder Selbstmord?«, wollte Rydberg wissen.

»Mord«, antwortete Wallander entschieden. »Ich kann mir nur schwer einen Selbstmörder vorstellen, der erst Gift schluckt und dann nach einem Taxi telefoniert.«

»Könnte er das Gift vielleicht durch einen Irrtum genommen haben?«, fragte Hansson.

»Unwahrscheinlich«, sagte Wallander. »Den Ärzten zufolge ist es eine Giftmischung, die es eigentlich gar nicht gibt.«

»Was heißt das?«, fragte Hansson.

»Dass nur ein Spezialist sie mischen kann, ein Arzt zum Beispiel, ein Chemiker oder ein Biologe.«

Es wurde still.

»Also sollten wir es als Mord betrachten«, sagte Wallander. »Was wissen wir eigentlich über diesen Göran Alexandersson?«

Hansson blätterte in seinen Aufzeichnungen.

»Er war Geschäftsmann«, begann er. »Er hatte zwei Elektronikläden in Stockholm, einen in Västberga, den anderen am Norrtull. Er wohnte allein in einer Wohnung in der Äsögata. Familie scheint er nicht gehabt zu haben. Seine geschiedene Frau soll in Frankreich wohnen. Sein Sohn starb vor sieben Jahren. Und die Angestellten von ihm, mit denen ich geredet habe, charakterisierten ihn wortwörtlich gleich.«

»Und wie?«, unterbrach ihn Wallander.

»Er galt als nett.«

»Nett?«

»Das war das Wort, das sie benutzten: nett.«

Wallander nickte. »Sonst noch etwas?«

»Er scheint ein ziemlich eintöniges Leben geführt zu haben. Seine Sekretärin vermutete, dass er Briefmarken sammelte. Es kamen regelmäßig Kataloge ins Büro. Enge Freunde scheint er keine gehabt zu haben. Jedenfalls keine, die seine Mitarbeiter kannten.«

Es wurde still.

»Wir müssen Stockholm wegen seiner Wohnung um

Hilfe bitten«, sagte Wallander, als das Schweigen allzu drückend wurde. »Und wir müssen Kontakt mit seiner Ex-Frau aufnehmen. Ich selbst werde versuchen herauszufinden, was er hier unten gemacht hat, in Ystad und Svarte. Wen hat er getroffen? Wir treffen uns heute Nachmittag wieder und stimmen unsere Ergebnisse miteinander ab.«

»Eins frage ich mich«, sagte Rydberg. »Kann ein Mensch ermordet werden, ohne selbst davon zu wissen?«

Wallander nickte.

»Es ist ein interessanter Gedanke«, sagte er. »Jemand gibt Göran Alexandersson unbemerkt ein Gift, das erst eine Stunde später wirkt. Ich werde Jörne danach fragen.«

»Wenn er es weiß«, murmelte Rydberg. »Da wäre ich nicht so sicher.«

Die Sitzung war beendet. Sie gingen auseinander, nachdem sie die Arbeit unter sich verteilt hatten. Wallander stellte sich mit einer Kaffeetasse in der Hand ans Fenster und versuchte zu entscheiden, womit er anfangen sollte.

Eine halbe Stunde später setzte er sich in sein Auto und fuhr nach Svarte hinaus. Der Wind hatte langsam abgenommen. Die Sonne schien durch die aufreißenden Wolken. Wallander hatte zum ersten Mal in diesem Jahr das Gefühl, dass der Frühling endlich auf dem Weg war. Als er an den Ortsrand von Svarte kam, hielt er an und stieg aus.

Hierher kam Göran Alexandersson, dachte er. Er kam am Morgen und fuhr am Nachmittag nach Ystad zurück.

Beim vierten Mal wurde er vergiftet und starb auf dem Rücksitz eines Taxis.

Er ging in Richtung Ortsmitte. Viele der Häuser auf der Strandseite der Straße waren Sommerhäuser und jetzt verbarrikadiert.

Auf seinem Gang durch den Ort begegnete Wallander nur zwei Menschen. Die Verlassenheit des Ortes bedrückte ihn plötzlich. Er machte kehrt und ging schnell zurück zum Auto.

Als er schon den Motor angelassen hatte, entdeckte er eine ältere Frau, die sich an einem Blumenbeet in einem Garten neben dem Wagen zu schaffen machte. Er stellte den Motor wieder ab und stieg aus. Als er die Wagentür zuschlug, schaute die Frau in seine Richtung. Wallander ging zum Zaun und hob die Hand zum Gruß.

»Ich hoffe, ich störe Sie nicht«, sagte er.

»Hier stört niemand«, sagte die Frau und sah ihn neugierig an.

»Ich heiße Kurt Wallander und bin Kriminalbeamter in Ystad«, sagte er.

»Ich kenne Sie«, sagte die Frau. »Habe ich Sie nicht in einem Diskussionsprogramm im Fernsehen gesehen?«

»Ich glaube kaum«, erwiderte er. »Aber leider hat es dann und wann Bilder von mir in der Zeitung gegeben.«

»Agnes Ehn«, sagte die Frau und reichte ihm die Hand.

»Wohnen Sie das ganze Jahr über hier?«, fragte Wallander.

»Nur im Sommerhalbjahr. Ich komme Anfang April hier heraus. Und bleibe bis Oktober. Im Winter wohne ich in Halmstad. Ich bin pensionierte Lehrerin. Mein Mann ist vor ein paar Jahren gestorben.«

»Es ist schön hier«, sagte Wallander. »Schön und still. Jeder kennt jeden.«

»Ich weiß nicht«, sagte sie. »Es kann auch so sein, dass man seinen eigenen Nachbarn nicht kennt.«

»Ihnen ist nicht zufällig ein Mann aufgefallen, der in der vergangenen Woche ein paarmal mit dem Taxi nach Svarte gekommen ist? Und der am Nachmittag wieder von einem Taxi abgeholt worden ist?«

Ihre Antwort überraschte ihn.

»Er hat mein Telefon benutzt, um das Taxi zu bestellen«, sagte sie. »An vier Tagen hintereinander. Wenn es wirklich der gleiche Mann war.«

»Hat er gesagt, wie er heißt?«

»Er war sehr höflich.«

»Und hat sich vorgestellt?«

»Man kann höflich sein, auch ohne seinen Namen zu sagen.«

»Und er bat Sie darum, ihr Telefon benutzen zu dürfen?«

»Ja.«

»Hat er sonst noch etwas gesagt?«

»Ist denn etwas passiert?«

Wallander fand, dass es keinen Grund gab, ihr nicht zu sagen, was passiert war.

»Er ist tot.«

»Das ist ja schrecklich. Und was ist geschehen?«

»Das wissen wir nicht. Im Moment wissen wir nur, dass er tot ist. Wissen Sie, was er hier in Svarte gemacht hat? Hat er gesagt, wen er besuchte? Und in welche Richtung ging er? War er in Begleitung? Alles, woran Sie sich erinnern können, ist wichtig.«

Wieder überraschte sie ihn mit ihrer klaren Antwort.

»Er ging unten am Strand spazieren«, sagte sie. »Hinter meinem Haus führt ein Pfad hinunter zum Strand. Dem folgte er. Dann ging er in westliche Richtung. Und er kam erst am Nachmittag zurück.«

»Er ging am Strand spazieren? War er allein?«

»Das kann ich doch nicht wissen. Der Strand macht eine Biegung. Er kann da hinten jemanden getroffen haben, wo ich es nicht mehr sehen kann.«

»Hatte er irgendetwas bei sich? Eine Tasche oder ein Paket?«

Sie schüttelte den Kopf.

»Machte er irgendwie einen beunruhigten Eindruck?«

»Nicht, soweit ich sehen konnte.«

»Er benutzte also gestern Ihr Telefon?«

»Ja.«

»Und Sie haben nichts Auffälliges an ihm bemerkt?«

»Er machte den Eindruck eines netten und freundlichen Mannes. Er bestand darauf, die Telefongespräche zu bezahlen.«

Wallander nickte.

»Sie haben mir sehr geholfen«, sagte er und gab ihr eine Karte mit seiner Telefonnummer. »Wenn Ihnen noch etwas einfällt, möchte ich Sie bitten, mich anzurufen.«

»Das ist tragisch«, sagte sie. »Ein so angenehmer Mann.«

Wallander nickte und ging hinter das Haus, wo ein Weg zum Strand hinunterführte. Er ging bis ganz an die Wasserkante. Der Strand war verlassen. Als Wallander sich umdrehte, sah er Agnes Ehn dastehen und ihm nachschauen.

Er muss jemanden getroffen haben, dachte er. Etwas anderes ist undenkbar. Die Frage ist nur, wen.

Er fuhr zurück ins Präsidium. Rydberg hielt ihn auf dem Flur an und sagte, es sei ihm gelungen, Alexanderssons Ex-Frau an ihrem Wohnort an der Riviera ausfindig zu machen.

»Aber es nimmt niemand ab«, sagte er. »Ich versuche es weiter.«

»Gut«, sagte Wallander. »Sag mir Bescheid, wenn du sie erreicht hast.«

»Martinsson war hier«, fuhr Rydberg fort. »Man konnte kaum hören, was er sagte. Ich habe ihm gesagt, er soll wieder nach Hause gehen.«

»Das hätte ich wohl auch getan«, sagte Wallander.

Er ging in sein Zimmer, schloss die Tür und zog den Kollegblock an sich, auf dem er zuvor den Namen Göran Alexandersson aufgeschrieben hatte. Wen hast du am Strand getroffen?, dachte er. Wen? Das muss ich wissen.

Um ein Uhr war Wallander hungrig. Er hatte schon die Jacke an und wollte gerade gehen, als Hansson an seine Tür klopfte.

Es war ihm sofort anzusehen, dass er etwas Wichtiges zu sagen hatte.

»Ich habe da etwas, was sich möglicherweise als bedeutsam herausstellen könnte.«

»Was denn?«

»Wie du dich erinnerst, hatte Göran Alexandersson einen Sohn, der vor sieben Jahren starb. Er wurde erschlagen. Und soweit ich sehen kann, wurde nie ein Täter gefasst und verurteilt.«

Wallander sah Hansson lange an.

»Gut«, sagte er schließlich. »Jetzt haben wir einen Anhaltspunkt. Obwohl ich nicht richtig sagen kann, worin er eigentlich besteht.«

Der Hunger, den er eben noch verspürt hatte, war verschwunden.

Kurz nach zwei Uhr am Nachmittag des 28. April klopfte Rydberg an Wallanders halb geöffnete Tür.

»Ich habe Alexanderssons Frau erreicht«, sagte er und kam herein. Als er sich auf Wallanders Besucherstuhl setzte, verzog er das Gesicht.

»Was ist mit deinem Rücken?«, fragte Wallander.

»Ich weiß nicht«, erwiderte Rydberg. »Aber irgendetwas stimmt nicht.«

»Du hast vielleicht zu früh wieder angefangen zu arbeiten?«

»Es wird nichts besser davon, dass ich zu Hause liege und an die Decke starre.«

Damit war das Gespräch über Rydbergs Rücken beendet. Wallander wusste, dass es keinen Sinn hatte, ihn dazu überreden zu wollen, wieder nach Hause zu gehen und sich auszuruhen.

»Was hat sie gesagt?«, fragte er stattdessen.

»Sie war natürlich geschockt. Ich glaube, es dauerte eine Minute, bis sie etwas sagte.«

»Das wird teuer für die Staatskasse«, sagte Wallander. »Aber dann? Nachdem die Minute vorbei war?«

»Sie wollte natürlich wissen, was passiert ist. Ich sagte es ihr, wie es war. Sie hatte Schwierigkeiten zu verstehen, wovon ich redete.«

»Kein Wunder.«

»Ich habe auf jeden Fall erfahren, dass sie keinen Kontakt hatten. Der Ex-Frau zufolge haben sie sich scheiden lassen, weil sie es zusammen so langweilig hatten.«

Wallander zog die Stirn in Falten.

»Was meinte sie denn damit?«

»Ich glaube, das ist eine häufigere Ursache für Scheidungen, als man ahnt«, sagte Rydberg. »Ich glaube, es muss grässlich sein, mit einem langweiligen Menschen zusammenzuleben.«

Wallander nickte gedankenverloren. Er fragte sich, ob Mona wohl ebenso dachte. Und was dachte er selbst?

»Ich habe sie gefragt, ob sie sich jemanden vorstellen könnte, der ihn würde umbringen wollen. Aber das konnte sie nicht. Dann fragte ich sie, ob sie erklären könnte, was er hier unten in Schonen getan hätte. Das konnte sie auch nicht. Das war alles.«

»Du hast nicht nach ihrem verstorbenen Sohn gefragt? Von dem Hansson sagt, er sei ermordet worden?«

»Doch, natürlich. Aber sie wollte nicht darüber sprechen.«

»Ist das nicht ein bisschen sonderbar?«

Rydberg nickte.

»Genau, was ich dachte.«

»Ich glaube, du musst sie noch einmal anrufen«, sagte Wallander.

Rydberg nickte und verließ das Zimmer. Wallander dachte, dass er bei Gelegenheit Mona fragen müsste, ob Langeweile das größte Problem in ihrer Ehe sei. Das Klingeln des Telefons riss ihn aus seinen Gedanken. Ebba von der Vermittlung teilte ihm mit, die Polizei in Stockholm wolle mit ihm sprechen. Wallander zog seinen Block heran und hörte zu. Es war ein Polizist namens Rendal, mit dem Wallander noch nie zu tun gehabt hatte.

»Wir haben uns diese Wohnung in der Äsögata angesehen«, sagte Rendal.

»Und, habt ihr etwas gefunden?«

»Wie sollten wir etwas finden können, wenn wir nicht wissen, wonach wir suchen sollen?«

Wallander konnte hören, dass Rendal gestresst war.

»Wie sah sie denn aus?«, fragte Wallander, so freundlich er konnte.

»Sauber und ordentlich«, sagte Rendal. »Geputzt. Ein bisschen pedantisch. Ich fand, es war eine typische Junggesellenwohnung.«

»Ist es ja auch«, sagte Wallander.

»Wir haben uns seine Post angesehen«, fuhr Rendal fort. »Er scheint höchstens eine Woche weg gewesen zu sein.«

»Das stimmt«, sagte Wallander.

»Er hatte einen Anrufbeantworter. Aber der war leer. Keiner hatte ihn angerufen.«

»Was hatte er selbst für eine Ansage?«, fragte Wallander.

»Nur die übliche.«

»Dann wissen wir das«, sagte Wallander. »Danke für die Hilfe. Wir melden uns wieder, wenn es noch mehr gibt.«

Wallander legte auf und sah, dass es Zeit war für das Nachmittagstreffen der Ermittlungsgruppe. Als er das Sitzungszimmer betrat, waren Hansson und Rydberg schon da.

»Ich habe gerade mit Stockholm gesprochen«, sagte Wallander. »Die Wohnung in der Äsögata hat nichts ergeben.«

»Ich habe die Frau noch einmal angerufen«, sagte Rydberg. »Sie wollte immer noch nicht über den Sohn sprechen. Aber als ich ihr erzählte, dass wir notfalls von ihr verlangen könnten, nach Hause zu kommen und uns bei der Ermittlung zu helfen, ging es etwas leichter. Ihr Sohn wurde auf offener Straße mitten in Stockholm niedergeschlagen. Es muss ein total sinnloser Überfall gewesen sein. Er ist nicht einmal beraubt worden.«

»Ich habe ein paar Unterlagen über diesen Überfall kommen lassen«, sagte Hansson. »So lange ist es ja noch nicht her, dass der Fall ad acta gelegt worden ist. Aber seit mehr als fünf Jahren hat keiner etwas in der Sache unternommen.«

»Gab es keine Tatverdächtigen?«, wollte Wallander wissen.

Hansson schüttelte den Kopf.

»Überhaupt keine. Es gab absolut nichts. Keine Zeugen, gar nichts.«

Wallander schob seinen Kollegblock von sich.

»Genauso wenig, wie wir jetzt in der Hand haben«, sagte er.

Es wurde still am Tisch. Wallander sah ein, dass er etwas sagen musste.

»Ihr müsst mit dem Personal in seinen Läden reden«, sagte er. »Wendet euch an einen Kollegen namens Rendal bei der Stockholmer Polizei und bittet ihn, euch zu helfen. Wir sehen uns morgen wieder.«

Sie verteilten die Arbeit unter sich, und Wallander

ging zurück in sein Zimmer. Er hatte vor, seinen Vater in Löderup anzurufen und sich bei ihm für den Streit am Abend zuvor zu entschuldigen. Aber er nahm den Hörer nicht auf. Die Geschichte mit Göran Alexandersson ließ ihm keine Ruhe. Die ganze Situation war dermaßen absurd, dass sie allein deshalb geklärt werden musste. Seine Erfahrung sagte ihm, dass die meisten Morde, auch die meisten sonstigen Verbrechen, irgendwo einen logischen Kern hatten. Es galt nur, die richtigen Puzzlestücke in der richtigen Reihenfolge umzudrehen und nach denkbaren Zusammenhängen zwischen den verschiedenen Zeichen zu suchen, die sichtbar wurden.

Um kurz vor fünf verließ er das Präsidium und fuhr auf der Küstenstraße nach Svarte. Diesmal parkte er seinen Wagen weiter im Ort. Er nahm ein Paar Gummistiefel aus dem Kofferraum und ging hinunter zum Strand. In der Ferne sah er ein Frachtschiff nach Westen ziehen. Er begann am Strand entlangzugehen und betrachtete die Häuser, die zu seiner Rechten lagen. In ungefähr jedem dritten Haus schienen Menschen zu sein. Er folgte dem Strand, bis er Svarte hinter sich gelassen hatte. Dann kehrte er um. Plötzlich hatte er das Gefühl, dass er hier ging und hoffte, Mona käme ihm entgegen. Er dachte zurück an damals, als sie in Skagen gewesen waren. Es war ihre beste gemeinsame Zeit gewesen. Sie hatten so viel zu reden gehabt, dass die Zeit nie ausreichte.

Er schüttelte die unerfreulichen Gedanken ab und konzentrierte sich wieder auf Göran Alexandersson. Während er weiter den Strand entlangging, versuchte er, für sich selbst eine Zusammenfassung zu machen.

Was wussten sie? Dass Alexandersson alleinstehend

war, dass er zwei Elektronikläden besaß, dass er neunundvierzig Jahre alt war und nach Ystad gereist und im Kung Karl abgestiegen war. Er hatte gesagt, er wolle Urlaub machen. Im Hotel hatte er weder Besuch noch Telefongespräche bekommen. Er selbst hatte auch nicht telefoniert.

Jeden Morgen war er mit dem Taxi nach Svarte gefahren, wo er seine Tage damit verbracht hatte, am Strand entlangzulaufen. Spät am Nachmittag war er zurückgekehrt, nachdem er bei Agnes Ehn das Telefon benutzt hatte. Beim vierten Besuch hatte er sich in das Taxi gesetzt, in dem er gestorben war.

Wallander blieb stehen und sah sich um. Der Strand lag noch immer verlassen da. Fast die ganze Zeit ist Göran Alexandersson sichtbar, dachte er. Aber irgendwo hier am Strand verschwindet er. Dann taucht er wieder auf, und ein paar Minuten später ist er tot.

Er muss hier jemanden getroffen haben, dachte Wallander. Oder richtiger gesagt: Er muss sich mit jemandem verabredet haben. Man trifft nicht aus purem Zufall einen Giftmörder.

Wallander ging weiter. Er schaute sich die Villen an, die am Strand lagen. Am nächsten Tag würde er hier Klinken putzen gehen. Jemand muss ihn dort gehen haben sehen, vielleicht hatte jemand ihn einen anderen Menschen treffen sehen.

Wallander entdeckte plötzlich, dass er nicht mehr allein am Strand war. Ein älterer Mann kam ihm entgegen. Ein schwarzer Labrador lief gehorsam an seiner Seite. Wallander blieb stehen und sah den Hund an. In der letzten Zeit hatte er mehrfach daran gedacht, ob er Mona nicht vorschlagen sollte, dass sie sich einen Hund anschafften. Aber er hatte davon abgesehen, weil er zu so unregelmäßigen Zeiten arbeitete. Ein Hund würde mit größter Wahrscheinlichkeit mehr schlechtes Gewissen bedeuten als Gesellschaft.

Der Mann lüpfte sein Käppi, als er Wallander erreichte.

»Ob es wohl noch Frühling wird?«, fragte er. Wallander fiel auf, dass er kein Schonisch sprach.

»Er kommt sicher auch dieses Jahr«, gab Wallander zurück.

Der Mann nickte und wollte weitergehen, als Wallander ihn zurückhielt.

»Ich nehme an, Sie gehen hier jeden Tag?«, sagte Wallander.

Der Mann zeigte auf eins der Häuser.

»Ich wohne hier, seit ich pensioniert bin«, antwortete er.

»Ich heiße Wallander und bin Kriminalbeamter in Ystad. Sie haben nicht zufällig einen Mann um die fünfzig gesehen, der hier in den letzten Tagen allein am Strand spazieren gegangen ist?«

Die Augen des Mannes waren blau und klar. Unter dem Käppi ragte das weiße Haar hervor.

»Nein«, sagte er und lächelte. »Wer hätte das sein sollen? Hier geht niemand außer mir. Aber im Mai, wenn es wärmer wird, dann sieht es anders aus.«

»Sind Sie ganz sicher?«, fragte Wallander.

»Ich gehe dreimal täglich mit dem Hund«, erwiderte der Mann. »Und ich habe hier keinen Mann allein entlanglaufen sehen. Bis jetzt. Bis Sie kamen.«

Wallander nickte.

»Dann will ich Sie nicht weiter stören«, sagte er.

Wallander ging weiter. Als er stehen blieb und zurückschaute, war der Mann mit dem Hund verschwunden.

Woher der Gedanke oder, genauer gesagt, das Gefühl kam, konnte er sich später nie klarmachen. Und doch war er von dem Augenblick an ganz sicher. Etwas war im Gesicht des alten Mannes aufgeblitzt, eine schwache, fast nicht wahrnehmbare Änderung in seinem Blick, als Wallander gefragt hatte, ob er einen Mann allein am Strand gesehen habe.

Er weiß etwas, dachte Wallander. Fragt sich nur, was.

Wallander blickte sich noch einmal um.

Der Strand war jetzt leer.

Er stand einige Minuten da, ohne sich zu bewegen.

Dann kehrte er zu seinem Wagen zurück und fuhr nach Hause.

Mittwoch, der 29. April, wurde in diesem Jahr der erste Frühlingstag in Schonen. Wallander wachte wie üblich früh auf. Er war verschwitzt und wusste, dass er einen Albtraum gehabt hatte, ohne sich erinnern zu können, wovon er gehandelt hatte. Vielleicht hatten ihn wieder einmal die Stiere verfolgt? Oder Mona hatte ihn verlassen? Er duschte, trank Kaffee und blätterte zerstreut *Ystads Allehanda* durch.

Schon um halb sieben saß er in seinem Zimmer im Polizeipräsidium. Die Sonne schien von einem klarblauen Himmel. Wallander hoffte, dass Martinsson wieder gesund wäre, damit er Hansson die Computerarbeit mit den Registern abnehmen konnte. Er pflegte schnellere und bessere Resultate zu erreichen. Wenn Martinsson gesund war, könnte er Hansson mit hinaus nach Svarte nehmen, um Klinken zu putzen. Aber das wichtigste war im Moment vielleicht, ein so klares Bild von Alexandersson zu bekommen wie möglich. Martinsson war entschieden gründlicher, wenn es darum ging, Menschen zu befragen, die Auskünfte geben konnten. Wallander beschloss auch, dass sie ernsthaft untersuchen müssten, was eigentlich geschehen war, als Alexanderssons Sohn erschlagen wurde.

Sobald es sieben geworden war, versuchte Wallander Jörne zu erreichen, der die Obduktion von Göran Alexandersson durchgeführt hatte, aber vergebens. Er merkte, dass er ungeduldig war. Der Fall des toten Mannes auf der Rückbank von Stenbergs Taxi machte ihm Sorgen.

Um zwei Minuten vor acht trafen sie sich im Konferenzraum. Rydberg konnte ihm mitteilen, dass Martinsson immer noch Halsschmerzen und Fieber hatte. Wallander fand es typisch, dass es ausgerechnet Martinsson mit seiner Bazillenphobie so erwischt hatte.

»Dann müssen du und ich heute in Svarte die Häuser abklappern«, sagte er. »Und du, Hansson, gräbst hier zu Hause weiter. Ich würde gern mehr über Alexanderssons Sohn Bengt und seinen Tod wissen. Bitte Rendal um Hilfe.«

»Wissen wir mehr über dieses Gift?«, fragte Rydberg.

»Ich habe es heute Morgen schon versucht, aber ich erreiche niemanden«, antwortete Wallander.

Ihre Sitzung wurde sehr kurz. Wallander bat um eine Vergrößerung des Passfotos von Alexanderssons Führerschein und Kopien davon. Dann ging er zu Björk, ihrem

Polizeipräsidenten. Er fand, dass Björk im Großen und Ganzen ein guter Chef war, der jeden machen ließ und keinem hineinredete. Doch manchmal raffte Björk sich auf und wollte sich einen raschen Überblick über die Lage an der Ermittlungsfront verschaffen.

»Wie geht es mit dieser Bande, die Autos exportiert?«, fragte Björk und ließ die Handflächen auf die Tischplatte fallen zum Zeichen dafür, dass er eine kurze und präzise Antwort wünsche.

»Schlecht«, antwortete Wallander wahrheitsgemäß.

»Sind irgendwelche Festnahmen aktuell?«

»Überhaupt keine«, antwortete Wallander. »Wenn ich mit dem, was ich habe, zu einem Staatsanwalt ginge und einen Haftbefehl beantragte, würde er mich rauswerfen.«

»Wir dürfen nur nicht aufgeben«, sagte Björk.

»Wo denkst du hin«, antwortete Wallander. »Ich mache weiter. Wenn wir nur erst diese Geschichte mit dem Mann, der in einem Taxi gestorben ist, aufgeklärt haben.«

»Hansson hat mich informiert«, sagte Björk. »Das klingt alles sehr sonderbar.«

»Es *ist* sonderbar«, sagte Wallander.

»Kann der Mann wirklich ermordet worden sein?«

»Die Ärzte behaupten es«, sagte Wallander. »Wir werden heute in Svarte Klinken putzen gehen. Irgendjemand muss ihn gesehen haben.«

»Halte mich auf dem Laufenden«, sagte Björk und stand auf zum Zeichen dafür, dass das Gespräch beendet war.

Sie fuhren in Wallanders Wagen nach Svarte.

»Schonen ist wirklich schön«, sagte Rydberg plötzlich.

»Auf jeden Fall an einem Tag wie heute«, gab Wallander zurück. »Aber im Herbst kann es hier verdammt ekelhaft sein. Wenn der Schlamm über die Türschwellen schwappt.«

»Wer will denn jetzt an den Herbst denken?«, sagte Rydberg. »Warum soll man einen Vorschuss auf die Unwetter nehmen? Sie kommen schon früh genug.«

Wallander antwortete nicht. Er konzentrierte sich darauf, einen Traktor zu überholen.

»Wir fangen mit den Häusern am Strand am westlichen Ortsrand an«, sagte er. »Wir nehmen jeder eine Seite und treffen uns nachher in der Mitte. Versuche auch herauszubekommen, wer in den Häusern wohnt, die jetzt leer stehen.«

»Was hoffst du eigentlich zu finden?«, fragte Rydberg.

»Die Lösung«, antwortete Wallander ganz einfach. »Jemand muss ihn da draußen am Strand gesehen haben. Jemand muss gesehen haben, dass er dort einen anderen Menschen getroffen hat.«

Wallander parkte. Er ließ Rydberg mit dem Haus anfangen, in dem Agnes Ehn wohnte. Rydberg machte sich auf den Weg, während Wallander von seinem Autotelefon aus Jörne zu erreichen suchte. Aber auch diesmal bekam er keine Antwort. Er fuhr ein Stück nach Westen, stellte den Wagen ab und ging dann in östliche Richtung. Das erste Haus war ein altes und gut gepflegtes schonisches Landhaus. Er ging durch die Pforte und klingelte an der Tür. Als niemand aufmachte, klingelte er noch einmal.

Er wollte gerade gehen, als die Tür von einer Frau um die dreißig in einem fleckigen Overall geöffnet wurde.

»Ich mag es nicht, wenn man mich stört«, sagte sie und blickte Wallander irritiert an.

»Es ist aber manchmal notwendig«, entgegnete Wallander und zeigte ihr seinen Polizeiausweis.

»Und was wollen Sie?«

»Meine Frage ist vielleicht ein bisschen seltsam«, begann Wallander. »Aber ich möchte gern wissen, ob Sie in den letzten Tagen einen Mann um die fünfzig in einem hellblauen Mantel am Strand gesehen haben.«

Sie zog die Augenbrauen hoch und betrachtete Wallander amüsiert.

»Ich male bei vorgezogenen Gardinen«, sagte sie. »Ich habe nichts gesehen.«

»Sie sind Malerin«, sagte Wallander. »Ich dachte, Sie wollen Licht?«

»Ich nicht. Aber das ist ja wohl kaum strafbar?«

»Und Sie haben nichts gesehen?«

»Nein, nichts, wie schon gesagt.«

»Gibt es sonst jemand in diesem Haus, der etwas gesehen haben kann?«

»Ich habe eine Katze, die immer auf einer Fensterbank hinter den Gardinen liegt. Sie können ja mit der sprechen.«

Wallander merkte, dass er wütend wurde.

»Manchmal ist es nicht zu vermeiden, dass die Polizei Fragen stellen muss«, sagte er. »Glauben Sie nicht, dass ich das hier zu meinem Vergnügen mache. Und jetzt werde ich nicht weiter stören.«

Die Frau machte die Tür zu. Sie verschloss sie mit mehreren Schlössern. Er ging weiter zum nächsten Grundstück. Das eingeschossige Haus darauf war relativ neu erbaut. Im Garten stand ein kleiner Springbrunnen. Als Wallander klingelte, begann im Inneren des Hauses ein Hund zu bellen. Er wartete.

Der Hund hörte auf zu bellen, und die Tür wurde geöffnet. Es war der alte Mann, den Wallander am Vortag unten am Strand getroffen hatte. Wallander hatte sogleich das Gefühl, dass der Mann nicht erstaunt war, ihn zu sehen. Er hatte ihn erwartet und war auf der Hut.

»Sie wieder«, sagte der Mann.

»Ja«, gab Wallander zurück. »Ich gehe herum und klingle bei allen, die am Strand wohnen.«

»Ich sagte ja schon gestern, dass ich nichts gesehen habe.«

Wallander nickte.

»Manchmal fällt einem nachher etwas ein«, sagte er.

Der Mann trat zur Seite und ließ Wallander eintreten. Der Hund beschnüffelte ihn neugierig.

»Wohnen Sie das ganze Jahr hier?«, fragte Wallander.

»Ja«, sagte der Mann. »Ich war zweiundzwanzig Jahre Amtsarzt in Nynäshamn. Als ich pensioniert wurde, sind wir hierhergezogen, meine Frau und ich.«

»Vielleicht hat sie etwas gesehen?«, fragte Wallander. »Ist sie hier?«

»Sie ist krank«, sagte der Mann. »Sie hat nichts gesehen.«

Wallander zog einen Notizblock aus der Tasche.

»Darf ich fragen, wie Sie heißen?«, sagte er. »Ich heiße Martin Stenholm«, sagte der Mann. »Meine Frau heißt Kajsa.«

Nachdem er die beiden Namen notiert hatte, steckte Wallander den Block wieder ein.

»Dann will ich nicht weiter stören«, sagte er.

»Aber ich bitte Sie«, sagte Martin Stenholm.

»Vielleicht kann ich in ein paar Tagen wiederkommen und mit Ihrer Frau sprechen«, sagte Wallander. »Manchmal ist es besser, wenn die Leute selbst erzählen, was sie gesehen oder nicht gesehen haben.«

»Ich glaube, das ist keine gute Idee«, sagte Stenholm. »Meine Frau ist schwer krank. Sie hat Krebs und wird bald sterben.«

»Ich verstehe«, sagte Wallander. »Dann werde ich nicht zurückkommen und stören.«

Martin Stenholm öffnete ihm die Tür.

»Ist Ihre Frau auch Ärztin?«, fragte Wallander.

»Nein«, antwortete der Mann. »Sie ist Juristin.«

Wallander ging zurück auf die Straße. Dann besuchte er noch drei Häuser, ohne etwas zu erfahren, bevor er auf Rydberg stieß.

Beide machten sogleich kehrt. Wallander holte sein Auto und wartete vor Agnes Ehns Haus auf Rydberg. Als dieser kam, hatte er nur Negatives zu berichten. Niemand hatte Göran Alexandersson am Strand gesehen.

»Und ich habe immer gehört, die Menschen seien so neugierig«, sagte Rydberg. »Besonders auf dem Land, und besonders bei Fremden.«

Sie fuhren nach Ystad zurück. Wallander saß schweigend am Steuer. Als sie im Polizeipräsidium ankamen, bat er Rydberg, Hansson zu suchen und mit in sein Zimmer zu bringen. Er rief bei der Gerichtsmedizin an und erreichte Jörne endlich. Als er das Gespräch mit diesem beendete, waren Rydberg und Hansson schon gekommen. Wallander schaute Hansson fragend an.

»Etwas Neues?«

»Nichts, was unser bisheriges Bild von Alexandersson verändert«, antwortete Hansson.

»Ich habe gerade mit Jörne telefoniert«, sagte Wallander. »Das Gift, das ihn getötet hat, kann er sehr wohl zu sich genommen haben, ohne es zu bemerken. Man kann nicht genau sagen, wie es wirkt. Jörne vermutete, dass es mindestens eine halbe Stunde dauern könnte. Wenn der Tod dann kommt, tritt er sehr schnell ein.«

»Soweit haben wir also recht«, sagte Hansson. »Hat dieses Gift einen Namen?«

Wallander las die komplizierte chemische Bezeichnung vor, die er auf seinem Block notiert hatte.

Dann berichtete er von seinem Gespräch mit Martin Stenholm in Svarte.

»Ich weiß nicht, was es ist«, sagte er. »Aber ich werde das Gefühl nicht los, dass wir die Lösung im Haus dieses Arztes finden werden.«

»Ein Arzt kennt sich mit Gift aus«, sagte Rydberg. »Das ist schon mal ein Anfang.«

»Da hast du natürlich recht«, erwiderte Wallander. »Aber es ist noch etwas anderes. Ich komme nur nicht darauf, was es ist.«

»Soll ich die Register durchgehen?«, fragte Hansson. »Schade, dass Martinsson krank ist. Er kann das am besten.«

Wallander nickte. Dann kam ihm plötzlich ein Gedanke.

»Suche auch nach seiner Frau, Kajsa Stenholm.«

Während des Walpurgisfestes und Wochenendes ruhte die Ermittlung. Wallander verbrachte einen großen Teil der freien Zeit draußen bei seinem Vater. Einen Nachmittag benutzte er, um seine Küche neu zu streichen. Er rief auch Rydberg an und sprach mit ihm. Er hatte keinen anderen Anlass gehabt, als dass Rydberg genauso allein war wie er selbst. Doch als Wallander anrief, war Rydberg betrunken gewesen, und ihr Gespräch war schnell beendet.

Am Montag, dem 4. Mai, war Wallander früh im Präsidium. Während er darauf wartete, zu erfahren, was Hansson eventuell in seinen Registern gefunden haben konnte, beschäftigte er sich mit der Autoschmugglerbande. Erst am Tag danach, kurz nach elf Uhr, kam Hansson in sein Zimmer.

»Ich finde nichts über Martin Stenholm«, sagte er. »Er hat vermutlich während seines ganzen Lebens nie etwas Verbotenes getan.«

Wallander war nicht verwundert. Er war sich die ganze Zeit bewusst gewesen, dass sie vielleicht auf dem Weg in eine Sackgasse waren.

»Und die Frau?«, fragte er.

Hansson schüttelte den Kopf.

»Noch weniger«, sagte Hansson. »Sie war viele Jahre Staatsanwältin in Nynäshamn.«

Hansson legte einen Aktenordner mit Papieren auf Wallanders Schreibtisch.

»Ich rede noch einmal mit den Taxifahrern«, sagte er. »Vielleicht haben sie trotz allem irgendetwas gesehen.«

Als Wallander allein war, zog er den Aktenordner an sich, den Hansson ihm auf den Schreibtisch gelegt hatte. Er brauchte eine Stunde, um den Inhalt genau durchzusehen. Hansson hatte ausnahmsweise einmal nichts übersehen. Trotzdem wusste Wallander, dass Göran Alexanderssons Tod mit dem alten Arzt zu tun hatte. Er wusste es, ohne zu wissen, wie so häufig zuvor. Zwar misstraute er seiner eigenen Intuition, aber er konnte nicht abstreiten, dass sie ihn trotz allem häufig richtig geleitet hatte. Er rief Rydberg an, der sofort zu ihm herüberkam. Wallander gab ihm den Aktenordner.

»Lies das mal durch«, sagte er. »Weder Hansson noch ich können irgendetwas Auffälliges entdecken. Aber ich bin sicher, dass wir etwas übersehen.«

»Hansson können wir uns schenken«, meinte Rydberg und machte kein Hehl daraus, dass sein Respekt vor dem Kollegen sich in Grenzen hielt.

Am späten Nachmittag reichte Rydberg Wallander den Ordner wieder herein und schüttelte den Kopf. Auch er hatte nichts gefunden.

»Wir müssen wieder von vorn anfangen«, sagte Wallander. »Wir treffen uns hier morgen früh und entscheiden, wie wir weiter vorgehen wollen.«

Kurz danach verließ Wallander das Präsidium und fuhr nach Svarte. Wieder machte er einen langen Spaziergang am Strand. Er traf niemanden. Danach saß er im Auto und las den Ordner, den er von Hansson bekommen hatte, noch einmal durch. Was sehe ich nicht?, dachte er. Es gibt einen Zusammenhang zwischen diesem Arzt und Göran Alexandersson. Nur ich sehe ihn nicht.

Er fuhr nach Ystad zurück und nahm den Ordner mit nach Hause in die Mariagata. Seit sie vor vierzehn Jahren nach Ystad gezogen waren, wohnten sie in derselben Dreizimmerwohnung.

Er versuchte, sich zu entspannen, aber der Ordner ließ ihm keine Ruhe. Spät am Abend, als es schon auf Mitternacht zuging, setzte er sich an den Küchentisch und ging das Ganze noch einmal durch.

Obwohl er inzwischen sehr müde war, fiel ihm jetzt plötzlich ein Detail auf. Er war sich dessen bewusst, dass es bedeutungslos sein konnte. Doch er beschloss, es gleich am nächsten Morgen zu untersuchen.

In dieser Nacht schlief er schlecht.

Kurz vor sieben war er wieder im Präsidium. Über Ystad fiel ein leichter Nieselregen. Wallander wusste, dass der Mann, den er jetzt aufsuchen wollte, ein ebenso früher Vogel war wie er selbst. Er ging hinüber in den Flügel des Gebäudes, in dem die Staatsanwaltschaft untergebracht war, und klopfte an Per Åkesons Tür. Wie üblich herrschte dort drinnen große Unordnung. Åkeson und Wallander arbeiteten seit vielen Jahren zusammen und hatten großes Vertrauen in das Urteilsvermögen des anderen. Åkeson schob die Brille in die Stirn und betrachtete Wallander.

»Du hier?«, sagte er. »So früh? Das bedeutet, dass du mir etwas Wichtiges zu sagen hast.«

»Ob es wichtig ist, weiß ich nicht«, entgegnete Wallander. »Aber ich brauche deine Hilfe.«

Er nahm einen Aktenstapel vom Besucherstuhl und legte ihn auf den Fußboden. Dann setzte er sich und berichtete Åkeson in knappen Worten von Alexanderssons Tod.

»Hört sich reichlich seltsam an«, sagte Åkeson, nachdem Wallander geendet hatte.

»Manchmal passieren seltsame Dinge«, sagte Wallander. »Das weißt du ebenso gut wie ich.«

»Aber du bist doch kaum um sieben Uhr in der Frühe hergekommen, um mir das Ganze zu erzählen? Ich nehme an, du möchtest vorschlagen, dass wir diesen Arzt festnehmen?«

»Ich brauche deine Hilfe wegen seiner Frau, Kajsa Stenholm«, sagte Wallander. »Sie ist deine Kollegin gewesen. Sie hat viele Jahre in Nynäshamn gearbeitet. Aber ein paarmal war sie beurlaubt. In diesen Perioden hat sie manchmal kurzzeitige Vertretungen übernommen. Vor sieben Jahren hatte sie eine Vertretung in Stockholm. Diese Vertretung fällt in die Zeit, als Göran Alexanderssons Sohn überfallen und getötet wurde. Und ich brauche deine Hilfe, um herauszufinden, ob zwischen diesen beiden Ereignissen eine Verbindung besteht.«

Wallander blätterte in seinen Papieren, bevor er fortfuhr.

»Der Sohn hieß Bengt. Bengt Alexandersson. Er war achtzehn Jahre alt, als er starb.«

Per Åkeson balancierte auf zwei Beinen seines Stuhls und betrachtete Wallander stirnrunzelnd.

»Was stellst du dir eigentlich vor?«, fragte er.

»Ich weiß nicht«, antwortete Wallander. »Aber ich will trotzdem untersuchen, ob es eine Verbindung gibt. Ob Kajsa Stenholm in irgendeiner Weise mit der Ermittlung von Bengt Alexanderssons Tod befasst war.«

»Und ich nehme an, du möchtest die Antwort so schnell wie möglich?«

Wallander nickte.

»Du kennst mich doch inzwischen gut genug, um zu

wissen, dass Geduld für mich ein Fremdwort ist«, sagte er und stand auf.

»Ich will sehen, was ich tun kann«, sagte Åkeson. »Aber erwarte nicht zu viel.«

Als Wallander kurz darauf an der Anmeldung vorüberkam, sagte er zu Ebba, dass sie Rydberg und Hansson in sein Zimmer schicken sollte, sobald sie kämen.

»Wie geht es dir eigentlich?«, fragte Ebba. »Bekommst du nachts genug Schlaf?«

»Manchmal habe ich das Gefühl, ich schlafe zu viel«, sagte Wallander ausweichend. Ebba war in der Anmeldung sozusagen ein Fels in der Brandung und hatte ein wachsames Auge auf das Wohlbefinden aller. Wallander musste sich dann und wann in aller Freundlichkeit ihrer Fürsorge erwehren.

Um Viertel nach acht kam Hansson, kurz darauf Rydberg. In knappen Worten referierte Wallander, was er in »Hanssons Papieren«, wie er sie inzwischen nannte, entdeckt hatte.

»Wir müssen abwarten, was Per Åkeson herausfindet«, schloss er. »Vielleicht ist es eine sinnlose Vermutung meinerseits. Aber wenn es sich auf der anderen Seite zeigt, dass Kajsa Stenholm zur gleichen Zeit, als Bengt Alexandersson getötet wurde, eine Vertretung hatte, und wenn sie mit der Ermittlung befasst war, dann haben wir wirklich einen Zusammenhang hergestellt.«

»Hast du nicht gesagt, dass sie auf den Tod liegt?«, fragte Rydberg.

»Das behauptet ihr Mann«, antwortete Wallander. »Sie selbst habe ich nicht gesehen.«

»Mit allem Respekt vor deiner Fähigkeit, dich durch komplizierte Verbrecherermittlungen zu manövrieren, kommt mir dies alles doch sehr vage vor«, sagte Hansson. »Nehmen wir an, du hast recht. Dass Kajsa Stenholm als Leiterin der Voruntersuchung im Fall des gewaltsamen Todes von Bengt Alexandersson tätig war. Was bedeutet das heute? Sollte eine krebskranke Frau einen Mann ermordet haben, der von irgendwoher aus ihrer Vergangenheit auftaucht?«

»Es *ist* sehr vage«, räumte Wallander ein. »Lasst uns einfach abwarten, was Åkeson eventuell herausbekommt.«

Nachdem die beiden anderen gegangen waren, saß Wallander lange unschlüssig da. Er fragte sich, was Mona und Linda wohl gerade machten. Und worüber sie redeten. Um kurz vor halb zehn holte er sich eine Tasse Kaffee, um halb elf noch eine. Er kam gerade in sein Zimmer zurück, als das Telefon klingelte.

Es war Per Åkeson.

»Es ging schneller, als ich dachte«, sagte er. »Hast du was zum Schreiben?«

»Ich schreibe«, antwortete Wallander.

»Zwischen dem 10. März und dem 9. Oktober 1980 hatte Kajsa Stenholm eine Vertretung als Staatsanwältin in Stockholm. Mit Hilfe eines tüchtigen Archivars beim Landgericht bekam ich auch eine Antwort auf deine zweite Frage, inwieweit sie mit der Ermittlung im Fall des Todes von Bengt Alexandersson befasst war.«

Er verstummte. Wallander wartete gespannt.

»Du hattest tatsächlich recht«, sagte Åkeson. »Sie leitete die Voruntersuchung, und sie war es auch, die die

Ermittlung schließlich auf Eis legte. Ein Täter wurde nie gefasst.«

»Danke für die Hilfe«, sagte Wallander. »Ich lass mir das alles durch den Kopf gehen. Ich melde mich später wieder.«

Als er aufgelegt hatte, stand er auf und trat ans Fenster. Die Scheibe war beschlagen. Es regnete jetzt stärker als am frühen Morgen. Es gibt nur eins, dachte er. Hingehen und herausfinden, was eigentlich passiert ist. Er beschloss, nur Rydberg mitzunehmen. Über das Haustelefon rief er ihn und Hansson zu sich. Er erzählte ihnen, was Åkeson gesagt hatte.

»Donnerwetter!«, sagte Hansson.

»Ich dachte, du und ich fahren hin«, sagte Wallander zu Rydberg. »Drei ist einer zu viel.«

Hansson nickte. Er verstand.

Sie fuhren schweigend in Wallanders Wagen nach Svarte. Wallander parkte hundert Meter hinter Stenholms Haus.

»Was erwartest du von mir?«, fragte Rydberg, als sie durch den Regen gingen.

»Dass du dabei bist. Sonst nichts.«

Plötzlich wurde es Wallander bewusst, dass Rydberg zum ersten Mal ihm assistierte und nicht umgekehrt. Rydberg hatte sich nie formell als sein Vorgesetzter verhalten, es passte nicht zu seinem Temperament, Chef zu sein, sondern sie hatten immer Seite an Seite gearbeitet. Aber seit Wallander in Ystad war, hatte er Rydberg als seinen Lehrer betrachtet. Das berufliche Können, über das Wallander heute verfügte, verdankte er hauptsächlich Rydberg.

Sie traten durch die Gartenpforte und gingen zum Haus.

Wallander klingelte. Als habe er sie erwartet, öffnete der alte Arzt ihnen fast auf der Stelle die Tür. Wallander schoss der Gedanke durch den Kopf, wie merkwürdig es war, dass der Labrador sich nicht zeigte.

»Ich hoffe, ich störe nicht«, sagte Wallander. »Aber ich habe noch einige Fragen, die leider nicht warten können.«

»Was für Fragen?«

Wallander merkte, dass jede Freundlichkeit bei dem Mann jetzt verschwunden war. Er wirkte verängstigt und zugleich gereizt.

»Nach dem Mann, der am Strand spazieren ging«, sagte Wallander.

»Ich habe Ihnen doch schon gesagt, dass ich ihn nicht gesehen habe.«

»Wir würden auch gern mit Ihrer Frau sprechen.«

»Ich habe Ihnen schon gesagt, dass sie todkrank ist. Was hätte sie denn sehen sollen? Sie liegt im Bett. Ich begreife nicht, warum Sie uns nicht in Frieden lassen können!«

Wallander nickte.

»Dann werden wir nicht mehr stören«, sagte er. »Jedenfalls im Moment nicht. Aber ich bin ziemlich sicher, dass wir wiederkommen werden. Und dann werden Sie uns hereinlassen müssen.«

Er nahm Rydberg am Arm und ging mit ihm zur Gartenpforte. Hinter ihnen wurde die Tür zugeschlagen.

»Warum hast du so schnell nachgegeben?«, fragte Rydberg.

»Das hast du mir doch beigebracht«, antwortete Wallander. »Dass es nicht schadet, die Leute zum Nachdenken zu bringen. Außerdem brauche ich von Åkeson einen Durchsuchungsbefehl.«

»Hat wirklich er Alexandersson getötet?«, sagte Rydberg.

»Ja«, sagte Wallander. »Ich bin mir sicher. Er war es. Aber wie das Ganze zusammenhängt, weiß ich noch immer nicht.«

Am gleichen Nachmittag bekam Wallander seinen Durchsuchungsbefehl. Er beschloss, bis zum nächsten Morgen damit zu warten. Um sich abzusichern, ließ er sich von Björk die Zustimmung dazu geben, das Haus solange zu bewachen.

Als Wallander in der Morgendämmerung des folgenden Tages, es war der 7. Mai, aufwachte und das Rollo hochschnappen ließ, war die Stadt in Nebel getaucht. Bevor er duschte, tat er etwas, was er am Abend zuvor vergessen hatte. Er schlug den Namen Stenholm im Telefonbuch nach. Es gab darin weder eine Kajsa noch einen Martin Stenholm. Als er die Auskunft anrief, wurde ihm mitgeteilt, die Nummer sei geheim. Er nickte stumm, als habe er genau das erwartet.

Während er Kaffee trank, überlegte er, ob er Rydberg mitnehmen oder allein nach Svarte fahren sollte. Erst als er sich ins Auto setzte, entschied er sich dafür, allein zu fahren. Über der Küste lag dichter Nebel.

Wallander fuhr sehr langsam. Kurz vor acht Uhr hielt er unmittelbar vor Stenholms Haus. Er ging durch die Gartenpforte und klingelte. Erst beim dritten Klingeln wurde aufgemacht. Als Martin Stenholm sah, dass es Wallander war, versuchte er, die Tür zuzuschlagen. Wallander konnte jedoch einen Fuß dazwischenschieben und drückte die Tür auf.

»Was gibt Ihnen das Recht, hier einzudringen?«, rief der alte Mann mit gellender Stimme.

»Ich dringe nicht ein«, sagte Wallander. »Ich habe einen Hausdurchsuchungsbefehl. Es ist das Beste, Sie akzeptieren es sofort. Können wir uns irgendwo setzen?«

Stenholm schien plötzlich zu resignieren. Wallander folgte ihm in ein Zimmer, dessen Wände voller Bücher waren. Wallander setzte sich in einen Ledersessel, der alte Mann ihm gegenüber.

»Haben Sie mir wirklich nichts zu sagen?«, fragte Wallander.

»Ich habe keinen Mann hier am Strand spazieren gehen sehen. Und meine Frau, die schwer krank ist, auch nicht. Sie liegt oben.«

Wallander beschloss, ohne Umschweife zur Sache zu kommen. Es gab keinen Grund mehr zu zweifeln.

»Ihre Frau ist Staatsanwältin gewesen«, begann er. »Den größeren Teil des Jahres 1980 hatte sie eine Vertretung in Stockholm. Sie leitete unter anderem die Voruntersuchung der Umstände, die zum Tod des damals achtzehnjährigen Bengt Alexandersson geführt hatten. Und sie war es auch, die nach einigen Monaten das Verfahren einstellte. Erinnern Sie sich an dieses Ereignis?«

»Natürlich nicht«, sagte Stenholm. »Wir hatten es uns zur Gewohnheit gemacht, zu Hause Gespräche über unsere Arbeit zu vermeiden. Weder sprach sie von Angeklagten noch ich von Patienten.«

»Der Mann, der hier am Strand spazieren ging, war der Vater des toten Bengt Alexandersson«, fuhr Wallander fort. »Er wurde außerdem vergiftet und starb auf der Rückbank eines Taxis. Finden Sie, dass dies nach Zufall aussieht?«

Stenholm antwortete nicht. Wallander meinte plötzlich, den gesamten Verlauf des Geschehens vor sich sehen zu können.

»Nach Ihrer Pensionierung ziehen Sie von Nynäshamn hier herunter nach Schonen«, sagte er langsam. »In eine kleine, anonyme Gemeinde mit Namen Svarte. Sie stehen nicht einmal im Telefonbuch, denn Ihre Nummer ist geheim. Natürlich kann der Grund dafür sein, dass Sie im Alter ungestört und anonym sein wollen. Aber vielleicht kann man sich auch eine andere Möglichkeit denken. Dass Sie in aller Heimlichkeit wegziehen, um etwas oder jemanden loszuwerden. Vielleicht einen Mann, der es nicht versteht, warum eine Staatsanwältin nicht mehr Mühe darauf verwendet, den sinnlosen Mord an seinem einzigen Kind aufzuklären. Sie ziehen fort, doch er findet Sie. Wie ihm das gelingt, werden wir wohl nie erfahren. Plötzlich steht er hier draußen am Strand. Sie begegnen ihm eines Tages, als Sie mit dem Hund gehen. Es ist natürlich ein schwerer Schock. Er wiederholt seine Anklagen. Vielleicht stößt er sogar Drohungen aus. Im Obergeschoss liegt Ihre schwerkranke Frau. Ich bezweifle nicht, dass es so ist. Der Mann am Strand kommt Tag auf Tag wieder. Er lässt nicht locker. Sie sehen keine Möglichkeit, ihn loszuwerden. Sie sehen überhaupt keinen Ausweg. Da bitten Sie ihn ins Haus. Wahrscheinlich versprechen Sie ihm, dass er mit Ihrer Frau sprechen kann. Sie geben ihm ein Gift, vielleicht in einer Tasse Kaffee. Dann bitten Sie ihn plötzlich, am nächsten Tag wiederzukommen. Ihre Frau hat starke Schmerzen, oder vielleicht schläft sie. Aber Sie wissen, er wird nie wiederkommen. Das Problem ist gelöst. Göran Alexandersson wird an etwas sterben, das aussieht wie ein Herzinfarkt. Niemand hat Sie zusammen gesehen, niemand kennt die Verbindung zwischen Ihnen. War es nicht so?«

Stenholm saß unbeweglich da.

Wallander wartete. Durchs Fenster konnte er sehen, dass der Nebel noch immer sehr dicht war. Dann hob der Mann den Kopf.

»Meine Frau hat keine Fehler gemacht«, sagte er. »Aber die Zeiten änderten sich, die Verbrechen nahmen zu und wurden schlimmer. Polizei und Staatsanwaltschaft und Gerichte waren überfordert und kämpften einen aussichtslosen Kampf. Das sollten Sie als Polizeibeamter wissen. Deshalb war es zutiefst ungerecht, dass Göran Alexandersson meiner Frau zum Vorwurf machte, dass der Mord an seinem Sohn nie aufgeklärt wurde. Er hat uns sieben Jahre lang verfolgt und bedroht und terrorisiert. Und er tat das auf eine Art und Weise, dass ihm nie beizukommen war.«

Stenholm verstummte. Dann stand er vom Stuhl auf.

»Gehen wir hinauf zu meiner Frau. Sie kann es selbst erzählen.«

»Das ist nicht mehr nötig«, sagte Wallander.

»Für mich ist es nötig«, sagte der Mann.

Sie stiegen die Treppe ins Obergeschoss hinauf. In einem großen und hellen Raum lag Kajsa Stenholm in einem Krankenbett. Auf dem Boden daneben lag der Labrador.

»Sie schläft nicht«, sagte der Mann. »Gehen Sie zu ihr und fragen sie, was Sie wollen.«

Wallander trat ans Bett. Ihr Gesicht war so abgemagert, dass die Haut sich über dem Schädel spannte.

Im gleichen Augenblick sah Wallander, dass sie tot war. Er wandte sich heftig um. Der alte Mann war in der Türöffnung stehen geblieben. Er richtete eine Pistole auf Wallander.

»Ich wusste, dass Sie kommen würden«, sagte er. »Deshalb konnte sie ebenso gut sterben.«

»Legen Sie die Pistole fort«, sagte Wallander.

Stenholm schüttelte den Kopf. Wallander spürte, wie die Angst ihn lähmte.

Dann ging alles sehr schnell. Stenholm richtete plötzlich die Waffe auf seine eigene Schläfe und drückte ab. Der Knall hallte im Raum wider. Von der Wucht des Schusses wurde der Mann fast durch die Tür hinausgeschleudert. Das Blut war über die Wände gespritzt. Wallander war nahe daran, in Ohnmacht zu fallen. Dann stürzte er durch die Tür und die Treppe hinunter. Er wählte die Nummer des Polizeipräsidiums. Ebba nahm ab.

»Hansson oder Rydberg«, sagte er. »Und zwar verdammt schnell.«

Rydberg nahm ab.

»Es ist vorbei«, sagte Wallander. »Kleine Besetzung in das Haus in Svarte. Ich habe zwei Tote hier.«

»Hast du sie getötet? Was ist passiert?«, fragte Rydberg. »Bist du verletzt? Warum bist du allein da hinausgefahren, verdammt noch mal?«

»Ich weiß nicht«, sagte Wallander. »Macht schnell. Ich bin unverletzt.«

Wallander ging aus dem Haus, während er wartete. Der Strand war nebelverhangen. Er dachte an das, was der alte Arzt gesagt hatte, über die Verbrechen, die mehr wurden und immer gröber. Wallander hatte ähnliche Überlegungen angestellt. Er kam sich mehr und mehr wie ein Polizeibeamter vor, der eigentlich einer anderen Zeit angehörte. Und das, obwohl er gerade mal vierzig war. Vielleicht brauchte die Gegenwart eine andere Sorte Polizisten?

Er wartete im Nebel, bis die Kollegen aus Ystad kamen. Er fühlte sich elend. Wieder einmal war er gegen seinen Willen gezwungen gewesen, in einer Tragödie mitzuspielen. Er fragte sich, wie lange er das noch aushalten würde.

Als die Kollegen kamen und Rydberg aus dem Wagen stieg, entdeckte er Wallander als schwarzen Schatten in dem weißen Nebel.

»Was ist passiert?«, fragte Rydberg.

»Wir haben den Fall des Mannes gelöst, der im Fond von Stenbergs Taxi gestorben ist«, sagte Wallander einfach.

Er sah, dass Rydberg auf eine Fortsetzung wartete, die nicht kommen würde.

»Das ist alles«, sagte er. »Das ist alles, was wir getan haben.«

Dann drehte Wallander sich um und ging hinunter zum Strand. Nach kurzer Zeit hatte der Nebel ihn verschluckt.

G. K. Chesterton

Der Gott des Gongs

Es war einer jener kalten und leeren Nachmittage im frühen Winter, wenn das Licht des Tages eher nach Silber als nach Gold aussieht, sogar eher nach Zinn als nach Silber. Und wenn es in Hunderten öder Büros und gähnender Salons trübselig war, so war es noch trübseliger entlang der flachen Strände in Essex, deren Monotonie umso unmenschlicher wirkte, weil sie in langen Abständen von Laternenpfählen unterbrochen wurde, die weniger zivilisiert als ein Baum aussahen, und von Bäumen, die hässlicher aussahen als Laternenpfähle. Ein leichter Schneefall war bis auf wenige Stellen wieder weggeschmolzen, die auch eher bleiern als silbern aussahen, nachdem sie das Siegel des Frostes befestigt hatte; frischer Schnee war nicht gefallen, aber ein Streifen des alten Schnees lief genau an der Küstenkante entlang, um so eine Parallele zum blassen Streifen der Gischt zu bilden.

Die Wasserlinie erschien im lebhaften Leuchten ihres violetten Blaus wie erfroren, wie die Ader in einem erfrorenen Finger. Auf Meilen und Meilen voraus und zurück gab es keine atmende Seele, bis auf zwei Wanderer, die eilenden Schrittes dahinzogen, obwohl der eine sehr viel längere Beine hatte und sehr viel weiter ausschritt als der andere.

Weder der Ort noch das Wetter erschienen besonders geeignet für Ferien; aber Father Brown hatte selten Ferien und musste sie sich nehmen, wann immer er konnte, und er zog es vor, sie wann immer möglich gemeinsam mit seinem alten Freund Flambeau zu nehmen, dem Ex-Verbrecher und Ex-Detektiv. Den Priester hatte die Laune überkommen, seine alte Gemeinde in Cobhole zu besuchen, und deshalb marschierte er nordostwärts die Küste entlang.

Nachdem sie ein oder zwei Meilen weiter gegangen waren, stellten sie fest, dass das Ufer begann, sich sozusagen formell zu befestigen, um so etwas wie eine Uferpromenade zu bilden; die hässlichen Straßenlaternen wurden weniger selten und standen nicht mehr so weit auseinander, und sie wurden ornamentreicher, ohne dadurch weniger hässlich zu sein. Eine halbe Meile weiter verwirrte Father Brown zunächst ein kleines Labyrinth von blumenlosen Blumentöpfen, überwuchert von niedrigen, flachen, ruhig-farbenen Blattpflanzen, die weniger nach einem Garten als vielmehr nach einem gewürfelten Pflaster aussahen und zwischen sanft geschwungenen Pfaden standen, mit Bänken übersät, deren Rücklehnen ebenfalls geschwungen waren. Schwach kam ihm der Geruch einer bestimmten Art von Seebadeorten in die Nase, die er nicht besonders liebte, und als er der See entlang über die Uferpromenade hinblickte, sah er, was jeden Zweifel ausschloss. In der grauen Entfernung erhob sich der große Musikpavillon eines Seebades wie ein gigantischer Pilz auf sechs Beinen.

»Ich nehme an«, sagte Father Brown, stellte den Mantelkragen hoch und zog sich seinen Wollschal enger um den Hals, »dass wir uns einem Vergnügungsort nähern.«

»Ich fürchte«, antwortete Flambeau, »einem Vergnügungsort, den gegenwärtig nur wenige Leute Lust haben, zum Ort ihres Vergnügens zu machen. Man versucht, diese Orte auch im Winter in Gang zu halten, aber das hat nirgendwo geklappt, mit Ausnahme von Brighton und den anderen alten Plätzen. Das hier muss Seawood sein, nehme ich an – Spekulationsobjekt von Lord Pooley; für Weihnachten hatte er die Sizilianischen Sängerknaben hierher engagiert, und es heißt, er wolle hier einen der großen Boxkämpfe veranstalten. Aber sie werden das ganze verrottete Ding ins Meer schmeißen müssen; es ist so trostlos wie ein verloren gegangener Eisenbahnwagon.«

Sie waren unter dem großen Musikpavillon angekommen, und der Priester schaute auf zu ihm mit einer Neugier, die etwas Seltsames an sich hatte; den Kopf hatte er wie ein Vogel ein bisschen auf die Seite geneigt. Es war die übliche, für solche Zwecke reichlich aufgedonnerte Konstruktion: eine flache Kuppel, hier und da vergoldet, die sich über sechs schlanken Pfeilern aus bemaltem Holz erhob, und das Ganze errichtet rund fünf Fuß über der Uferpromenade auf einer runden hölzernen Plattform, wie auf einer Trommel. Nur strahlten der Schnee etwas Mystisches und das Gold etwas Künstliches aus, und diese Mischung suchte Flambeau wie seinen Freund mit Assoziationen heim, die er nicht fassen konnte, von denen er aber wusste, dass sie gleichermaßen künstlerisch wie fremdartig waren.

»Ich hab's«, sagte er schließlich. »Das ist japanisch.

Das ist wie diese phantastischen japanischen Drucke, wo der Schnee auf dem Berg wie Puderzucker aussieht und das Gold auf den Pagoden wie das Gold auf Lebkuchen. Sieht ganz genau so aus wie ein kleiner heidnischer Tempel.«

»Ja«, sagte Father Brown. »Werfen wir einen Blick auf den Gott.« Und mit einer Beweglichkeit, die man ihm kaum zugetraut hätte, sprang er hinauf auf die erhöhte Plattform.

»Na schön«, lachte Flambeau; und im nächsten Augenblick war auch seine eigene hochragende Gestalt auf jener eigenartigen Erhebung sichtbar.

Obwohl der Höhenunterschied gering war, gab er doch in jenen flachen Weiten ein Gefühl, dass man noch weiter und immer weiter über Land und See schauen könne. Landeinwärts verblassten die winterlichen kleinen Gärten zu wirrem grauem Gestrüpp; hinter diesem waren in der Ferne die langen niedrigen Scheunen eines einsamen Bauernhofes; und dahinter gab es nichts mehr als die weiten Ebenen Ostenglands. Seewärts gab es nicht Segel noch Lebenszeichen außer ein paar Seemöwen: und selbst die sahen eher aus wie die letzten Schneeflocken und schienen eher zu treiben als zu fliegen.

Flambeau drehte sich auf einen Ausruf hinter ihm plötzlich um. Er schien von tiefer unten zu kommen, als man hätte erwarten sollen, und eher an seine Füße gerichtet als an seinen Kopf. Er streckte sofort die Hand aus, doch konnte er angesichts des Anblicks, der sich ihm bot, das Lachen kaum unterdrücken. Aus irgendeinem Grunde hatte die Plattform unter Father Brown nachgegeben, und der unglückliche kleine Mann war durchgebrochen bis hinab auf die Ebene der Uferpromenade. Er war gerade groß, oder klein, genug, dass sein Kopf allein aus dem Loch im zerbrochenen Holz herausragte und aussah wie das Haupt des heiligen Johannes des Täufers auf dem Tablett. Sein Gesicht trug einen Ausdruck der Fassungslosigkeit wie vielleicht auch das des heiligen Johannes.

Einen Augenblick später begann er, ein bisschen zu lachen. »Das Holz muss verfault sein«, sagte Flambeau. »Obwohl es merkwürdig erscheint, dass es mich tragen kann, während Sie durch die verfaulte Stelle brechen. Lassen Sie mich Ihnen heraushelfen.«

Doch der kleine Priester besah sich neugierig die Kanten und Splitter des angeblich verfaulten Holzes, und auf seiner Stirn erschien ein Anflug von Besorgnis.

»Los doch«, rief Flambeau ungeduldig, der immer noch seine große braune Hand ausgestreckt hielt. »Oder wollen Sie nicht rauskommen?«

Der Priester hielt einen Splitter des zerbrochenen Holzes zwischen Zeigefinger und Daumen und antwortete nicht sofort. Schließlich sagte er nachdenklich: »Rauskommen? Eigentlich nicht. Ich glaube, ich möchte lieber reingehen.« Und damit tauchte er so jäh in die Dunkelheit unter dem Holzboden, dass der ihm seinen großen klerikalen Hut mit den hochgebogenen Krempen vom Haupte stieß und auf dem Bretterboden liegen ließ, ohne ein klerikales Haupt darinnen.

Flambeau schaute erneut landeinwärts und seewärts und konnte erneut nichts anderes erblicken als eine See so winterlich wie der Schnee, und Schnee so eben wie die See.

Dann erklang hinter ihm ein eilendes Geräusch, und der kleine Priester kam schneller aus dem Loch herausgekrochen, als er hineingestürzt war. Sein Gesicht sah nicht mehr fassungslos aus, sondern sehr entschlossen und, vielleicht durch den Widerschein des Schnees, ein bisschen blasser als gewöhnlich.

»Na?«, fragte sein großer Freund. »Haben Sie den Gott des Tempels gefunden?«

»Nein«, antwortete Father Brown. »Ich habe gefunden, was manchmal noch wichtiger war. Das Opfer.«

»Was beim Teufel meinen Sie damit?«, rief Flambeau, aufs tiefste erschrocken.

Father Brown antwortete nicht. Er starrte mit gerunzelter Stirn in die Landschaft; und plötzlich streckte er den Arm aus. »Was ist das da drüben für ein Haus?«, fragte er.

Indem er seinem Finger folgte, sah Flambeau zum ersten Mal die Ecken eines Hauses, das näher stand als der Bauernhof, aber zum größten Teil von Bäumen verdeckt war. Es war kein großes Gebäude und stand ein gutes Stück vom Ufer entfernt; aber das Schimmern seiner Verzierungen verriet, dass es wie der Musikpavillon, die kleinen Gärten und die Eisenbänke mit den geschwungenen Rückenlehnen zur Promenadenanlage des Seebades gehörte.

Father Brown sprang vom Musikpavillon herab, und sein Freund folgte ihm. Als sie in die angegebene Richtung schritten, verschoben sich die Bäume nach rechts und links, und sie erblickten ein kleines, ziemlich aufgedonnertes Hotel, wie das in Seebädern üblich ist – Hotel mit Bar, nicht mit Trinkstube. Fast die ganze Vorderfront bestand aus vergoldeter Stuckatur und Buntglas, und zwischen der grauen Küstenlandschaft und den grauen hexenhaften Bäumen wirkte dieser verspielte Aufputz in seiner Melancholie fast gespenstisch. Sie hatten beide das undeutliche Gefühl, dass, wenn einem in solch einer Gaststätte Speise oder Trank geboten wurde, es sich um den Pappmascheeschinken und die leeren Humpen der Pantomime handeln müsse.

Das allerdings sollte sich nicht ganz bestätigen. Als sie näher und näher kamen, sahen sie vor dem Büffet, das offensichtlich geschlossen war, eine der eisernen Gartenbänke mit der geschwungenen Rückenlehne, die die Gärten verzierten, nur sehr viel länger, fast die gesamte Vorderfront entlang. Vermutlich hatte man sie so aufgestellt, damit Besucher dort Platz nehmen und auf die See hinausblicken konnten, aber man würde kaum erwarten, dass irgendjemand das in solchem Wetter täte.

Dennoch stand gerade vor dem äußersten Ende der Eisenbank ein kleiner runder Restauranttisch, und darauf standen eine Flasche Chablis und eine Schale mit Mandeln und Rosinen. Hinter dem Tisch saß auf der Bank ein dunkelhaariger junger Mann, der barhäuptig in einem Zustand der erstaunlichsten Unbeweglichkeit aufs Meer hinausstarrte.

Doch obwohl er auch eine Wachspuppe hätte sein können, als sie noch vier Meter entfernt waren, sprang er wie der Teufel-aus-der-Kiste auf, als sie drei Meter Distanz erreichten, und sagte in ehrerbietiger, wenngleich nicht unterwürfiger Weise: »Wollen Sie nicht hereinkommen, meine Herren? Zwar ist gegenwärtig niemand vom Personal da, aber irgendetwas Einfaches kann ich Ihnen selbst vorsetzen.«

»Sehr liebenswürdig«, sagte Flambeau. »Dann sind Sie also der Besitzer?«

»Ja«, sagte der dunkle Mann und verfiel wieder ein bisschen in seine Bewegungslosigkeit. »Meine Kellner sind alle Italiener, müssen Sie wissen, und ich war der Meinung, dass es nur fair sei, wenn sie ihren Landsmann den Schwarzen schlagen sehen, wenn er das wirklich schaffen kann. Wissen Sie, dass der große Kampf zwischen Malvoli und Nigger Ned* jetzt doch noch zustande kommt?«

»Ich fürchte, wir haben nicht genügend Zeit, um Ihre Gastfreundschaft wirklich in Anspruch zu nehmen«, sagte Father Brown. »Aber mein Freund würde sicherlich gerne ein Glas Sherry nehmen, gegen die Kälte und um auf den Sieg des italienischen Champions zu trinken.«

Flambeau verstand das mit dem Sherry zwar nicht, hatte aber nicht das Geringste einzuwenden. So konnte er denn nur sehr liebenswürdig sagen: »Oh, danke sehr.«

»Sherry, der Herr – sofort«, sagte ihr Gastgeber und wandte sich seinem Hotel zu. »Verzeihen Sie, wenn ich

*Wir haben uns nach reiflicher Überlegung für die Beibehaltung der heute selbstverständlich nicht mehr akzeptablen Begrifflichkeiten »Neger« sowie im Fall eines Personennamens »Nigger Ned« entschieden – während es sich aus heutiger Sicht um vollkommen inakzeptable Schimpfwörter / Herabwürdigungen handelt, ist Chestertons Werk im Kontext eines mittlerweile zum Glück überholten kolonialistischen Selbstverständnisses zu sehen. Daher dient diese Anmerkung dazu, die historische Authentizität der Geschichten zu wahren, und dennoch die nötige Einordnung zu bieten.

Sie einige Minuten warten lasse. Wie ich Ihnen bereits sagte, ist kein Personal da ...« Und damit ging er auf die schwarzen Fenster seines unbeleuchteten Hotels mit den geschlossenen Fensterläden zu.

»Ach, so wichtig ist das nicht«, begann Flambeau, aber der Mann wandte sich um, um ihn zu beruhigen.

»Ich habe die Schlüssel«, sagte er. »Und ich kann meinen Weg auch im Dunkeln finden.«

»Ich hatte nicht die Absicht ...«, begann Father Brown.

Da unterbrach ihn eine bellende menschliche Stimme, die aus den Tiefen des unbewohnten Hotels erscholl. Sie donnerte laut, aber unverständlich einen ausländischen Namen, und der Hotelbesitzer wandte sich ihr schneller zu, als er das für Flambeaus Sherry getan hatte. Wie der Augenschein sofort beweisen sollte, hatte der Besitzer da wie später nichts als die buchstäbliche Wahrheit gesagt. Aber Flambeau wie Father Brown haben öfters eingestanden, dass sie bei all ihren (manchmal reichlich gewalttätigen) Abenteuern ihr Blut niemals so erstarren fühlten wie beim Klang dieser Stimme eines Menschenfressers, die da plötzlich aus einem schweigenden und leeren Gasthof erscholl.

»Mein Koch!«, rief der Besitzer hastig. »Ich hatte meinen Koch vergessen. Er wird gleich starten. Sherry, der Herr?«

Und wirklich erschien in der Tür eine große weiße massige Gestalt mit weißer Mütze und weißer Schürze, wie es sich für einen Koch gehört, aber mit dem überflüssigen Akzent eines schwarzen Gesichtes. Flambeau hatte schon oft vernommen, dass Neger gute Köche abgeben. Aber irgendwie steigerte etwas im Widerspruch von Farbe und Beruf seine Überraschung darüber, dass der Hotelbesitzer auf den Ruf des Kochs reagierte, und nicht der Koch auf den Ruf des Besitzers. Dann fiel ihm ein, dass Chefköche sprichwörtlich arrogant sind; und außerdem kam der Gastgeber jetzt mit dem Sherry zurück, und das war die Hauptsache.

»Ich wundere mich«, sagte Father Brown, »dass da so wenige Menschen am Strand sind, wenn dieser große Kampf jetzt doch zustande kommt. Wir haben meilenweit nur einen einzigen Mann angetroffen.«

Der Hotelbesitzer zuckte mit den Achseln. »Wissen Sie, sie kommen vom anderen Ende der Stadt – von der Bahnstation, drei Meilen von hier. Sie sind nur am Sport interessiert und werden in den Hotels nur zur Übernachtung bleiben. Schließlich ist das auch kaum das Wetter, um sich am Strand braten zu lassen.«

»Oder auf der Bank«, sagte Flambeau und wies auf den kleinen Tisch.

»Ich musste Ausguck halten«, sagte der Mann mit dem bewegungslosen Gesicht. Er war ein ruhiger, gut aussehender Bursche, eher blass; seine dunkle Kleidung hatte nichts Auffälliges an sich, außer dass er seine schwarze Krawatte sehr hoch gebunden trug, wie eine Halsbinde, und sie mit einer goldenen Nadel festgesteckt hatte, die einen grotesken Kopf zeigte. Auch gab es in dem Gesicht nichts Bemerkenswertes, abgesehen von etwas, das vielleicht nur ein nervöser Tick war – die Angewohnheit, das eine Auge nicht so weit zu öffnen wie das andere, was den Eindruck vermittelte, als sei das andere größer oder vielleicht aus Glas.

Das folgende Schweigen wurde gebrochen, als ihr

Gastgeber ruhig sagte: »Und wo haben Sie während Ihres Marsches diesen einen Mann getroffen?«

»Sonderbar genug«, sagte der Priester, »ganz nahebei – gerade drüben am Musikpavillon.«

Flambeau, der sich auf die lange Eisenbank gesetzt hatte, um seinen Sherry zu schlürfen, setzte ihn ab und sprang auf und starrte seinen Freund verblüfft an. Er öffnete den Mund, um etwas zu sagen, und schloss ihn dann wieder.

»Sonderbar«, sagte der dunkelhaarige Mann nachdenklich. »Wie sah er denn aus?«

»Es war ziemlich dunkel, als ich ihn sah«, begann Father Brown, »aber er war …«

Wie bereits bemerkt wurde, kann nachgewiesen werden, dass der Hotelbesitzer die reine Wahrheit gesprochen hatte. Sein Satz, dass der Koch gleich starten werde, wurde buchstäblich erfüllt, denn noch während sie sprachen, kam der Koch heraus und zog sich die Handschuhe an.

Aber nun war er eine sehr andere Erscheinung als jene wirre Masse von Weiß und Schwarz, die für einen Augenblick in der Tür erschienen war. Er war bis zu seinen hervorquellenden Augäpfeln auf die modischste Weise geschniegelt und gebügelt. Ein hoher schwarzer Zylinder saß schräg auf seinem breiten schwarzen Kopf – ein Hut jener Art, die französischer Witz mit acht Spiegeln verglichen hat. Aber irgendwie glich der schwarze Mann dem schwarzen Hut. Auch er war schwarz, aber in seiner schimmernden Haut brach sich das Licht in mindestens acht unterschiedlichen Winkeln. Überflüssig zu sagen, dass er weiße Gamaschen trug und ein weißes Vorsteckhemd in der Weste. Eine rote Blume erhob sich angriffslustig aus seinem Knopfloch, als sei sie da plötzlich emporgeschossen. Und die Art, wie er seinen Spazierstock in der einen und seine Zigarre in der anderen Hand schwang, zeigte eine gewisse Haltung – eine Haltung, an die wir uns immer erinnern sollten, wenn wir von Rassenvorurteilen sprechen: etwas zugleich Unschuldiges und Unverschämtes – der reine Cakewalk.

»Manchmal«, sagte Flambeau und blickte ihm nach, »überrascht es mich nicht, dass man sie lyncht.«

»Mich überrascht«, sagte Father Brown, »kein Werk der Hölle. Aber wie ich sagte«, fuhr er fort, während der Neger sich immer noch angeberisch seine gelben Handschuhe zurechtzupfte und raschen Schrittes dem Seebad zustrebte, eine groteske Varieté-Figur vor jener grauen und frostigen Szenerie –, »wie ich eben sagte, könnte ich den Mann nicht sehr genau beschreiben, aber er trug einen üppigen und altmodischen Backenbart und einen ebensolchen Schnurrbart, dunkel oder gefärbt, wie auf den Bildern fremdländischer Finanzherren, und um seinen Hals war ein langer purpurner Schal geschlungen, der im Winde flatterte, als er ausschritt. Er war am Hals etwa so festgesteckt, wie Kindermädchen die Schlabberlätzchen der Kinder feststecken, mit einer Sicherheitsnadel. Nur war das«, fügte der Priester hinzu und sah gelassen aufs Meer hinaus, »hier keine Sicherheitsnadel.«

Der Mann, der auf der langen Eisenbank saß, sah ebenfalls gelassen aufs Meer hinaus. Jetzt, da er wieder seine Ruhestellung eingenommen hatte, war sich Flambeau ganz sicher, dass das eine Auge von Natur aus größer war als das andere. Beide waren jetzt weit geöffnet, und er gewann fast den Eindruck, als würde das linke Auge immer größer, während er so schaute.

»Es war eine sehr lange goldene Nadel, und sie trug den geschnitzten Kopf eines Affen oder so etwas Ähnliches«, fuhr der Kleriker fort; »und sie war auf höchst eigenartige Weise festgesteckt – er trug einen Zwicker und eine breite schwarze …«

Der bewegungslose Mann fuhr fort, aufs Meer hinauszublicken, und die Augen in seinem Kopf hätten zwei verschiedenen Männern gehören können. Dann unternahm er eine blitzschnelle Bewegung.

Father Brown hatte ihm den Rücken zugewandt und hätte durch diesen Blitz tot vornüberstürzen können. Flambeau hatte keine Waffe, aber seine großen braunen Hände ruhten auf der Lehne der langen Eisenbank. Seine Schultern veränderten plötzlich ihre Form, und er hievte das ganze riesige Ding hoch über sein Haupt, so wie des Henkers Axt unmittelbar vor dem Niedersausen. Schon durch die reine Höhe des Dings, als er es senkrecht hielt, sah es aus wie eine lange Eisenleiter, mit der er Menschen einlud, zu den Sternen emporzuklimmen. Aber der lange Schatten sah im flachen Abendlicht aus, als schwinge ein Riese den Eiffelturm. Es war der Schock dieses Schattens noch vor dem Schock durch das niederkrachende Eisenstück, der den Fremden erzittern und zur Seite springen und dann in seinen Gasthof stürzen ließ, wobei er den flachen schimmernden Dolch genau da liegen ließ, wohin er ihm gefallen war.

»Wir müssen sofort von hier verschwinden«, schrie Flambeau und schleuderte die große Bank in wütender Gleichgültigkeit auf den Strand. Er ergriff den kleinen Priester am Ellbogen und rannte mit ihm die graue Flucht eines brachen Hintergartens entlang, an dessen Ende sich eine geschlossene Hintergartenpforte befand. Flambeau beugte sich während eines Augenblicks gewalttätigen Schweigens zu ihr nieder und sagte dann: »Das Tor ist verschlossen.«

Während er noch sprach, brach eine schwarze Feder aus einer der Zierföhren herab und kitzelte die Krempe seines Hutes. Das schreckte ihn mehr auf als die kleine entfernte Explosion, die unmittelbar zuvor zu hören war. Dann folgte eine andere entfernte Explosion, und die Tür, die er zu öffnen sich mühte, erbebte unter der Kugel, die sich in sie eingrub. Flambeaus Schultern füllten sich erneut und veränderten dann plötzlich ihr Aussehen. Drei Scharniere und ein Schloss zerbarsten zugleich, und er stürmte in den leeren Fußweg hinaus, wobei er die große Gartentür mit sich schleppte, wie einst Samson das Stadttor von Gaza.

Dann schleuderte er die Gartentür über die Gartenmauer, gerade als ein dritter Schuss Schnee und Staub hinter seinen Absätzen aufsprühen machte. Ohne weitere Förmlichkeiten schnappte er sich den kleinen Priester, schwang ihn sich rittlings auf die Schultern und rannte auf Seawood los, so schnell ihn seine langen Beine nur tragen konnten. Erst zwei Meilen weiter setzte er seinen kleinen Gefährten nieder. Es war keine sehr würdevolle Flucht gewesen, trotz des klassischen Vorbildes von Anchises, aber auf Father Browns Gesicht lag nur ein breites Grinsen.

»Alsdann«, sagte Flambeau nach einem ungeduldigen

Schweigen, als sie ihre konventionellere Wanderung durch die Straßen am Rande der Stadt wiederaufnahmen, wo sie keinerlei Gewalttätigkeiten zu befürchten hatten, »ich habe zwar keine Ahnung, was das alles zu bedeuten hat, aber ich glaube, ich kann meinen eigenen Augen doch so weit vertrauen, dass Sie dem Mann, den Sie so genau beschrieben haben, niemals begegnet sind.«

»Ich bin ihm in gewisser Weise wohl begegnet«, sagte Brown und biss reichlich nervös auf seinen Fingern herum. »Wirklich. Und es war zu dunkel, als dass ich ihn genau hätte sehen können, denn das geschah unter diesem Musikpavillon. Aber ich fürchte, dass ich ihn doch nicht so ganz genau beschrieben habe, denn sein Zwicker lag zerbrochen unter ihm, und die lange goldene Nadel war nicht durch seinen Schal gestochen, sondern durch sein Herz.«

»Und ich nehme an«, sagte der andere leiser, »dass dieser glasäugige Bursche irgendwas damit zu tun hat.«

»Ich hatte gehofft, nur ein bisschen«, antwortete Brown mit bekümmerter Stimme, »und vielleicht handelte ich falsch mit dem, was ich tat. Aber ich handelte spontan. Und ich fürchte, dass diese Angelegenheit tiefe und düstere Wurzeln hat.«

Sie schritten schweigend durch einige Straßen. Die gelben Lampen wurden im kalten blauen Dämmerlicht angesteckt, als sie sich offenbar immer mehr den zentralen Teilen der Stadt näherten. Hochbunte Anzeigen waren an die Mauern geklebt und kündigten den Boxkampf zwischen Nigger Ned und Malvoli an.

»Also«, sagte Flambeau, »ich habe nie jemanden umgebracht, selbst nicht in meinen kriminellen Zeiten, aber ich kann beinahe Mitgefühl für jemanden aufbringen, der so was an so einem trübsinnigen Ort tut. Von allen gottverlassenen Müllhaufen in der Natur sind wohl solche Orte am herzzerbrechendsten, die wie der Musikpavillon da festlich gedacht waren und nun verlassen sind. Ich kann mir vorstellen, wie einen morbiden Mann das Gefühl überkommt, er müsse seinen Rivalen in der Einsamkeit und Ironie einer solchen Szenerie morden. Ich erinnere mich, wie ich einstens eine Fußwanderung in Ihr herrliches Hügelland von Surrey unternommen habe und an nichts als an Ginster und Lerchen dachte, und auf einen großen Kreis flachen Landes herauskam und sich über mir eine riesige schweigende Konstruktion emportürmte, Sitzreihe um Sitzreihe, so gewaltig wie ein römisches Amphitheater und so leer wie ein neuer Briefkasten. Ein Vogel segelte über ihr durch den Himmel. Das war die Tribüne des großen Rennplatzes von Epsom. Und ich hatte das Gefühl, dass dort niemals mehr jemand glücklich sein würde.«

»Sonderbar, dass Sie ausgerechnet Epsom erwähnen«, sagte der Priester. »Erinnern Sie sich an die Geschichte, die man das Sutton-Geheimnis nannte, weil zwei verdächtigte Männer – ich glaube Eiscremeverkäufer – zufällig in Sutton wohnten? Sie wurden schließlich freigesprochen. Man hatte, hieß es, in den Hügeln der Umgebung einen Mann erwürgt aufgefunden. In Wirklichkeit wurde er, wie ich zufällig weiß (von einem irischen Polizisten, der ein Freund von mir ist), unmittelbar bei der großen Tribüne von Epsom gefunden – tatsächlich nur durch eine der unteren Türen verborgen, die aufgeblieben war.«

»Wirklich merkwürdig«, stimmte Flambeau bei. »Aber das bekräftigt nur meine Meinung, dass solche Vergnügungsplätze außerhalb ihrer Saison scheußlich verlassen sind, sonst wäre der Mann nicht gerade da umgebracht worden.«

»Ich bin nicht so sicher, dass er …«, begann Brown und hielt wieder inne.

»Nicht so sicher, dass er ermordet wurde?«, fragte sein Gefährte.

»Nicht so sicher, dass er außerhalb der Saison ermordet wurde«, antwortete der kleine Priester schlicht. »Finden Sie nicht auch, dass es mit dieser Einsamkeit irgendeine merkwürdige Bewandtnis hat, Flambeau? Sind Sie sicher, dass ein kluger Mörder sich immer *wünscht,* dass der Platz einsam sei? Ein Mann ist nur sehr, sehr selten *wirklich* allein. Und davon abgesehen, je alleiner er ist, desto sicherer wird er gesehen. Nein; ich glaube, dass da irgendein anderer – Aha, da sind wir ja an dem Pavillon oder Palast oder wie immer sich das nennt.«

Sie waren zu einem kleinen Platz gekommen, der strahlend hell erleuchtet war und an dem das Hauptgebäude fröhlich vor Vergoldungen glänzte und mit Plakaten prangte, flankiert von zwei Riesenfotos von Malvoli und Nigger Ned.

»Hallo!«, rief Flambeau zutiefst erstaunt, als sein klerikaler Freund geradewegs die breiten Stufen hinanstapfte. »Ich wusste ja gar nicht, dass Faustkämpfe Ihr jüngstes Steckenpferd sind. Wollen Sie sich den Kampf ansehen?«

»Ich glaube nicht, dass es einen Kampf geben wird«, erwiderte Father Brown.

Sie durchquerten rasch Foyers und Innenräume; sie

durchquerten den Saal der Kämpfe selbst, in dem der Ring mit Seilen abgeteilt aufgebaut war, vollgestopft mit ungezählten Sitzen und Logen, und immer noch blickte der Geistliche weder umher, noch hielt er inne, bis er zu einem Angestellten an einem Tisch vor einer Tür kam, die mit »Ausschuss« gekennzeichnet war. Da blieb er stehen und sagte, er wolle Lord Pooley sprechen.

Der Angestellte bemerkte, dass Seine Lordschaft sehr beschäftigt sei, da der Kampf bald beginnen werde, aber Father Brown besaß die gutmütige Lästigkeit steter Wiederholung, auf die der beamtete Geist meist nicht vorbereitet ist. Nach wenigen Augenblicken fand sich der reichlich verwirrte Flambeau in der Anwesenheit eines Mannes, der einem anderen Mann, der gerade aus dem Raum ging, immer noch Anweisungen nachrief. »Sie wissen ja, passen Sie nach der Vierten auf die Seile auf. Und was wollen Sie von mir?«

Lord Pooley war ein Gentleman und, wie die meisten der wenigen in unserer Rasse noch verbliebenen, bekümmert – vor allem um Geld. Er war halb ergraut und halb blond, seine Augen waren fiebrig, und seine Nase war gebogen und frostrot.

»Nur ein Wort«, sagte Father Brown. »Ich bin gekommen, um zu verhindern, dass ein Mann getötet wird.«

Lord Pooley sprang aus seinem Sessel hoch, als habe ihn eine Feder herausgeschleudert. »Ich will verflucht sein, wenn ich mir noch mehr davon anhöre!«, schrie er. »Ihr und eure Komitees und Pastöre und Petitionen! Gab es denn keine Pastöre in der alten Zeit, als man noch ohne Handschuhe boxte? Nun kämpfen sie mit vorschriftsmäßigen Handschuhen, und es besteht auch nicht das geringste Zipfelchen an Möglichkeiten, dass einer der Boxer getötet wird.«

»Ich meinte auch keinen von den Boxern«, sagte der kleine Priester.

»Aha, na schön!«, sagte der Edelmann mit einem Anflug frostigen Humors. »Und wer soll getötet werden? Der Schiedsrichter?«

»Ich weiß nicht, wer getötet werden soll«, erwiderte Father Brown mit nachdenklichem Blick. »Wenn ich das wüsste, hätte ich Ihr Vergnügen nicht zu stören brauchen. Dann hätte ich ihn einfach zur Flucht bewegt. Ich habe im Preisboxen nie etwas Übles sehen können. Aber wie die Dinge nun einmal stehen, muss ich Sie bitten bekannt zu geben, dass der Kampf gegenwärtig nicht stattfindet.«

»Sonst noch was?«, höhnte der Herr mit den fiebrigen Augen. »Und was ist mit den zweitausend Menschen, die gekommen sind, um ihn zu sehen?«

»Von denen werden noch 1999 leben, wenn sie ihn gesehen haben«, sagte Father Brown.

Lord Pooley sah Flambeau an. »Ist Ihr Freund verrückt?«, fragte er.

»Alles andere als das«, war die Erwiderung.

»Passen Sie auf«, fuhr Pooley in seiner rastlosen Art fort, »es ist noch schlimmer. Eine ganze Bande Italiener ist aufgetaucht, um Malvoli zu unterstützen – jedenfalls dunkle wilde Burschen aus irgendeinem Land. Sie wissen ja, wie diese Mittelmeervölker sind. Wenn ich bekannt gebe, dass der Kampf abgesagt ist, werden wir Malvoli an der Spitze eines ganzen korsischen Clans hereinstürmen sehen.«

»My Lord, es handelt sich um Leben oder Tod«, sagte

der Priester. »Läuten Sie. Geben Sie Ihre Botschaft bekannt. Und beobachten Sie, ob es Malvoli ist, der antwortet.«

Der Edelmann schlug die Glocke auf seinem Tisch mit einem eigenartigen Ausdruck neu erwachter Neugier. Er sagte zu dem Angestellten, der fast sofort in der Tür erschien: »Ich habe dem Publikum gleich eine sehr ernste Ankündigung zu machen. Würden Sie in der Zwischenzeit bitte den beiden Champions sagen, dass der Kampf vorerst abgesagt werden muss?«

Der Angestellte starrte ihn einige Sekunden lang an, als sähe er einen Dämon, und verschwand dann.

»Welche Beweise haben Sie eigentlich für Ihre Behauptung?«, fragte Lord Pooley schroff. »Wen haben Sie um Rat gefragt?«

»Ich habe einen Musikpavillon um Rat gefragt«, sagte Father Brown und kratzte sich am Kopf. »Nein, ich irre mich; ich habe auch ein Buch um Rat gefragt. Ich habe es an einem Bücherstand in London aufgegabelt – und zwar sehr billig.«

Er holte aus seiner Tasche einen kleinen dicken Lederband hervor, und Flambeau, der ihm über die Schulter schaute, konnte erkennen, dass es sich um irgendeine alte Reisebeschreibung handelte und eine Seite durch ein Eselsohr gekennzeichnet war.

»Die einzige Form, in der Voodoo …«, begann Father Brown laut vorzulesen.

»In der was?«, fragte Seine Lordschaft.

»In der Voodoo«, wiederholte der Vorleser fast mit Vergnügen, »außerhalb Jamaikas selbst weit verbreitet und organisiert ist, ist die des Affen, oder des Gottes der

Gongs, die in vielen Teilen beider Amerikas sehr mächtig ist, insbesondere unter Halbblütigen, von denen viele genau wie Weiße aussehen. Sie unterscheidet sich von den meisten anderen Formen der Teufelsanbetung und des Menschenopfers dadurch, dass das Blut nicht formell auf dem Altar vergossen wird, sondern durch eine Art von Mord in der Menschenmenge. Der Gong wird mit ohrenbetäubendem Dröhnen geschlagen, wenn die Türen des Schreins geöffnet werden und der Affengott enthüllt wird; fast die gesamte Anhängerschaft heftet ihre ekstatischen Blicke auf ihn. Aber nach …«

Die Tür des Zimmers flog auf, und der modische Neger stand in ihrem Rahmen, mit rollenden Augäpfeln, den Seidenzylinder immer noch unverschämt schräg auf dem Kopf. »Hah!«, schrie er und zeigte sein Affengebiss. »Was los? Hah! Hah! Sie stehl ein farbigen Gentleman sein Preis – schon sein Preis – Sie glaub Sie könn retten so den weiß talienisch Abfall …«

»Die Angelegenheit ist lediglich verschoben«, sagte der Edelmann ruhig. »Ich werde in ein oder zwei Minuten kommen und alles erklären.«

»Wer Sie denn …«, schrie Nigger Ned und begann zu wüten.

»Mein Name ist Pooley«, erwiderte der andere mit bewunderungswürdiger Gelassenheit. »Ich bin der Organisationssekretär, und ich rate Ihnen, jetzt diesen Raum zu verlassen.«

»Wer dies Kerl?«, fragte der dunkle Champion und wies verächtlich auf den Priester.

»Mein Name ist Brown«, war die Antwort. »Und ich rate Ihnen, jetzt dieses Land zu verlassen.«

Der Preisboxer stand einige Sekunden kochend da, und dann ging er, zur größten Überraschung von Flambeau und den anderen, und knallte die Tür hinter sich zu.

»Nun«, fragte Father Brown, während er sein staubfarbenes Haar durchwühlte, »was halten Sie von Leonardo da Vinci? Ein wunderschöner italienischer Kopf.«

»Hören Sie zu«, sagte Lord Pooley, »ich habe auf Ihr blankes Wort hin eine beachtliche Verantwortung auf mich genommen. Ich glaube, Sie sollten mir mehr darüber erzählen.«

»Sie haben ganz recht, my Lord«, antwortete Brown. »Und es dauert auch nicht lange, es zu erzählen.« Er steckte das kleine Lederbuch in seine Manteltasche. »Ich glaube zwar, dass wir schon alles wissen, was es zu berichten hat, aber Sie können ja hineinschauen, um zu sehen, ob ich recht habe. Der Neger, der hier gerade hinausgestürmt ist, ist einer der gefährlichsten Männer auf Erden, denn er hat das Hirn eines Europäers mit den Instinkten eines Kannibalen. Er hat die saubere vernünftige Metzelei seiner Mitbarbaren in eine sehr moderne wissenschaftliche Geheimgesellschaft von Mördern verwandelt. Er weiß nicht, dass ich es weiß, und übrigens auch nicht, dass ich es nicht beweisen kann.«

Schweigen herrschte, und der kleine Mann fuhr fort: »Wenn ich aber jemanden umbringen will, ist dann wirklich der beste Plan, dafür zu sorgen, dass ich mit ihm allein bin?«

Lord Pooleys Augen begannen wieder frostig zu zwinkern, als er den kleinen Kirchenmann ansah. Er sagte nur: »Wenn Sie jemanden ermorden *wollen*, würde ich dazu raten.«

Father Brown schüttelte den Kopf wie ein Mörder mit der reicheren Erfahrung. »Das sagt auch Flambeau«, erwiderte er seufzend. »Aber denken Sie nach. Je einsamer sich ein Mann fühlt, desto weniger sicher kann er sein, dass er allein ist. Denn das bedeutet leere Räume um ihn herum, und genau die machen ihn sichtbar. Haben Sie nie von den Höhen aus einen Pflüger beobachtet, oder in den Tälern einen Schäfer? Sind Sie nie oben auf einer Klippe entlanggewandert und haben einen Mann beobachtet, der unten durch den Sand wanderte? Hätten Sie nicht gesehen, wenn er einen Krebs getötet hätte, und hätten Sie nicht gewusst, ob es sich um einen Ihrer Gläubiger handelte? Nein! Nein! Nein! Für einen intelligenten Mörder wie Sie oder ich es wären, wäre ein Plan unmöglich, der davon ausginge, dass einen niemand sähe.«

»Aber welchen anderen Plan gäbe es denn dann?«

»Es gibt nur einen anderen«, sagte der Priester. »Dafür zu sorgen, dass alle woandershin blicken. Ein Mann wird nahe bei der großen Tribüne in Epsom erwürgt. Jeder hätte das sehen können, während die Tribüne leerstand – ein Landstreicher unter den Hecken oder ein Autofahrer zwischen den Hügeln. Aber niemand würde es gesehen haben, wenn die Tribüne überfüllt war und das ganze Rund aufbrüllte, weil der Favorit als Erster hereinkam – oder nicht. Ein Halstuch zuziehen, eine Leiche hinter einer Tür verstauen, das konnte in einem Augenblick geschehen – solange es *dieser* Augenblick war. Das Gleiche war es natürlich«, fuhr er zu Flambeau gewandt fort, »mit dem armen Teufel unter dem Musikpavillon. Man ließ ihn durch das Loch stürzen (es war kein zufälliges Loch), als sich gerade ein besonders dramatischer Augenblick der Unterhaltung ereignete, als der Bogen eines großen Geigers oder die Stimme einer großen Sängerin einsetzten oder zu ihrem Höhepunkt kamen. Und dann hier natürlich – wenn der K.-o.-Schlag käme, würde es nicht der Einzige sein. Das ist der kleine Trick, den Nigger Ned von seinem alten Gott des Gongs übernommen hat.«

»Übrigens, Malvoli …«, begann Pooley.

»Malvoli«, sagte der Priester, »hat überhaupt nichts damit zu tun. Er hat vielleicht ein paar Italiener bei sich, aber unsere liebenswürdigen Freunde sind keine Italiener. Sie sind Oktoronen und afrikanisches Halbblut der verschiedensten Schattierungen, aber ich befürchte, dass wir Engländer alle Ausländer für ein und dasselbe halten, solange sie nur schwarz und schmutzig sind. Ich befürchte auch«, fügte er mit einem Lächeln hinzu, »dass die Engländer es ablehnen, jeglichen feinen Unterschied zwischen der Moral zu erkennen, die meine Religion hervorruft, und jener, die aus dem Voodoo erblüht.«

Der Glanz der Frühjahrssaison war über Seawood hereingebrochen und übersäte seine Strände mit Familien und Strandkarren, mit Wanderpredigern und Negerbarden, ehe die beiden Freunde es wiedersahen, und lange bevor die Verfolgungsjagd auf die sonderbare Geheimgesellschaft eingestellt wurde. Fast überall ging das Geheimnis ihrer Anschläge mit ihnen selbst zu Grunde. Den Mann vom Hotel fand man tot in der See treiben wie Seetang; sein rechtes Auge war friedvoll geschlossen, aber sein linkes war weit geöffnet und glitzerte wie Glas im Mondschein. Nigger Ned wurde ein oder zwei Meilen entfernt gestellt und erschlug drei Polizisten mit der geballten linken Faust. Der übrigbleibende Beamte war so überrascht – nein, geschockt –, dass der Neger entkommen konnte. Das aber reichte aus, um die gesamte englische Presse in Aufregung zu versetzen, und für ein oder zwei Monate bestand die Hauptaufgabe des Britischen Empires darin, diesen Höllenneger an der Flucht aus irgendeinem englischen Hafen zu hindern. Wer ihm auch nur entfernt ähnlich sah, wurde höchst ungewöhnlichen Befragungen unterworfen und musste sich das Gesicht abschrubben, ehe man ihn an Bord gehen ließ, so als ob alle weißen Gesichter aus aufgetragener Schminke bestünden. Jedem Neger in England wurden Sondervorschriften auferlegt, und er musste sich melden; auslaufende Schiffe hätten einen Neger auch nicht lieber mitgenommen als einen Basilisken. Denn den Menschen war bewusstgeworden, wie furchtbar und weit gespannt und schweigsam die Macht der wüsten Geheimgesellschaft war, und zu der Zeit, da Flambeau und Father Brown sich im April gegen die Brüstung der Uferpromenade lehnten, bedeutete der Schwarze Mann in England fast eben das, was er einst in Schottland bedeutet hatte.

»Er muss noch in England sein«, bemerkte Flambeau, »und außerdem verdammt gut versteckt. Wenn er sich nur das Gesicht weiß angestrichen hätte, hätte man ihn in einem der Häfen aufgegriffen.«

»Sie sehen also, dass er ein wirklich schlauer Kopf ist«, sagte Father Brown entschuldigend. »Und ich bin sicher, dass er sein Gesicht niemals weißen würde.«

»Was würde er denn dann tun?«

»Ich glaube«, sagte Father Brown, »er würde sein Gesicht schwärzen.«

Flambeau, der bewegungslos gegen das Geländer lehnte, lachte und sagte: »Mein lieber Mann!«

Father Brown, der ebenfalls bewegungslos gegen das Geländer lehnte, bewegte für einen Augenblick einen Finger in Richtung auf die rußgesichtigen Neger, die am Strande sangen.

Marcel Huwyler

Bösee

Bei Seelenschmetter half der See.

Noch vor Sonnenaufgang auf dem Brett hinauszupaddeln ersparte ihr ein weiteres Antidepressivum. Sie schluckte eh zu viel davon, schon klar.

Es war ihr aber auch grad alles zu viel.

Nur dank der zwei Deproxetin hatte sie letzte Nacht überhaupt schlafen können. Und wirres Zeug geträumt. Von Urs und einem Rudel schweinsköpfiger Hunde und einem gewaltigen dunklen Berg und dann abermals von Urs.

Dieser Scheißkerl.

Feiner Morgennebel schleierte über den See. Kein Wind, kein Laut, nicht das schüchternste Kräuseln vermochte die Wasseroberfläche zu wecken; es kam ihr vor, als würden die Wellen noch schlummern. Mit feierlichen Paddelschlägen fuhr sie weiter hinaus in Richtung der beiden kleinen Inseln. Zwei wichtigtuerische Taucherli schwaderten vorbei, die Frau auf dem lila SUP gänzlich ignorierend, und die einzige Möwe am golddpudrig-dämmrigen Himmel segelte ohne das übliche Geschrei, als wollte sie die Morgenandacht nicht stören.

Es würde heute einen weiteren klebrigen Hitzetag geben. Sie atmete tief durch und schloss für einen Moment die Augen. Wie wohl das tat, im Sommermorgengrauen, wenn die Luft noch frisch, das Licht scheu und alle Gedanken luzid waren, über den Seespiegel zu gleiten. Weg, immer weiter weg von allem Ärger. Weg von Urs.

Was für ein friedlicher Ort. Eigentlich …

Für einen kurzen Moment musste sie an die Schwimmerin denken, die hier letzte Woche ertrunken war. Junges Ding, Badeunfall, wahrscheinlich ein Schwächeanfall, hatte der *Bote* geschrieben. Sie schüttelte sich, als wäre ihr kalt, um den schaurigen Gedanken wieder loszuwerden.

Ja, doch, sie würde den Scheißkerl rauswerfen. Ihr gehörte das Haus, und es war ihr Geld. Sollte Urs doch bei seiner Gespielin einziehen. Achtundzwanzig Jahre jünger als er – musste man sich mal vorstellen. So ein Marketing-Mannequin, einfältig, zwei Meter groß und dreisprachig. Mit Master und Bambi-Hintern. Sollte er doch – sie wollte ihn nicht mehr.

Noch diese Woche würde sie bei Wälti, Fischli & Partner um einen Termin bitten. Sie hatte Seevilla, Ländereien und Vermögen ihrer Eltern selig mit in die Ehe gebracht. Und der neue Range Rover gehörte auch ihr. Fahr doch zur Hölle, Urs.

Sie schreckte aus ihrem Ärger hoch, als hinter dem SUP das Wasser plötzlich geräuschvoll wellte. Ein hektisches Plätschern und Wogen, als nähere sich ein Boot. Ihr Board schaukelte bedenklich, sie verlor beinahe das Gleichgewicht, hielt den Atem an und das Paddel zur Balance waagerecht in die Höhe.

In dem Moment legte sich etwas Dickes, Langes, Festes um ihren Hals. Umschlang, umklammerte, umarmte sie – und drückte ihr die Luft ab.

Zwischen den Gipfeln der beiden Mythen erschienen eben die ersten Sonnenstrahlen, als alles um sie herum dunkel wurde.

*

Proscht Nägeli, schimpfte Wachtmeister Remo Fassbind in sich hinein.

Ausgerechnet der Schwyzer Talkessel musste es sein – und zu allem Elend dazu auch noch der Lauerzersee. Er hatte keine guten Erinnerungen an den warmen Trübtümpel. Als Junge musste er seinen Vater, einen verbissenen Angler (er selbst nannte es »Sportfischen«), ganze Wochenenden lang im kleinen Motorboot begleiten. »Jeder Bub fischt gern«, hatte sein Vater verfügt und ihn zu endlosen Regentagen und kalten Nächten genötigt.

Wenn Fassbind jetzt daran dachte, kam alles wieder hoch. Die nach Algen, Entenmief und kühlem Kiesel riechende Seeluft, das Knarren der Boots-Spanten, der pfupfende Motor, das Herumfriemeln am Brotflocken-Köder und das Sirrgeräusch des Silchs in der Rolle, wenn die Rute ausgeworfen wurde. Und dann natürlich die Fische. Rotaugen, Flussbarsche und Zander. Wie sie am Haken zappelten, in der Hand glitschten und ihn schleimig anstarrten, wenn er ihnen das Genick brach. Ein paarmal hatte er sich danach über den Bootsrand beugen und ins erdbraune Wasser erbrechen müssen. Der Vater hatte ihn ausgelacht und Höseler genannt.

Es war nicht Fassbinds einzige modrige Erinnerung an Gegend und Vergangenheit.

Vor sieben Jahren war er, der Polizeikorporal, beinahe fluchtartig aus der Region verschwunden. Ließ Gras über die leidige Sache und sich selbst einen Vollbart wachsen. Er hatte damals bei der Schwyzer Kapo gekündigt und in Bern eine Stelle bei der Bundespolizei angetreten. Und sich hochgearbeitet zum »Wachtmeister mit besonderen Aufgaben«. Ereignete sich irgendwo in der Schweiz ein außergewöhnlicher Todesfall in Verbindung mit großem Medieninteresse und überforderter und deshalb Hilfe anfordernder Kantonspolizei, war Fassbind beratend zur Stelle.

So wie jetzt eben in Schwyz. Und wie's der Teufel wollte mit Tatort Lauerzersee.

Ausgerechnet.

Seit seinem Abgang hatte er die alte Heimat gemieden. Was nicht weiter schwierig gewesen war: Vater und Mutter längst verstorben, das Elternhaus verkauft, keine Geschwister, und die wenigen Verwandten und Verdammten schätzten und vermissten ihn so innig wie er sie.

Er hatte noch versucht, den Auftrag abzulehnen, aber sein Chef meinte: »Zwei Tote im See binnen weniger Tage – ist doch genau Ihre Kragenweite, Fassbind. Und dazu in Ihrer alten Heimat. Wünsche gute Reise!«

Auf der über dreistündigen Autofahrt in die Zentralschweiz – ein Ferienverkehrsstau verfolgte den nächsten – knurrte er nonstop in sich hinein. Seine Laune wurde auch nicht besser, als er im Gebäude der Kapo im Hauptort Schwyz eintraf und die missfälligen Blicke der Ex-Kollegen zu ignorieren versuchte, die ihn trotz Vollbart erkannten.

Bei der ersten Lagebesprechung mit dem zuständigen Kommissariat erhielt er eine Verbindungsbeamtin zugewiesen.

Gefreite Nicole Schelbert.

Ausgerechnet.

Man kannte sich gut, nur zu gut, eine ehemalige Arbeitskollegin, sie waren früher zusammen Streife gefahren. Jetzt arbeitete sie in der Abteilung Sonderdienste. Wie passend, fand Fassbind. Besonders und sonderlich hatte er sie schon immer gefunden.

»Sali, Nicole.«

»Schau an, der Remo. Aha, jetzt mit Bart.«

»Manche Dinge ändern sich.«

»Siehst aus wie der Samichlaus.«

»Du bist dafür immer noch die Gleiche.«

»Aber natürlich, als du abgehauen bist, hörte sich unsere kleine Welt hier zu drehen auf.« Sie klang schwer sarkastisch.

Nach so viel Herzlichkeit zur Begrüßung wurden die Fakten dargelegt. Vor zehn Tagen war eine junge Frau beim Mitternachtsbad im Lauerzersee gestorben, und vorgestern dann eine Fünfzigjährige beim Frühsport auf ihrem SUP. Gegenüber der Öffentlichkeit und den Medien sprachen die Untersuchungsbehörden in beiden Todesfällen vorerst von »Unfällen«. Um Zeit zu gewinnen und aus ermittlungstaktischen Gründen – und um keine Hysterie aufkommen zu lassen.

Beide Frauen waren stranguliert worden.

»Mit einem dicken Seil, einem zusammengedrehten Handtuch, einem Schlauch oder etwas Ähnlichem. Oder einem kräftigen Unterarm – ergo männlicher Täter«, wie Nicole Schelbert bei der gemeinsamen Aktendurchsicht zusammenfasste. »Wir gehen davon aus, dass sich die Täterschaft in einem Boot ihren Opfern problemlos nähern konnten. Wer denkt auf dem See denn schon an Böses?«

»Zwei Morde, ein und derselbe Tatort. Zufall oder Serienmörder?«, fragte Fassbind.

»Sag du es uns. Deswegen hat man uns Innerschweizer Tötsch ja den Superbullen aus Bundesbern geschickt.«

Sie fuhren in Nicole Schelberts Dienstwagen zum Lauerzersee und besichtigten die beiden Fundstellen am Ufer. Leiche Nummer eins und Leiche Nummer zwei waren nur wenige Hundert Meter voneinander entfernt zwischen Schilfstauden und Blesshuhn-Nestern angeschwemmt worden.

Ziemlich genau gegenüber ragten die zwei kleinen Inseln aus dem See. Die Schwanau mit ihrer Burgruine und dem Restaurant sowie die winzige unbewohnte Roggenburg. An Letztere erinnerte Fassbind sich mehr, als ihm lieb war. Wenn sein fischender Vater schiffen musste, steuerte er das Boot zur Roggenburg und erleichterte sich brunzgrunzend an deren Ufer. Fassbind schloss für einen kurzen Moment die Augen und verzog das Gesicht, als sei er barfuß in eine Glasscherbe getreten. Ob er all den alten Seich je wieder aus seinem Kopf kriegen würde?

Gefreite Schelbert hatte ein Tablet bei sich, tüpfelte darauf herum und las laut aus der Polizeiakte vor. Bei der toten SUP-Sportlerin handelte es sich um Jeannette Wenger, geborene Schuler. Fünfzig Jahre alt, verheiratet, keine Kinder. Mit ihrem Ehemann hatte sie hier im Dorf gewohnt. »Großkotziges Anwesen direkt am Seeufer, so à la Riviera-Villa, mit eigenem Bade- und Bootshaus«, erklärte Nicole Schelbert nicht ganz wertfrei. »Du erinnerst dich sicher an ihren Vater. Der alte Schuler, der Kieswerk-King, verdiente Millionen mit Sand und Geröll.«

»Ja, klar. Wir nannten ihn Schotter-Schuler. Die Tote ist seine Tochter?«

»Jeannette hatte Papas ganzes Vermögen geerbt.«

»Das jetzt wiederum ihrem Ehegatten zugesprochen wird«, schlussfolgerte Fassbind. »Geld ist allemal ein klassisches Mordmotiv. Und neunzig Prozent aller Morde sind bekanntlich Beziehungstaten.«

»Hei, was der Remo in Bern alles gelernt hat …«

Nicoles ätzenden Spott hatte er nie gemocht.

»Die Kollegen haben Urs Wenger verhört, sein Alibi ist wasserdicht – falls man das bei dem Tatort so sagen darf.«

Ihren Sinn für schwarzen Humor hingegen schon.

»Aber du willst dir sicher selbst ein Bild vom Ehemann machen«, fuhr sie fort. »Hab für morgen einen Termin bei ihm daheim vereinbart. Und am Nachmittag besuchen wir die WG-Kollegin des anderen Opfers. Falls es dem Herrn Bundespolizei-Wachtmeister recht ist so.«

»Sehr sogar. Danke, das war … nett von dir.«

»Und das aus deinem Mund.«

»Nicole, ich …«

Sie hob die Hand, als versuchte sie, einen heranstürmenden Kläffer zu stoppen. »Lass es, Remo. Hab null Lust auf Aufgewärmtes.«

Zu Fuß liefen sie zur Fundstelle der anderen Leiche. Es war drückend heiß, die Sonne stach zu wie mit Nadeln. Die Polizistin in ihrer Uniform schwitzte massiv mehr als Fassbind in seiner zivilen Leinenluftkluft.

Bei der toten Mitternachtsschwimmerin handelte es sich um die Einheimische Selina Lüönd. Achtundzwanzig, ledig, unverpartnert, in einer Wohngemeinschaft im Nachbarort Seewen gemeldet, von Beruf ewige Studentin der Soziologie und Ethnologie.

»Und sie ist …« – Nicole Schelbert warf Fassbind einen Trommelwirbelblick zu – »mehrfach vorbestraft. Ziemlich dicke Akte sogar.«

»Lass mich raten: Drogendelikte?«

»Bringt man euch Bundesbullen bei, bei Kriminalfällen zu *raten*? Momoll, da können wir Landeier aber noch eine Menge von Bern lernen.«

Er ignorierte ihre Häme und schaute sie fragend an.

»Anzeige wegen Sachbeschädigung, Hausfriedensbruch, Nötigung und Störung von Betrieben, die der Allgemeinheit dienen.«

»Klingt nach Demos und Protest.«

»Hast es erfasst. Angefangen hat die Dame in der Hausbesetzer-Szene, danach wurde sie radikaler und hat allerlei blockiert.«

»Wie … blockiert?«

»So Protestaktionen halt. Besetzte mit anderen Aktivisten zusammen Wälder und hockte tagelang im Geäst wie eine Krähe, um geplante Deponien zu verhindern. Oder kettete sich an Bahngleisen fest, um Atommüll- und Chemietransportzüge zu stoppen. Neuerdings war sie auch in der Klimakleber-Szene engagiert, hat sich mit Leim an den Händen auf Hauptstraßen und Autobahnen festgepappt und in Museen an alte Meister. Ja, und dann zuletzt natürlich die Aktion hier, vor ihrer eigenen Haustür. Da demonstrierte sie sozusagen mit Heimvorteil.«

Fassbind hob eine Braue. »Die Aktion hier?«

»Na, wegen dieser Umweltsache vor zwei Wochen im Lauerzersee. Das mit der Geothermie und dem Erdbeben. Riesensache. Kam ja sogar in der *Tagesschau*. Hast sicher davon gehört.«

»Klar, lebe ja nicht hinter dem Mond«, sagte Fassbind. Und nahm sich vor, den ihm gänzlich unbekannten Sachverhalt möglichst bald zu googeln.

Er hatte ein Zimmer im »Bauernhof« reserviert, einem Landgasthaus am Lauerzer Dorfeingang gleich gegenüber der Kirche.

Nicole setzte ihn dort ab, drückte ihm einen USB-Stick mit der gesamten Polizeiakte in die Finger und sagte, sie werde ihn morgen früh hier wieder abholen. »Träum süß – hoffentlich nicht von früher.« Fassbind fand es definitiv zu heiß, um eiskalt zu kontern.

Er checkte ein, packte im Zimmer seine Reisetasche aus und setzte sich dann mit dem Laptop im Restaurant an einen Ecktisch. Die Gaststube war mit viel Holz und hellem Stein gestaltet. Holzfassadenteile einer alten Scheune waren als Deko in den Raum eingebaut und verliehen ihm eine heimelige Atmosphäre. An der Wand hinter Fassbind hing ein riesiges Bild – drei in Öl gemalte Ziegen streckten ihm ihre Füdli entgegen. Die Wirtin, eine freundliche Frau mit silbergrauem Haar und feiner Stimme, fragte ihn nach seinen Wünschen. Für das Abendessen war es noch zu früh, also bestellte er ein Rivella Blau.

Am Stammtisch hockten drei alte, laute Männer.

Drei Mal Bart mit Schnauz, borkiges Gesicht und dunkelgrüne Faserpelzjacke. Fassbind ging jede Wette ein, dass vor dem Gasthaus drei Allradwagen parkten, Fabrikat entweder Suzuki oder Subaru. Die Männer hatten vor sich auf dem Tisch hohe Kaffeegläser. Die langstieligen Löffel darin waren verräterisch klar zu sehen, und der beißende, süßlich-schnapsige Duft bestätigte Fassbinds Vermutung: Kafi Zwetschgen, und dann öppe nicht zu knapp.

Er klappte das Laptop auf, steckte den USB-Stick ein und begann, die Akte zu studieren. Mitten im Lesen kam ihm das Erdbeben wieder in den Sinn, von dem Nicole gesprochen und er keine Ahnung hatte. Er googelte das Ereignis und landete eine Riesenanzahl Treffer.

In Lauerz hatte es vor zwei Wochen einen Versuch mit Tiefengeothermie gegeben. Bei dieser Form von Energiegewinnung wird durch ein kilometertiefes Bohrloch Wasser ins Erdinnere hinuntergepumpt, hoch erhitzt wieder hinaufbefördert und für Wärme und Strom genutzt. Das war die Zukunft. Im vulkanisch aktiven Island beispielsweise deckte Geothermie bereits den gesamten Warmwasser- und einen Viertel des Strombedarfs.

Ebendieses Verfahren hatte man nun im angeblich geologisch idealen Untergrund von Lauerz ausprobiert – der sich dann doch nicht als ganz so geologisch ideal erwiesen hatte.

Die Probebohrung löste nämlich ein Erdbeben aus.

Ein kleines nur, aber in der Region deutlich spürbar, immerhin drei Komma eins auf der Richterskala. Das gleiche Verfahren hatte ein paar Jahre zuvor bereits in Basel und St. Gallen zu Mini-Erdbeben geführt. Die Methode war demgemäß nicht ganz unproblematisch – und die Lauerzer dementsprechend verunsichert bis stinksauer.

Das also hatte Nicole gemeint. Fassbind nickte stumm vor sich hin und seufzte, als er an sein eigenes Erdbeben denken musste, das ihn vor sieben Jahren hier schier umgehauen hatte. Anders zwar, gänzlich ungeologisch, mehr emotional-seismologisch – aber nicht minder erschütternd.

Er wandte sich wieder dem Mord-Dossier zu und vertiefte sich in die Analysen und Ergebnisse des zuständigen Kommissariats, der Kriminaltechniker und Gerichtsmediziner. Dann stieß er im Bericht auf eine geographische Bezeichnung, die ihn irritierte. Die kleinere Insel im Lauerzersee wurde mal als »Roggenburg« betitelt (unter dem Namen kannte er sie auch) und dann wieder als »Schlangeninsel«. Fassbind mochte nun mal keine unklaren Dinge. Er googelte nach der Unstimmigkeit, fand aber nichts Erhellendes dazu, überlegte kurz, erhob sich und ging zum Stammtisch.

»Tag, die Herren. Sie scheinen mir aus der Region zu sein. Darf ich Sie etwas fragen?«

Drei Mal glasige Augenpaare, schmale Lippen und tiefe Doch-nicht-etwa-ein-Zürcher?-Furchen auf der Stirn.

Fassbind besann sich auf seine Herkunft und fragte mit forciertem Innerschwyzer Dialekt, was es mit der

Roggenburg beziehungsweise Schlangeninsel auf sich habe.

Ob er von hier sei, fragte der Mann in der Mitte, der Kleinste, Kantigste und Kurligste der drei.

Jawohl, hier geboren, dann weggezogen, sei aber lange her, erklärte Fassbind – und stellte sich mit »Fassbind« vor. Sein typischer Innerschwyzer Name schien die drei Kerle sichtlich zu entspannen.

Dann sei ja alles gut, sagte der Rederädelsführer der drei. Er hatte glasige Augen, rotfleckige Wangen und schlingerte ziemlich beim Sprechen. Trank wohl nicht sein erstes Kafi Zwetschgen heute, vermutete Fassbind.

Der Red- und Alkoholselige hieß Kari und erklärte gestenreich, das Inseli sei auf der Landeskarte zwar mit »Roggenburg« beschriftet, die Einheimischen aber – »miär hiä« – würden sie »Schlangeninsel« nennen.

Fassbind nickte, dankte und wollte kehrtmachen, als Kari sich mit Gepolter vom Stuhl erhob, die Fäuste auf den Tisch stemmte und dem fremden Frögli zuraunte, er kenne die Schlangeninsel wie kein anderer. Sei quasi seine Spezialität. Er habe nämlich …

Karis Sitznachbarn jaulten jäh auf, verdrehten die Augen und lachten mit tiefen Bässen. Riefen »nicht schon wieder das Märli« und zerrten ihren Kumpan mit »ufhöre, abhocke!« ziemlich unsanft auf den Stuhl zurück.

»Er ist ein dummer Laferi«, sagte der eine zu Fassbind und machte mit der Hand eine Wedelgeste vor dem Gesicht, die wohl Karis Geisteszustand beschreiben sollte.

Später an diesem Tag, nach Sonnenuntergang und einem Buurähof-Burger im Buuräbrot zum Znacht, machte

Fassbind einen Verdauungsspaziergang zur nahen Seebadi. Endlich kühlte dieser Hitzetag etwas ab, weswegen es trotz Dämmerung noch immer viele Gäste hatte. Und weil Schulferien waren, mussten die Dorfgofen nicht ins Bett, sondern durften weiter im See planschen oder auf der Schaukel kreischen.

An einem zum Kiosk umgebauten Bauwagen kaufte Fassbind ein Bier und setzte sich ans Ufer. Nachdem er die Flasche leer getrunken hatte, krempelte er die Stöße der Leinenhose hoch, schlüpfte aus seinen Jacht-Slippern und schwenkte die Füße im karibisch warmen See.

Eigentlich ganz schön hier, dachte er. Wenn man nicht angeln muss.

*

Am anderen Morgen holte Nicole Schelbert ihn auf die Minute genau vor dem »Bauernhof« ab. Obwohl es erst neun Uhr war, zeigte das Thermometer im Polizeiwagen bereits siebenundzwanzig Grad.

»Wieder so ein schweineheißer Tag. Ich hasse diese Hitze«, muffelte Fassbind.

»Dann bewirb dich doch bei der Seepolizei als Taucher. Im Abtauchen bist du doch ganz großer Meister.«

»Nicole, ich …« Er kniff sich mit Daumen und Zeigefinger das Nasenbein und schloss die Augen, so als plagten ihn Kopfschmerzen. »Können wir bitte damit aufhören?«

»Hättest halt gar nie etwas anfangen sollen.«

Sie fuhren zur Seevilla, dem gewesenen Daheim der erwürgten SUP-Sportlerin. Urs Wenger begrüßte sie barfuß, er trug Shorts und Hemd aus kakifarbenem Leinen und verbarg seine Augen hinter einer gelb verspiegelten Pilotenbrille. Entweder weil er trauerte, oder weil er cool war.

Der Neo-Witwer war ziemlich schlaksig für sein Alter. Er hatte braunes glattes kinnlanges Haar, das ihm in Strähnen über sein trauriges Flötengesicht fiel.

Fassbind und Schelbert kondolierten, ließen sich in den Ufergarten bitten, setzten sich im Schatten einer Pergola an einen kühlen Granittisch und tranken Eistee, von dem der Hausherr behauptete, er habe ihn selbst gemacht.

Warum denn nochmals eine Befragung, wollte Urs Wenger wissen. Er klang etwas genervt. »Ich habe doch bereits alles Ihren Kollegen erzählt. Oder gibt es Neuigkeiten?« Jetzt ging ein Ruck durch ihn hindurch. »Haben Sie … Haben Sie den Mörder?«

Hätten sie nicht, sagte Nicole Schelbert, noch nicht. Und wegen ihres Besuchs heute … Sie hob die Schultern und atmete geräuschvoll aus. »Mein Kollege hier ist Experte bei der Bundespolizei und möchte sich halt sein eigenes Bild vom Fall machen.«

So unengagiert kommentierte man für gewöhnlich lästigen Alttantenbesuch, fand Fassbind.

Urs Wenger hatte nicht die leiseste Ahnung, wer seine Frau umgebracht haben könnte.

Feinde? Nein, keine.

Probleme? Ja, ihre Ehe sei am Ende gewesen.

Unumwunden gab Wenger zu, dass er seit Kurzem eine Freundin hatte und Jeannette deswegen verlassen wollte. Man habe von Scheidung gesprochen. Während seiner Beichte strich er sich andauernd das Wasserfallhaar aus dem länglichen Kummergesicht. Er erinnerte Fassbind ein wenig an den Mundartautor Pedro Lenz.

»Ihre Frau war sehr vermögend. Sie erben ja jetzt wohl alles«, sagte er dann.

»Ja, das ist so.« Wenger zog eine Grimasse, als habe er Bauchschmerzen. »Und ich weiß, wie das jetzt aussehen mag: Ausgerechnet der untreue Ehemann erhält Jeannettes Vermögen.«

»Schon irgendwie ... verdächtig. Finden Sie nicht auch?«, warf Nicole Schelbert ein.

Wenger zuckte mit den Schultern. »Was soll ich sagen? Sorry, unschön, aber was kann ich dafür?«

»Was sind Sie eigentlich von Beruf?«, wollte Fassbind wissen.

»Ich war lange Jahre Banker, und zwar bei der CS. Auch die gibt es ja jetzt nicht mehr.« Wenger stutzte und glotzte dann die Besucher mit großen Augen an, als ihm selbst klar wurde, wie unpassend bedeutungsgleich er eben Ehefrau und Credit Suisse eingesargt hatte.

Er griff verlegen nach seinem Eistee, leerte das Glas in einem Zug und fuhr fort. »Seit der Heirat vor zweiundzwanzig Jahren kümmere ich mich um Jeannettes Vermögen. Ich lege es an, lasse es arbeiten und vermehre es.« Er sagte das so verzückt, wie ein Marktfahrer von seinen Früchten und Gemüsesorten schwärmte. »Ich bin Investor, wenn Sie so wollen.«

Fassbind fragte, in was er denn derzeit so investiere.

»Start-ups, Bluechips, Immobilien – und natürlich in das Geothermie-Projekt. Die Bohrungen fanden übrigens auf einer Landparzelle statt, die uns ... also, die

Jeannette gehörte. Wäre für uns eine sehr lukrative Sache geworden, aber aus dem Energiegeschäft wird ja jetzt wohl nichts.«

»Wegen des Erdbebens?«

»Exakt. Hat ganz schön gerumpelt.« Wenger schaute gedankenversunken vor sich hin. »Apropos gerumpelt … Das kommt mir erst jetzt in den Sinn. Sie fragten doch vorhin nach Feinden.«

»Jaaa …« Fassbind wuchs in seinem Gartensessel ein paar Zentimeter.

»Doch, da gab es jemanden. Eigentlich zwei, ein Brüderpaar. Man kann sie nicht wirklich als Feinde bezeichnen, mehr so Vollidioten. Jeannette und ich wurden von den Kerlen mehrfach grob beschimpft und sogar bedroht, weil wir der Geothermie-Firma für die Bohrung unser Land zur Verfügung stellten.«

Fassbind und Schelbert warfen sich elektrifizierte Blicke zu. Hoppla, da hatten sie doch endlich mal etwas Fleisch am Knochen.

»Warum haben Sie das nicht schon bei der ersten Befragung meinen Kollegen erzählt?«, hakte die Polizistin nach.

Wengers Flötengesicht wurde noch um ein paar Töne länger. »Sorry, vergessen. War wohl damals zu sehr in Trauer. Aber Sie kennen die beiden Kerle bestimmt, die sind als Behördenschreck bekannt. Sagen Ihnen die Betschart-Brüder etwas?«

»Zwei alte Säcke, Hinterwäldler, Spinner und Vollamoks.«

Bei einem leichten Lunch im Gartenrestaurant des

»Bauernhof« klärte Nicole Schelbert ihren Kollegen über diese Betschart-Brüder auf.

»Beide sehen sich extrem ähnlich. Gesicht, Statur, Bart, wie sie gehen und sich bewegen, und beide tragen sommers wie winters stets ein blaues Übergwändli.«

»Zwillinge?«

»Nein. Aber genau gleich durchgeknallt.«

Erwin und Edwin Betschart wohnten in einem Heimetli oben am Lauerzerberg, hielten ein paar Schafe und Ziegen, waren Selbstversorger und dreiste Wilderer – und lagen seit Menschengedanken mit allen im Streit: Nachbarn, Gemeinderat, Steuerbehörde, Forstamt, Wildhüter, Kantonsgericht und mit der Polizei sowieso – allesamt »Schafsäcklä«, wie die Betscharts jeweils zeterten.

»Die Brüder werden öfter mal gewalttätig«, erklärte Nicole Schelbert weiter. Sie schob sich ein Stück ihrer gebratenen Brüggli-Forelle in den Mund, kaute, schluckte, leckte sich die Lippen und fuhr dann fort. »Einer soll gar mal mit der Schrotflinte auf das Fenster der Lauerzer Gemeindekanzlei geschossen haben. Nachweisen konnte man es keinem von beiden. Aber wir mussten die Betschart-Brüder schon zig Mal vom Berg holen und arrestieren.«

Urs Wenger hatte ihnen vorhin in der Seevilla noch die Drohbriefe gezeigt. Drei an der Zahl. Handschriftlich, mit schwarzem Filzstift und wütenden Großbuchstaben verfasst. Die Betscharts behaupteten darin, das Geothermie-Projekt würde Fauna und Flora im Lauerzersee abtöten. Und sie würden deswegen die Wengers persönlich für das Fischsterben verantwortlich machen. Und sich rächen. »Mit freundlichen Grüßen …«

»Ist denn da etwas dran?«, fragte Fassbind und stocherte in seinem garnierten Cervelat-Käse-Salat herum.

»Was? Am Fischsterben? Chabis, natürlich nicht. Es ging bei uns keine einzige Meldung wegen verendeter Fische ein. Aber das ist halt typisch Betschart: wittern überall Feinde und die große Weltverschwörung.«

»Was interessiert die Kerle denn überhaupt der See, wo sie doch auf ihrem Berg oben hocken?«

»Die Brüder sind täglich mit ihrem Motorboot auf dem Lauerzersee. Leidenschaftliche Angler«, wusste Nicole Schelbert.

»Interessant.« Fassbind spießte ein Cervelaträdli auf seine Gabel und betrachtete es, als sei's ein wertvolles Unikat. »Gefrustete, gewalttätige Fischer. Kennen sich auf dem See bestens aus und besitzen ein Boot. Sehr interessant.«

»Du meinst, die Betschart-Brüder könnten …«

»Tierfreunde sind oft die größten Menschenhasser.«

Am Nachmittag fuhren sie in die Nachbargemeinde Seewen zur WG-Partnerin von Selina Lüönd, der Mitternachtsschwimmerin, dem ersten Opfer.

Es war unschwer zu erkennen, dass Denise Kälin die gleichen Ideale und Ideologien vertrat wie ihre verstorbene Mitbewohnerin. An den Wänden in Flur, Küche und Wohnzimmer hingen Flyer, Transparente und Flaggen in schreienden Farben, mit anklagenden Slogans und Kampfbegriffen wie »Kollaps«, »Ökosystem«, »Klima« und »Rebellion«. Denise Kälin versuchte denn auch gar nicht erst, die freundliche Gastgeberin zu mimen. Besuch von zwei Vertretern des »Systems« war unerwünscht.

»Ich habe wenig Zeit. Und ich habe euch Bullen doch schon alles gesagt. Was ist denn jetzt noch?«

Fassbind vergaß, wie man atmete.

Wortwahl und Tonfall standen im krassen Gegensatz zu Denise Kälins Erscheinung. Er hatte eine zähe, zornige Aktivistin mit Glut in den Augen und Wut in den Kutteln erwartet. Und mit den körperlichen Rübezahl-Parametern versehen, um sich selbst bei Minusgraden und Tränengasschwaden tagelang an irgendwelche schützenswerten Natursachen zu ketten. Stattdessen stand ihm jetzt ein Lichtwesen gegenüber. Etwas zwischen Peter Pans Fee Tinkerbell und Albert Ankers Haare flechtendem Mädchen.

Fassbind war gerade so was von hin und weg.

Nach ein paar Momenten des Schmachtens schaltete sich sein Ermittler-Gehirn wieder ein. Er drosselte seine Hormonausschüttung, resettete seine Atmung, erklärte, wer er war – beim Wort »Bundespolizei« zog Denise Kälin eine Schnute –, und stellte seine Fragen.

Zuerst zur Tatnacht.

Selina Lüönd war in den Sommermonaten oft zu später Stunde im Lauerzersee schwimmen gegangen. Zudem war sie eine ausdauernde, gute Schwimmerin. Und nein, betonte ihre ehemalige WG-Genossin, es gab in Selinas Leben (und in ihrem übrigens auch) weder Drogen noch Alkohol und derzeit auch null Männer. Und auch sonst kein Fleisch.

Dann fragte Fassbind nach der letzten Protestaktion im Lauerzersee.

»Nach dem Erdbeben hat unsere Gruppe sofort gegen weitere Bohrungen der Geothermie-Firma protestiert«, sagte Denise Kälin. »Logisch waren Selina und ich als Einheimische bei der Leitung der Aktion federführend. Unsere Aktion war ja dann sehr erfolgreich – natürlich auch dank der Medienberichterstattung. Jedenfalls knickte die Geothermie-Firma ein; bereits einen Tag nach unserem Protest wurde ein definitiver Projektstopp verfügt.«

»Wie lief die Aktion konkret ab?«, fragte Fassbind.

Statt einer Antwort zückte Denise Kälin ihr Handy, stellte sich neben den Beamten und zeigte ihm ein paar Fotos.

Sie roch nach warmer Buttermilch und psychedelischer Exotik, registrierte Fassbind. Nach Seife und irgendeinem Inderräucherstäbchenzeug. Er gab sich Mühe, nicht zu offensichtlich zu inhalieren.

Die Handybilder dokumentierten, wie die Aktivistengruppe vom Ufer aus eine giftgrün leuchtende Flüssigkeit aus Kanistern in den Lauerzersee kippten. Die letzten Fotos waren Drohnenaufnahmen und zeigten eine komplett grüne Wasseroberfläche.

»Wir haben natürlich ungefährliche, biologisch abbaubare Farbe verwendet«, erklärte Denise Kälin.

»Ist das da Selina?« Fassbind deutete auf eine Person in einem gelben Overall.

»Mmh, das letzte Bild von ihr. Zwei Tage später war sie tot.« Denise Kälins Lippen versteinerten, und ihre Augen füllten sich mit Tränen.

Dann fragte Fassbind nach Feinden.

»Machen Sie Witze?« Trotzig wischte sie sich mit dem Handrücken über die Augen. »Soll ich Ihnen eine tausendseitige Liste mit Namen ausdrucken? Wer wie Selina und ich für Klima und Natur kämpft, zieht automatisch eine Menge Hass auf sich. Todesdrohungen gehören für uns zur Tagesordnung.«

Fassbind schaute fragend zu Nicole Schelbert, die daraufhin nickte. »Die Kollegen haben eine lange Liste von Zornmails und Wutposts aus den sozialen Medien zusammengetragen und, soweit überhaupt möglich, geprüft.«

»Und?«

Sie stülpte die Unterlippe vor. »Da kannst du gleich den halben Kanton Schwyz hopsnehmen.«

»Etwas Spannendes dabei?«

»Viel Böses, aber im Grunde nur heiße Luft.«

»Ich möchte mir die Liste trotzdem mal ansehen.«

In Nicole Schelberts Büro war es drückend heiß und stickig. Die tiefe Spätnachmittagssonne blendete. Die Polizistin kurbelte die Jalousien herunter, warf einen Tischventilator an und holte Fassbind und sich einen Becher Wasser.

Die ausgedruckte Liste war tatsächlich lang. Trotzdem schaute sich Fassbind jede Seite an, studierte Einträge, las Namen und vertraute auf sein Bauchgefühl. Er hoffte, sein Instinkt melde sich bei einer allfälligen Anomalie. Tat der aber nicht.

»Hoffnungslos«, sagte er und warf die Liste auf Nicole Schelberts Bürotisch.

»Habe ich ja gesagt. Aber mir glaubt man ja nicht.«

»Nicole, das hat nichts damit zu tun. Ich versuche doch nur …«

»Kannst dir deine Erklärung sparen.«

Die Sauna im Raum wurde schlagartig um ein paar Grad frostiger. Unangenehme Minuten lang starrte jeder in eine andere Richtung und schwieg demonstrativ bleiern.

Plötzlich hob Fassbind den Kopf. »Ich muss Denise Kälin nochmals sprechen. Kannst du sie anrufen?«

»Deine Dates kannst du selbst ausmachen. Meinst, ich habe nicht gemerkt, wie du die Ökoprinzessin angehimmelt hast?«

»Ruf sie an. Jetzt. Sofort.« Er warf Nicole seinen Spezialblick zu, worauf sie stöhnend ihr Handy hervorzog, die Nummer suchte, wählte und auf Lautsprecher stellte.

»Frau Kälin. Hier nochmals Fassbind.«

»Ist das irgend so ein Psychoterrorspiel von euch Bullen, oder was?«

Er ging gar nicht erst auf ihr Gemotze ein. »Sagen Ihnen die Namen Erwin und Edwin Betschart etwas?«

Sie konnten hören, wie Kälin verächtlich laut durch die Nase ausatmete. »Die Betschart-Brüder, aber klar doch. Deren Brief habe ich zerrissen und in den Müll geworfen.«

»Ein Brief. Aha. Was stand darin?«

»Weiß ich nicht mehr.«

»Versuchen Sie sich zu erinnern. Bitte. Es ist wirklich wichtig.«

Wieder ein genervtes Nasenpusten. »Der Brief lag am Tag nach unserer Aktion im Briefkasten und war an Selina adressiert. Die Betschart-Blödmänner beschimpften uns darin aufs Übelste – und wünschten uns den Tod. Wir sollten genau so langsam und qualvoll verrecken wie die Fische wegen unserer giftgrünen Farbe. Was absoluter Quatsch ist, kein einziger Fisch ging bei unserer Aktion drauf. Aber diese alten fanatischen Angler sind halt …«

»Danke, Frau Kälin, Sie haben uns sehr geholfen.« Und dann zu Nicole Schelbert: »Ich glaube, es ist Zeit für eine Hausdurchsuchung und ein paar Fragen.«

Der »Bauernhof« veranstaltete heute einen Grillabend. Die Wirtefamilie hatte im Garten unter den Bäumen ein Salatbuffet aufgestellt, dazu gab es viel Fleisch aus dem Smoker.

Später am Abend spazierte Fassbind mit schwerem Bauch zur Seebadi. Diesmal trug er eine Badehose, ein T-Shirt mit dem Aufdruck *Bundesagenten sind attraktiver, als die Polizei erlaubt* und ein Frotteetuch über der Schulter.

Sie wollten morgen in aller Herrgottsfrühe loslegen, das Überraschungsmoment nutzen. Zugriff um sechs Uhr. Fünf Beamte, Nicole und er würden Befragungen und Hausdurchsuchung durchführen. Die Betscharts hatten etwas mit den Morden zu tun – Fassbind hatte es irgendwie im Gefühl. Ja, sie waren *so* nah dran an der Lösung. Konnte gut sein, dass er morgen um die Zeit bereits wieder daheim in Bern war. Und wieder durchatmen konnte.

Er breitete das Frotteetuch auf der Wiese aus und zog sich das T-Shirt über den Kopf. Dann stieg er ins Wasser und watete vorsichtig auf dem schlammigen Grund in den See hinaus.

Verdammt wohltuend so ein Bad nach diesem hitzigen Tag. Er schwamm die fünfzig Meter bis zum verankerten Floß, kletterte die Leiter hoch, legte sich rücklings auf die Plattform und schloss die Augen.

Selig im See.

Hätte er hier damals als Bub baden und herumtollen dürfen, statt immer nur angeln … Der Lauerzersee wär ihm richtig lieb geworden.

*

Erwin Betschart hatte ein Alibi.

Aber sein Bruder nicht.

Erwin konnte nachweisen, dass er sich an den Mordtagen weit weg von zu Hause befunden hatte. Im Thurgau nämlich, bei einem Ziegengroßhändler, um frisches Zuchtblut einzukaufen. Er hatte beide Male sogar dort übernachtet. Hatte die Hotelquittungen noch. Er konnte unmöglich der Täter sein.

Edwin aber war zu den fraglichen Zeiten hier gewesen.

Und Edwin verstrickte sich bei der Befragung durch Fassbind, Schelbert und die Staatsanwältin dann auch in große Widersprüche. Überhaupt tat er alles, um sich selbst zu schaden. Trotzte, motzte, rotzte. Tobte wie ein Satan, verfluchte die »Scheißschmier« und warf mit Beleidigungen und Wasserbechern um sich. Hätte er keine Handschellen getragen, wäre er den Beamten gegenüber wohl gewalttätig geworden.

Der definitive Durchbruch gelang den Behörden, als an einem bei der Hausdurchsuchung sichergestellten Gartenschlauch Partikel menschlicher Hautfetzen entdeckt wurden. Zudem wies der Schlauch, laut Forensik, exakt die Dicke auf, die zu den Würgemalen am Hals der beiden Opfer passte.

Edwin Betschart war so gut wie überführt.

Jetzt wartete man nur noch auf die DNA-Auswertung, die binnen vierundzwanzig Stunden vorliegen sollte. Stammten besagte Hautpartikel tatsächlich von einem der Opfer, hatten sie ihren Täter. Morgen um die Zeit wüssten sie es definitiv.

Während Erwin aufgrund seines Alibis freigelassen werden musste, hockte der hochverdächtige Edwin in seiner Zelle.

Nicole Schelbert fuhr Fassbind zurück in den »Bauernhof«.

Und er revanchierte sich, indem er sie – beschwingt und versöhnlich gestimmt durch den unerwartet raschen Erfolg – zu einem Apéro einlud. Für ihn ein Bier. Für sie, noch in Uniform, im Dienst und mit Wagen, ein Glas Süßmost.

Am Stammtisch nebenan saß ein schwankender alter Bekannter.

Kafi-Zwetschgen-Kari.

»Sosodeli, was hat die Polizei denn Schönes zu feiern?«, zwitscherte er. Vor ihm stand – wie sollte es auch anders sein – ein Glas mit stark verdünntem Kaffee. Und auch heute war es nicht sein erstes. Er nahm auch bereits wieder komische Abkürzungen beim Sprechen.

Sie prosteten Kari freundlich zu, verzichteten aber auf Konversation.

»Aha, besprecht ihr etwas Geheimes? Geht sicher um die toten Frauen im See?«

Fassbind zwinkerte ihm zu und sagte, sie wollten nicht gestört werden.

Jetzt wurde Kari aber laut. »Tut doch nicht so wichtig.«

Ein paar Gäste schauten zu ihnen herüber.

»Kari, es reicht. Still jetzt.« Fassbind schaute ihn streng an.

»Nein, es sollen ruhig alle hören.« Er stand auf, schwankte wie ein Schilfrohr im Wind und nahm die Hände als Trichter vor den Mund, als verkündete er grad den Alpsegen. »Achtung, Achtung, wichtige Durchsage. Hier neben mir sitzt die Polizei. Es geht um den Lauerzersee und die toten …«

Fassbind packte den Störenfried am Arm und riss ihn auf den Stuhl zurück »So, fertig jetzt.«

Kari hockte da wie ein trotziges Kind und zog einen Lätsch. Dann hieb er plötzlich mit der Faust so stark auf den Tisch, dass sein Kafiglas umkippte.

Die Wirtin war schnell mit einem Lappen zur Stelle, wischte die Zwetschgerei auf und sprach Kari freundlich aber bestimmt zu, es sei jetzt besser, er ginge nach Hause.

Erstaunlicherweise gehorchte er sofort.

»Ach, unser Kari«, seufzte die Wirtin. »Was für ein Lappi, aber eigentlich ja ein lieber Kerl.« Sie räumte den Tisch ab und sagte zu Fassbind, sie könne ihm heute zum Znacht den Chämibraten empfehlen, dazu gebe es Gummelistunggis. »Das ist Kartoffelstock«, übersetzte sie sicherheitshalber. »Bleibt die Dame auch zum Essen?«

Nicole Schelbert blieb nicht. Fassbind aber nahm gern den Braten und nach dem Essen erneut ein Gute-Nacht-Bad im See.

Eigentlich ist das hier beinahe ein bisschen wie Ferien, dachte er und schwamm in den Sonnenuntergang hinein.

*

Das Glöckeln des Handys riss Fassbind aus dem Schlaf.

Es war kurz vor sechs, draußen wurde es gerade hell, und eine aufgeregte Nicole Schelbert sagte am Telefon, er solle sofort zum Seeufer kommen.

»Es gibt wieder einen Toten. Diesmal ein Mann. Und du wirst nicht glauben, wer es ist.«

Ein Angler auf dem See war vor eineinhalb Stunden auf das herrenlose Fischerboot gestoßen, hatte sofort an einen Unfall gedacht – vielleicht ein Schwächeanfall eines Kollegen – und die Polizei verständigt. Eine Patrouille der Seepolizei suchte daraufhin das Wasser ab und stieß ziemlich rasch auf die auf dem Rücken treibende Leiche.

Es war Erwin Betschart.

Erwürgt.

Fassbind und Schelbert schauten zu, wie Beamte in Neoprenanzügen den Toten ans Ufer brachten, wo der Gerichtsmediziner eine erste Einschätzung vornahm. Die Würgemale am Hals von Erwin Betschart waren identisch mit denen der beiden Frauenopfer.

»Proscht Nägeli«, schimpfte Fassbind. »Hier liegt unser Hauptverdächtiger. Damit fangen wir jetzt also wieder bei null an.«

Am Nachmittag informierte das DNA-Labor, die Hautpartikel am Gartenschlauch gehörten zu keiner der beiden toten Frauen – sondern stammten von Erwin Betschart.

Der Kerl war damit *post mortem* und definitiv aus dem Schneider.

Sein Bruder wurde kurz darauf aus der U-Haft entlassen. Man teilte ihm mit, er sei ein freier Mann und könne gehen – müsse aber vorher noch im Keller des Gerichtsmedizinischen seinen Bruder identifizieren.

Fassbind und Schelbert hingen danach wie müde Fliegen im Büro herum. Sie prüften erneut die Liste der Personen, die Umweltaktivistin Selina Lüönd bedroht hatten, fanden aber keine neuen Hinweise und wussten auch sonst gerade nicht, in welche Richtung sie weiter ermitteln sollten.

Zehn Schritte zurück. Alles wieder auf Anfang. So fühlte sich Versagen an.

Worauf sie einander gegenseitig Vorwürfe machten und ihren Frust ungefiltert aneinander ausließen. Als es im Büro immer stickiger, hitziger und gehässiger wurde, schlug Nicole Schelbert vor, es sei wohl sozialverträglicher, für heute Feierabend zu machen. Sie anerbot sich sogar, Fassbind zum »Bauernhof« zu fahren.

Er akzeptierte den Fahrservice und revanchierte sich dafür erneut mit einem Apéro. Für die Polizistin wieder nur Süßmost, Fassbind hingegen hatte das Bedürfnis nach einem riesengroßen betäubenden Bier.

Am Nebentisch saß wieder Kafi-Zwetschgen-Kari. Ganz allein, wurstig in sein Glas starrend und stumm – wenigstens vorläufig noch.

Nach einem großen Schluck Bier und einem im letzten Moment abgewürgten Rülpser sagte Fassbind: »Es muss doch irgendeine Verbindung geben zwischen den drei Toten. Was haben die SUP-Sportlerin, der Umweltaktivistin und Betschart gemeinsam?«

»Ist das denn nicht offensichtlich?«, warf Nicole Schelbert ein. »Die Geothermie-Firma natürlich.«

Fassbind rümpfte die Nase. »Als wenn es so einfach wäre.«

»Hat der Superbundesbulle etwa eine schlauere Idee?«

»Noch nicht. Aber die Geothermie-Firma finde ich jetzt etwas gar banal.«

»Wir hier sind halt wahnsinnig simpel gestrickte Gemüter.«

»Das wollte ich damit nicht sagen. Aber vielleicht etwas gar ... uninspiriert.«

Sie schaute ihn baff an, ehe sie explodierte. »Remo Fassbind, du bist und bleibst ein bornierter Idiot.«

»Sagt gerade die Richtige.«

»Bist immer noch der gleiche Tubel.«

»Blöde Gumsel!«

»Ach, geh doch zum Teufel.« Sie trank ihren Süßmost in einem einzigen Zug aus, knallte das Glas in einer wütenden Bewegung auf den Tisch, warf einen Fünfliber hinterher und rauschte davon.

Am Nebentisch kam jetzt Leben in Kafi-Zwetschgen-Kari. Aber ehe er die Szene kommentieren konnte, pfurrte Fassbind ihn an. »Ich will nichts hören, Kari. Halt den Mund.«

»Ich w... will dich ja nur warnen. Geh nicht in den See schwimmen. Isch gefährlich.«

Fassbind seufzte und verfluchte im Stillen den versoffenen Schwätzer. Anderseits hatte er auch ein wenig

Mitleid mit dem Manndli. Konnte es sein, dass Kari ganz einfach nur einsam war, plaudern wollte und Gesellschaft suchte?

»Was ist denn so gefährlich im See?«, fragte Fassbind mit versucht fürsorglichem Tonfall.

»Na, das Ungeheuer.«

»Da ist ein … Ungeheuer. Soso.« Nicht loslachen, befahl Fassbind sich selbst.

»Aber sicher schon. Und zwar eine Riesenschlange. Darum heißt die kleine Insel ja auch so – Schlangeninsel. Weil dort in einer Unterwasserhöhle früher die Riesenschlange im Tiefschlaf lag. Ein wahres Ungetüm, ein Ungeheuer, so wie ein Drache, nur ohne Flügel.«

»Das klingt ja wirklich sehr gefährlich«, sagte Fassbind. »Dieses Märchen kannte ich ja noch gar nicht.«

Kari glotzte ihn an, als sei er übel beleidigt worden. »Kein Märchen, ist wahr. Aber jetzt ist die Riesenschlange halt erwacht und holt sich ihre Opfer.«

»Aha, ja, das ist natürlich wirklich gefährlich.« Fassbind fand ja selbst, er klinge wie ein überverständnisvoller Grundschullehrer. Oder wie ein Pfleger im Dementenheim. »Was hat denn diese … Riesenschlange aufgeweckt?«

»Na, das Erdbeben.«

»Schon klar. Nach Urzeiten so rüde aufgeweckt zu werden, war für die Schlange sicher nicht schön.«

Auf Karis Stirn wellten sich die Zornesfalten. »Doch nicht seit Urzeiten. Nein, die schlief dort seit dem Jahre 1806.«

Fassbind lachte gegen seinen Willen laut los. Das fand er jetzt doch bemerkenswert. Bei allem geschwurbelten

Unsinn hatte Kari doch so etwas wie eine Storyline im Kopf.

»Was geschah denn 1806?«

Kari hob die altersfleckige Hand und deutete gegen Norden. »Na, der dort oben kam damals runter, der halbe Rossberg. 2. September 1806. Bergsturz von Goldau. Hat auch den Lauerzersee verschüttet, gab eine Monsterwelle. Darum tauchte die Riesenschlange ab und verkroch sich unter dem Inseli.«

Fassbind schüttelte den Kopf und grinste. »Eines muss man dir lassen, Kari. Geschichten erzählen kannst du.« Er winkte die Wirtin zu sich, spendierte »dem Märchenonkel Kari« noch ein Kafi Zwetschgen und verlangte die Rechnung.

»Nicht traurig sein, Herr Fassbind«, meinte die Wirtin beim Einkassieren. »Es gibt ja noch andere schöne Frauen auf dieser Welt. Sogar hier bei uns in der Innerschweiz.«

»Wie meinen Sie das?«

»Ich habe doch Augen im Kopf. Sie und diese Polizistin vorhin ... Aber das käme nie und nimmer gut mit Ihnen beiden.«

Er schaute die Wirtsfrau an, als hätte sie ihn bei etwas Unanständigem ertappt. Dann lächelte er. Es war ein schmales Lächeln. »Das haben Nicole und ich nach fünf Jahren gemeinsamer Ehe auch gemerkt.«

*

Fassbind schlief schlecht, träumte Mist und erwachte um halb fünf Uhr morgens. Hellwach und schweißgebadet lag er da, null Chancen, nochmals einzuschlafen.

Und sofort hirnte er wieder an den drei Mordfällen herum. Wie gehörten die zusammen? Was verband sie? Verdammt, was übersah er? Hatte Nicole etwa doch recht, und sie mussten sich die Geothermie-Leute mal vorknöpfen?

Herrje, er drehte ja jetzt schon wieder im roten Bereich. Ihm graute vor diesem Höllentag. Da kam ihm eine wundervolle Idee.

Ein kühles Morgenbad – das wär's jetzt.

Er stieg in seine Badehose, verließ das Zimmer und versuchte, trotz Flip-Flops an den Füßen, möglichst geräuschlos die Treppe hinunterzusteigen.

Lauerz lag noch im Finstern. Als er die Seebadi erreichte, tauchte am Horizont das erste scheue Dämmerlichtgeschlirp auf.

Fassbind schwamm zuerst bis zum Floß und dann noch weiter hinaus in Richtung der beiden Inseln. Wie wohl das tat. Kopf und Körper entspannten sich im frischen, spiegelglatten Nass. Er schwamm noch weiter hinaus.

Jetzt begann es richtig zu dämmern. Goldrotoranger Schleier erschien hinter den beiden Mythen.

Mit einem Mal begann das Wasser hinter Fassbind geräuschvoll zu wellen. Ein hektisches Plätschern und Wogen, so als näherte sich ein Boot.

Er stoppte seine Schwimmbewegungen und drehte sich um.

In dem Moment legte sich etwas Dickes, Langes, Festes um seinen Hals. Umschlang, umklammerte, umarmte – und drückte ihm die Luft ab.

Fassbind wandte sich im Würgegriff der Riesenschlange und versuchte, sich mit beiden Händen loszureißen. Ihr Leib war fürchterlich lang und dabei so dick wie ein Feuerwehrschlauch unter Hochdruck. Fassbind spürte das hornartige Schuppenkleid der Schlange. Unter ihren pulsierenden Muskeln bewegten sich die Wirbel wie eine Ziehharmonika. Er starrte in den schweinekopfgroßen Schädel mit den lidlosen Augen und sah die gespaltene Zunge aus dem geschlossenen Mund schnellen.

Um Fassbind herum wurde es dunkel und immer dunkler.

Ausgerechnet, war sein letzter Gedanke.

Ausgerechnet jetzt, wo ich angefangen habe, den Lauerzersee zu mögen.

Ljuba Arnautović
Sandspiele

Nur noch der Kopf ist draußen. Der Rest seines Körpers steckt im weichen, warmen Sand. Er selbst wollte das so. Vielmehr erklärte er sich einverstanden mit meinem Vorschlag. Zuerst war ich es gewesen, die sich gestern von ihm eingraben ließ. Es war nicht so schön und so lustig, wie ich vorgab. Aber ich unterdrückte die aufsteigende Panik und ließ mir von ihm sogar ein paar Minuten lang zärtlich Haar und Lippen kosen. Er durfte mein Ausgeliefertsein genießen, bevor ich ihm befahl, mich wieder auszugraben. Was er sofort tat, schließlich erwarteten ihn dort unten im Sand die aufregenderen Körperteile.

Der Strand hatte sich geleert, die sonnensatten, hungrigen Touristen machten sich bereits über die All-you-can-eat-Buffets her oder ließen sich das Dinner servieren, je nach Urlaubsbudget. Die untergehende Sonne goss rotblondes Licht über den Strand, und er machte sich hinter dem mannshohen Felsen, den man aus ästhetischen Gründen nicht entfernt oder sogar eigens herbeigeschafft hatte, gierig über meinen Körper her. Er schwitzte vor Anstrengung vom raschen Graben mit den Händen und vor Aufregung über das neue Spiel. Meine Beine und mein Unterleib waren ausgekühlt,

Sandkörner rieben sich zwischen unseren Körpern, ich ließ alles geduldig über mich ergehen.

Morgen würde er dran sein.

Heute ist er dran. Gemeinsam buddeln wir einen Wassergraben für unsere Sandburg. Er kann es kaum erwarten, eingegraben zu werden.

»Das ist ein Vertrauensspiel«, analysiert er klug. »Es bringt uns einander näher, findest du nicht?«

»Na, dann noch ein wenig tiefer«, schlage ich vor.

Nach getaner Arbeit setze ich mich hinter den Felsen und höre über Kopfhörer zweimal die Langversion von »Riders on a Storm« von den Doors. Das Wellenrauschen darin vermischt sich mit dem echten Geräusch der steigenden abendlichen Flut. Ich drehe mein Smartphone auf maximale Lautstärke. Wie ich diese Nummer liebe!

Dann verlasse ich, ohne mich auch nur einmal umzudrehen, langsam spazierend den Strand.

Es war nicht direkt das gewesen, was man als Enkeltrick bezeichnet. Oder als Pyramidenspiel. Oder als Erbschleicherei. Auf so etwas wäre mein Opa niemals hereingefallen. Bei seiner Intelligenz, seiner Weltgewandtheit, seiner gewitzten Schlauheit wäre eher ihm eine Gaunerei zuzutrauen gewesen, ein Jemanden-übers-Ohr-Hauen, ein Über-den-Tisch-Ziehen. Und dann war ausgerechnet er es, der zum Opfer wurde.

Seine Frau, meine Oma, war kurz nach seiner Pensionierung gestorben. Er betrauerte sie tief und aufrichtig.

Nach einem knappen Jahr begann er, die Annehmlichkeiten des Lebens wieder zu suchen. Die Mittel dafür waren ausreichend vorhanden. Die hatte ihm sowohl sein eigenes Ererbtes wie auch das seiner Frau – beide aus wohlhabenden Familien stammend – sowie die guten Gehälter der letzten Jahre seiner Berufstätigkeit eingebracht. Er vermied es, seinen Besitz übermäßig zu präsentieren, aber knausrig war er auch nicht. Seine Großzügigkeit können meine Geschwister und ich bezeugen. Opa half uns aus jeder finanziellen Patsche. Die von Oma ausgesuchten Geschenke hatten stets von erlesenem Geschmack gezeugt. Opa schenkte uns lieber Kuverts: »Kauf dir was Schönes.«

Die Damen in seinem Umfeld zeigten reges Interesse an dem schlanken, kultivierten Witwer mit feinem Humor und attraktiven Lachfalten um Mund und Augen. Opa ließ sich die weibliche Gesellschaft gerne gefallen. Er hatte im Laufe der Zeit mehrere Freundinnen, beendete jedoch jede dieser Beziehungen spätestens nach einem Jahr, auf jene ebenso korrekte wie großzügige Weise, die seinem Wesen entsprach. Über die Gründe lässt sich nur mutmaßen: Reichte keine von ihnen an Oma heran? Oder – im Gegenteil – glaubte er zu riskieren, sich zu verlieben und Oma damit vermeintlich zu verraten? Andererseits – es war nie ein Geheimnis gewesen, dass er auch während seiner Ehe die eine oder andere Affäre gehabt hatte …

Elvira war anziehend, gut aussehend und zwanzig Jahre jünger als Opa, und ihre Beziehung dauerte nun schon etwas länger als das magische Jahr – Anlass zur Annahme, es wäre wohl bald vorbei? Oder hatte Opa vielleicht in ihr endlich seine späte Gefährtin gefunden? Letzteres ließ die Tatsache vermuten, dass das Paar jetzt manchmal gemeinsam mit Elviras Sohn Andreas etwas unternahm. Opa zeigte uns Fotos, die bei diesen Gelegenheiten entstanden, sie wirkten so familiär.

Andreas war es, der wie nebenbei diesen Geheimtipp erwähnte, von einer neuen, absolut sicheren Möglichkeit sprach, Geld gewinnbringender anzulegen als in diesen üblichen Fonds, wie Opa sie über viele Jahre gehalten hatte. Das Geld würde direkt in ein konkretes Projekt investiert, was Zwischenhändler, Börsenspekulanten und Steuerbehörden außen vor lasse und zudem total transparent sei. Der Anleger würde zu jedem Zeitpunkt genau wissen, was sein Geld gerade machte, wo es sich befände und wie es sich vermehrte. Stark vermehrte. Schnell vermehrte.

Und Opa ließ sich verführen.

Es begann alles ganz wunderbar. Das Projekt wirkte seriös, schritt flott voran, sämtliche Termine wurden eingehalten. Dann stand die riesige Baustelle in dem fernen Land plötzlich still. Angeblich behaupteten die Lieferanten, nicht bezahlt worden zu sein. Sie weigerten sich, weiteres Baumaterial zu liefern, würden nicht sofort die bisherigen Forderungen abgegolten und ein Vorschuss auf künftige Lieferungen in der Höhe der ursprünglichen Investition geleistet. Andernfalls wäre das Projekt gescheitert und das Geld futsch. Opa und einige andere der privaten Investoren zahlten. Es wurde weitergebaut, man atmete auf, dann wiederholte sich das Ganze.

Am Ende war der größte Teil von Opas Vermögen in die Taschen korrupter Oligarchen geflossen. Und in die von Andreas.

Ob Elvira von den Betrügereien ihres Sohnes wusste? Eines Tages waren beide aus Opas Leben verschwunden. Die tiefe Demütigung ließ den starken, stolzen, sich immer aufrecht haltenden Körper innerhalb weniger Wochen in sich zusammenfallen und Opa um Jahre altern. Sein Interesse an allem, was das Leben schön macht, war dahin. Keine Frauen, keine Freunde, keine Reisen, keine Musik, keine Bücher – selbst uns Enkel wollte er nicht mehr um sich haben. Er vernachlässigte sich und sein Haus. Von seinem Unglück ahnte niemand etwas, Opa schwieg, während die Scham ihn innerlich verbrannt haben muss. Nur vier Monate später erwischte er versehentlich zu viel von einem Medikament.

Sein Nachlass brachte es ans Licht. Diese bodenlose, schmerzende Scham, die Opa zuletzt quälte, übertrug sich auf mich, lähmte mich zunächst, um sich sehr bald in eine umso größere Wut zu verwandeln. Nur durch eine Tat konnte ich diesen inneren Brand löschen. Die Besessenheit, Rache zu nehmen, begann vom Tag des Begräbnisses an in mir zu wachsen.

Er hatte sich nicht die Mühe gemacht, das Land zu verlassen, ja, nicht einmal die Stadt. Andreas war vorsichtig genug, mit dem ergaunerten Vermögen nicht gleich offen um sich zu werfen. Noch ein paar Monate musste er ausharren in seinem Job als Angestellter dieser russischen Handelsfirma, danach würde er sich selbstständig machen. Immerhin hatte er für seine Betrügereien interne Kontakte genutzt, um an der Firma vorbei in Eigenregie zu handeln. Alles schön langsam und organisch – sein neuer Wohlstand sollte nach beruflichem Erfolg aussehen.

Es war ein Leichtes für mich, ihn zu finden.

Und für eine junge Frau ist es ein Leichtes, einen Mann zu verführen.

Lediglich Rache zu üben, wäre vielleicht befreiend für meine Seele gewesen, aber es wäre nur der halbe Sieg. Um das Geld zurückzuholen, waren weitere Opfer nötig.

Ich machte ihn glauben, ich hätte mich mit meiner Familie überworfen und würde eine kleine, romantische Hochzeit in einem Tiroler Bergdorf vorziehen, ganz ohne Angehörige und Freunde. Heutzutage sind ja nicht einmal mehr Trauzeugen vorgeschrieben.

Gleich nach dem Standesamt ging es auf Hochzeitsreise. Ich hatte ja eher ein tragisches Unglück in den Bergen im Sinn gehabt. Aber Andreas liebte das Meer, und so musste ich mir eben dort etwas Passendes einfallen lassen.

Die letzten 500 Meter zur Polizeistation laufe ich, meine Atemlosigkeit ist echt.

Das Mitleid mit jungen Witwen ist grenzenlos. Ich gebe mich untröstlich und leicht hysterisch.

»Wie konnte ich mich nur auf dieses dumme Spiel einlassen … wie sollten wir wissen … aber er bestand doch darauf … habe ich ihn etwa umgebracht?«

»Aber nicht doch, junge Frau, das war ein schrecklicher Unfall, so was passiert leider immer wieder. Die Flut ist nicht zu unterschätzen. Das klingt jetzt vielleicht unpassend, aber glauben Sie mir, Sie haben noch Ihr ganzes Leben vor sich. Eines Tages finden Sie ein neues Glück.«

Georges Simenon

Auf Grand Langoustier

I

Der Don Juan von Porquerolles

So wird jede neue Begegnung mit dem Mittelmeer zu einem aufwühlenden Erlebnis: Wir waren die Nacht durchgefahren. Im gleißenden Morgenlicht stiegen wir an der Spitze der Halbinsel Giens aus. Für mich begann das Gefühl von Vernebelung in dem Augenblick, als ich den Fuß auf das kleine weiße Boot setzte, die Cormoran. Der Steuermann, ein Typ mit Kolonialhelm, sollte uns in einer halben Stunde auf die Insel Porquerolles bringen.

Wohlige Vernebelung allerdings. Der Wasserspiegel und der Himmel wirkten auf mich wie ein Feuerwerk, dessen Blitze mir durch die Augen in den Kopf drangen. Ein weißes Haus an der Küste zog mich lange in seinen Bann, weil ich mir nie hatte vorstellen können, dass es auf Erden etwas so Weißes geben könnte.

Das gleichmäßige Brummen des Motors. Das Kräuseln des allzu samtigen Wassers am Bug, von dem mir, vielleicht wegen seines Blaus, fast ein wenig übel wurde, wie von einer allzu süßen Marmelade. Dabei schaukelte es gar nicht …

Der Kapitän der Cormoran (deren Besatzung nur aus ihm und einem Matrosen bestand) hatte uns gleich erkannt, als wir an Bord gingen. Er hatte begriffen, dass einer von uns beiden der erwartete Kriminalkommissar sein musste, und ich bin mir sicher, dass er mich dafür hielt.

G7 saß brav auf dem ihm zugewiesenen Platz und rauchte seine kleine Pfeife. Gemeinsam sahen wir die Insel im Meer auftauchen, die Pinien sich in den Himmel recken, dann eine Handvoll helle Häuser mit roten Dächern, die sich um einen kleinen Hafen scharten.

Im Hafenbecken Fischerboote. Ein einziges etwas größeres Segelschiff, eine Tartane, die Marmor von den griechischen Inseln geladen hatte, mit vier schlafenden Männern an Deck und daneben einem Topf, in dem ein Tintenfisch köchelte.

Ich habe von Vernebelung gesprochen. Nur ein paar Einzelheiten sind zwischen all diesen Eindrücken zu meinem Hirn, meinen Augen, meiner Haut und meiner Nase durchgedrungen: das einzige Hotel am Platz, mit seinem kühlen Schatten, mit den Mückengittern vor den Fenstern und dem Safranduft, der von der Küche kam; und der von Eukalyptusbäumen umstandene Dorfplatz mit Männern, die bedächtig Boule spielten …

Und dann die wunderbare von Mimosen gesäumte Allee … die wenigen Häuser zwischen Blumen und Palmen gebettet, hinter Vorhängen von Tamarisken.

Ich zog mein Sakko aus. G7 steckte seine noch zu heiße Pfeife in die Jackentasche, und hinter der Biegung eines Pinienhains tat sich die Plage d'Argent auf, ein wirklich silberner Strand, dem das Meer einen zarten weißen Saum anhäkelte.

Ein unebener Strand. Hohe Bäume. Hier und da ein Grüppchen Badegäste.

Gleich aber errötete ich ein wenig, weil ich fast über einen gebräunten Frauenkörper gestolpert wäre. Die Frau lag auf dem Bauch. Den Kopf auf die Hände gelegt und den nackten Rücken in der Sonne.

Und G7 spielte den verschämten Schuljungen, der so tut, als sähe er nichts!

Etwas weiter ein Paar. Mann und Frau, sitzend, in Badekleidung. Die Frau überließ die schweren Früchte ihrer Brüste der brütenden Hitze.

Kaum dreißig Menschen waren da, sie hatten sich mit viel Abstand am ganzen Strand verteilt. Später erfuhr ich, dass die meisten Badegäste Engländer, Deutsche, Schweizer und Skandinavier waren.

Ein junger Mann mit Brille verrichtete ganz für sich Übungen der Schwedischen Heilgymnastik.

»Hier verliert sich die Spur der drei Verschwundenen!«, sagte G7 und schlug sein Notizbüchlein auf.

Und in dem gleißenden Licht, inmitten all der Düfte, unter der gar nicht blauen, sondern messingglühenden Haube des Himmels, las er:

»*Edith Biglow*, 25 Jahre alt, geboren in Glasgow, seit zwei Jahren geschieden. Verbrachte ein Viertel des Jahres in England, zwei oder drei Monate in Paris, die übrige Zeit an der Côte d'Azur. Ansehnliches Vermögen. Ihr werden einige Affären nachgesagt, unter anderem auch in Saint-Raphaël. Am 11. Juni gegen Mittag war sie die Letzte an der Plage d'Argent. Sie wurde nicht mehr gesehen, und ihr im Hotel verbliebenes Gepäck wurde nie abgeholt.

Marthe Duvernon, 42 Jahre alt, Gattin eines Antiquars am Faubourg Saint-Honoré. Verbrachte zwei Monate allein in Porquerolles. Am Nachmittag des 14. Juni war sie am Strand. Nach dem Bad zog sie sich in ein Erdbeergesträuch zurück, um sich wieder anzukleiden. Wurde nicht aufgefunden.

Maria Bamberger, 34 Jahre alt, Schweizerin. Ledig. Kleine Rente, dank derer sie abwechselnd an der Côte d'Azur, in Ägypten und in der Schweiz leben konnte. Nahm ihr tägliches Bad gewöhnlich ganz am Ende des Strandes. Stets allein. Erschien am 18. Juni nicht mehr zum Abendessen im Hotel.«

Es fällt mir nicht leicht, Worte zu finden für das Gefühl, das sich in diesem Augenblick meiner bemächtigte. Durchaus vertraut ist mir die Angst bei Dunkelheit, bei Regen, im Grau verschneiter Landschaften, in den düster-unheimlichen Gefilden des Nordens.

Aber die Angst dort in der Sonne, in dieser Traumkulisse von flirrendem Licht, ist etwas ganz anderes, sehr viel Drückenderes!

Von ferne sah ich die nackten oder halb nackten Körper, die sich kaum vom silbrigen Strand abhoben. Wieder sah ich die schönen Brüste der Frau.

Und ich stellte mir in all dieser Verzauberung, ganz dicht an dem zarten weißen Wellensaum, der da am Sand leckte, die drei Verschwundenen vor.

Porquerolles, darauf war ich gefasst, ist als Urlaubsort nicht gerade en vogue. Es fehlen ihm Golf- und Tennisplatz und eine Spielbank. Nur ein Hotel gibt es dort, und das ist recht bescheiden, und die wenigen Villen, die in den vergangenen Jahren aus dem Boden gestampft wurden, verdienen kaum diesen Namen.

Man reist dort nicht hin, um gesehen zu werden. Nur ein paar Kenner kommen jedes Jahr, ein paar Freunde des klaren Wassers, in dem man bis in zehn Meter Tiefe die Pflanzen am Meeresgrund erkennt, Freunde der Sonne, die die Haut bräunt, Freunde seinsvergessener Tage auf heißem Sand finden sich hier ein, sozusagen auf Verabredung.

Es sind auch Freunde der Einsamkeit. Sie grüßen sich, sprechen aber nicht miteinander. Jeder hat seinen Platz am Strand und kann sicher sein, dass ihm niemand zu nahe kommt.

Und hier sollen innerhalb von zehn Tagen drei Frauen verschwunden sein! Ohne die geringste Spur! Sie waren nicht mit der Cormoran ans Festland gefahren. Kein Fischer hatte sie übergesetzt.

Ihre Koffer, ihre Sachen, ihr Geld – alles war im Hotel …

Und ich stellte mir vor, wie die Männer und vor allem die Frauen, die weiterhin die Herrlichkeiten dieser Insel genießen wollten, von einer heimlichen Angst beschlichen, von Albträumen heimgesucht werden.

Nichts hatte man gefunden! Keine Spur! Nicht den Hauch einer Fährte! Außer dass die Gerüchteküche sagte:

»Vielleicht sollte man einmal auf Grand Langoustier nachsehen!«

Man hatte es vorgezogen, diese Aufgabe jemandem zu übertragen, der nicht aus der Gegend kam. G7 war entsandt worden, und er hatte mich gefragt, ob ich ihn begleiten wollte.

Wir hatten den Strand hinter uns gelassen und folgten nun einem felsigen Pfad, wo ich den Fuß auf einen recht ungewöhnlichen Bewuchs setzte, auf sonderbare karge Pflanzen, teils pelzig, teils voll giftiger Stacheln.

Die Reste einer alten Burg ließen wir rechts liegen. X-mal mussten wir stehen bleiben und uns den Schweiß von der Stirn wischen, und ohne die Unerbittlichkeit von G7 hätte ich mir ein Bad gegönnt, nackt wie die anderen, da unten in der Kühle einer Calanque zwischen den rötlichen Felsen.

Ich entsinne mich eines Feigenbaums, von dem die dicken, süßen Goldfrüchte fielen, die am Boden aufsprangen und die zu pflücken oder aufzusammeln niemandem in den Sinn kam.

Nach einer halben Stunde Fußweg waren wir schon ans Ende der Insel gelangt. Sie lief dort spitz zu. Ganz außen waren Felsen, deren letzte Ausläufer im Wasser silbergesäumte Riffe bildeten.

Rechts noch eine Burgbefestigung, durch eine nur wenige Meter breite Rinne von der Insel getrennt: Grand Langoustier.

Nicht weit von der Befestigung Ruinen, die Teil einer Verteidigungsstellung gewesen sein mussten.

Unregelmäßiges Gelände. Keine Bezugspunkte fürs Auge. Undurchdringliches Dickicht gab es dort, gespickt mit roten Inseln von Erdbeerbäumen. Ansonsten Pinien, Palmen, Eukalyptusbäume. Irgendwo hinter bröckelnden Mauern rote Dächer, durcheinandergewürfelt.

Und dann auf einmal, an einer Wegbiegung, ein offenes Tor, eine Allee. Keine Klingel. Am Ende der Allee ein Mittelding aus Bauernhof und provenzalischem Landhaus. Alle Fenster von schweren Läden verdeckt. Die Tür sperrangelweit offen, aber mit einer cremeweißen Gardine verhängt.

Wir waren durch das Tor hineingegangen und suchten nun jemanden, an den wir uns wenden konnten. Ein Hund kam auf uns zugeschossen und stand nun zwei Meter vor uns, die Zähne drohend gefletscht.

Ich trug mein Sakko noch immer überm Arm, und ein Taschentuch, das ich mir unter den Strohhut geschoben hatte, hing durchnässt im Nacken.

»Ist da jemand?«, rief G7 mit unsicherer Stimme.

Das Bellen des Hundes zerriss uns schier das Trommelfell. Links vom Haus, in den ehemaligen Befestigungsanlagen, hatte man Bananenstauden gepflanzt, was dem Ganzen einen überraschend exotischen Anstrich gab. Und eine Fülle von Blumen, Fliegen und Getier, die mir unheimlich war.

»Ist da jemand? ... Hallo!«

Der Vorhang vor der Tür tat sich auf. Ein rothaariges Mädchen blickte uns an, schien sich mit jemandem drinnen im Haus abzusprechen, kam schließlich heraus und ging auf uns zu.

Sie trug einen königsblauen Morgenmantel, ziemlich offen, unter dem ein rosa Hausanzug zu sehen war. Ohne Strümpfe. Barfuß in Schlappen. Ein schmutziges Geschirrtuch in der Hand.

»Was wollen Sie?«

»Ist Monsieur Henry da?«

Sie wirkte unschlüssig. Sie musterte uns von oben bis unten und ließ keinen Zweifel an ihrer ungebrochenen Ablehnung uns gegenüber.

Da hob sich der Vorhang aufs Neue. Wenn überhaupt, war nur ein Teil ihres Gesichts kurz zu sehen. Dafür aber schleuderte eine laute Stimme eine Reihe von Flüchen heraus und endete mit den Worten:

»Schmeiß sie raus, Herrgott noch mal! Hast du verstanden, Emma? ... Lass den Hund raus! ... Hetz ihnen Dick auf die Fersen ...«

Und noch mehr Flüche, das Knurren eines Raubtiers, das beim Fressen gestört wird!

G7 rührte sich nicht von der Stelle. Er war ganz ruhig, wirkte geradezu freundlich.

»Würden Sie Monsieur Henry bitte ausrichten, die Kriminalpolizei möchte ihn ...«

»Sch... auf die Kriminalpolizei!«, brüllte die Stimme.

»... die ganz unbedingt wünscht, die Ehre zu haben, sich mit ihm unterhalten zu dürfen ...«

Diesmal wich der Vorhang weiter zur Seite, und Monsieur Henry kam auf uns zu, einen Revolver in der Hand, einen Tropenhelm auf dem Kopf, mit nichts bekleidet als einer kurzen Hose aus weißem Stoff, wie man sie beim Rudern trägt.

Ich will nicht behaupten, dass meine Beobachtungen im ersten Augenblick absolut klar gewesen wären. Der Mann sprang wie ein Bär aus seiner Höhle. Den Abend zuvor war ich noch in Paris gewesen, wo es regnete und wo die Menschen von Kopf bis Fuß bekleidet waren.

Vor allem fiel mir sein breiter, mächtiger Rumpf auf mit leichtem Fettansatz und brauner Behaarung.

Und ich stellte fest, dass er mit seinem Revolver nicht

so recht etwas anzufangen wusste. Und dann sah ich ihm in die Augen.

Ich schätzte ihn auf vierzig. Ziemlich gutes Gesicht mit ebenmäßigen Zügen, Adlernase und dunklen Augen, aber, wie der Leib, für mein Empfinden ein wenig zu dick. Schwarze Haarpracht, in gelockten Strähnen nach hinten geworfen.

»Was wollen Sie von mir? ... Geht es immer noch um die drei Weibchen?«

Wie angewurzelt stand er da, die Hände in den Hüften, wie ein unbezwingbarer Seeräuber. Mir kam es vor, als hätte ich seit der Plage d'Argent einen Zehntausendkilometersprung mitten nach Afrika gemacht oder einen Zeitsprung, der mich ins Zeitalter der Bukaniere auf die Schildkröteninsel versetzt hatte.

Mit einem Fußtritt schubste er seinen Hund ein paar Meter zur Seite.

»Kommen Sie rein! ... Wir müssen nicht in der Hitze bleiben! ... Verschwinde in die Küche, Emma! ... Und bring uns Whisky ...«

»Drei Gläser?«

»Ja was wohl? ... Natürlich drei Gläser!«

Bemerkenswert, dass seiner Grobheit eine gewisse Eleganz innewohnte. Er war kein einfacher Grobian! Ein wenig Kinderstube war ihm anzumerken.

»Hier lang ...«

Er führte uns durch einen dunklen Gang, wo nach der brutalen Helligkeit draußen nichts zu sehen war. Durch den Hintereingang gelangten wir auf eine Terrasse mit Korbsesseln und großen Hängematten zwischen den Bäumen.

Monsieur Henry schaute uns weiterhin schief an und grummelte unaufhörlich vor sich hin.

»Nehmen Sie Platz!«

Das war ein Befehl. Von hier aus ließ sich die Bauweise und wohl auch die Geschichte des Anwesens besser überblicken. Grand Langoustier umfasste keineswegs nur die abgetrennt auf ihrem Felsen sitzende Befestigung. Vielmehr gab es auf der Insel Wälle, Bollwerke und Burggräben, die von Buschwerk überwuchert waren.

Und dort hinein hatte Monsieur Henry recht planlos oder vielmehr den Gegebenheiten des Geländes folgend ein Haus, Schuppen und Ställe gebaut. Er hatte Bananenstauden angepflanzt. Zwischen den bröckelnden Mauern, wo immer er ein Stückchen fruchtbare Erde gefunden hatte, baute er Melonen und Gemüse an.

G7 wollte das Wort ergreifen.

»Warten Sie auf den Whisky!«

Er legte den Revolver auf den Tisch, nahm eine Flinte zur Hand, die an einem Baum lehnte, zielte auf eine reife Feige in hundert Metern Entfernung und schoss sie mit einer Kugel herunter.

Schlangenhäute von fast zwei Metern Länge, auf Brettchen genagelt, trockneten in der Sonne.

Emma kam mit schlurfenden Pantoffeln und stellte Whisky, Gläser und eine Siphonflasche auf den Tisch.

»Und das Eis?«

»Gibt keins mehr!«

Er sah sie an, als wäre er drauf und dran, sie zu erdrosseln.

»Hau ab!«

Er schenkte uns selber ein: halb Whisky, halb Soda.

»Zum Wohl! … Wo ich Sie schon nicht hinausschmeißen kann …«

»Ist das Ihre Angestellte?«

»Ja! Ich habe sie aus einem Bordell in Toulon!«

Er lächelte verzückt. Dabei hätte er wohl gern größere Empörung bei uns gesehen.

»Gut! Trinken Sie Ihr Glas leer … Sonst sage ich Ihnen überhaupt nichts!«

Da öffneten sich im ersten Stock die Fensterläden einen Spaltbreit, und ohne auch nur hinzusehen, donnerte er:

»Und du, Lili, tust mir den Gefallen und gehst schlafen …«

Eilends wurden die Läden wieder geschlossen.

»Eine Freundin!«, erklärte er uns. »Ein Luder! Ein paar Tage ist sie erst hier und fängt schon an sich aufzuspielen …«

Er machte es sich in einer Hängematte bequem und steckte sich eine Maispapierzigarette an.

»Ich kann mir schon denken, was man Ihnen erzählt hat … Und wenn Sie länger hierbleiben, werden Sie noch mehr davon hören … Ich sch… drauf! Verstehen Sie? Das will ich von Anfang an klarstellen …«

»Verzeihung! Die Dame, die Sie Lili nennen, kommt die auch aus Toulon?«

»Das geht Sie nichts an! … Eine Freundin … Und durchaus mondän … Man wird Ihnen erzählt haben, dass ich eine Art Wilder bin, dass ich hier wie im Urwald lebe und dass hier unglaubliche Dinge geschehen und Orgien gefeiert werden wie im Alten Rom! … Dazu sage ich nicht Ja und nicht Nein … Ich wohne hier! …

Ich kleide mich, wie es mir gefällt ... Und wenn ich Lust habe, entführe ich zwei oder drei Frauen und behalte sie so lange, bis ich genug davon habe ...«

»Verzeihung! Hatten Sie Umgang mit Edith Biglow?«

»Ich könnte jetzt erwidern, dass ein Gentleman über solche Dinge keine Auskunft gibt ... Was soll's! ... Sie war hier ...«

»Und?«

Er zuckte die Achseln.

»Natürlich! Wofür wäre sie denn sonst gekommen?«

Er trank seinen zweiten Whisky und schob meinem Freund das für ihn bestimmte Glas hin.

»Auf ihr Wohl! Sie war eine nette junge Frau, etwas nervös, etwas lüstern, aber romantisch wie ein sechzehnjähriges Mädchen!«

»War das am 11. Juni?«

»Natürlich nicht! Ich weiß, worauf Sie hinauswollen. Sie brauchen mir nichts vorzumachen! Edith Biglow kam hierher und war meine Geliebte, wenn Sie das hören wollen! Ich kann das Wort nicht leiden, weil es nichts aussagt! Und die kleine Schweizerin genauso! ... Im Übrigen, keine Ahnung! ... Und wenn all die Verknallten, all die Neurotikerinnen, all die jungen erlebnishungrigen Dinger, die ein Weilchen bei mir waren, gleich verschwinden müssen – dann schwör ich Ihnen, dass Sie noch nicht so bald fertig sind mit Ihrem Job ... Schluss! ... Ich sag's noch mal: Mehr weiß ich nicht! ... Also soll man mich damit in Ruhe lassen! ... Ich habe die ganze Welt bereist ... Ich habe in Indien für den Geheimdienst gearbeitet, denn meine Mutter war Engländerin ... Während des Krieges hatte ich zusammen mit ein paar anderen die Aufgabe, deutsche U-Boot-Anlagen in den neutralen Mittelmeerländern ausfindig zu machen. Das hat mir ein paar schöne Verzierungen eingebracht ...«

Er blickte an seiner behaarten Brust hinunter und musste lachen.

»Außerdem bin ich europäischer Meister im Schwimmen in der Kategorie zweitausend Meter ... Oder war's zumindest ... Denn ich werde allmählich fett ... Ein Pariser Bankier hat mich auf eine Mission ans Kap geschickt ... Schließlich habe ich ein Jahr in Südamerika verbracht ... All das gibt mir wohl das Recht, mich auszuruhen ... Und meine Tage so zu verbringen, wie es mir gefällt! ... Ich habe Geld ... Ich bin niemandem etwas schuldig ... Ich mache ein bisschen Landwirtschaft ... Immerhin bin ich der Erste, der hier auf der Insel Bananenstauden heimisch gemacht hat, wo mich anfangs alle ausgelacht haben! ... Ich gehe auf die Jagd ... Ich fische ... Ich habe ein kleines Motorboot, da unten hinter den Pinien, in einer Felsenbucht, die ich als Hafen hergerichtet und mit eigenen Händen ausbetoniert habe.

Pech, wenn sich so leichtsinnige Mädels auf der Insel entführen oder umbringen lassen ...

Aber genug davon! ... Jetzt warten sie natürlich alle darauf, dass ich verhaftet werde ... Auch Sie sind ja mit der Vorstellung gekommen, so schnell wie möglich fertig zu werden ...

Na gut! Ich wette, Sie werden mir nicht das Geringste anhängen können ... Und deswegen sollten wir nicht mehr davon sprechen ...

Mit Ihnen kann man's ja machen ... Haben schon widerstandlos zwei Whiskys getrunken ... Kippen Sie noch einen, dann lade ich Sie zum Essen ein, so können Sie Bekanntschaft schließen mit dem Admiral und mit Lili …

Nur lassen Sie mich in Ruhe mit den Verschwundenen! Suchen Sie sie! Finden Sie sie, tot oder lebendig! Machen Sie mit ihnen, was Sie wollen! Aber kauen Sie mir nicht das Ohr ab mit dieser albernen Geschichte …

Emma! … Noch eine Flasche! … Und sag dem Admiral, dass die Herren mit uns essen!«

Er stand auf, ging zu den Schlangenhäuten, um nachzusehen, wie weit sie schon getrocknet waren, und zog das Grammofon auf, das auf einem Tischchen stand und nun einen Java spielte.

Trotz allem hatte ich den Eindruck, dass er besorgt war und dass seine Grobheit nur dazu dienen sollte, seine Befangenheit zu überspielen. Schließlich kam er wieder zu uns.

»Ich will mein Bestes tun, um die Sache hinter mich zu bringen! Das Haus steht Ihnen offen! Wir werden Ihnen ein Schlafzimmer herrichten! Sie bewegen sich im ganzen Haus, wie Sie wollen! … Einverstanden? … Ich mache es Ihnen leicht, verstehen Sie? … Und wenn Sie die Leichen der drei Frauen suchen wollen, stelle ich Ihnen meinen Gärtner zur Verfügung, er soll mit Ihnen den Boden umgraben! … Was wollen Sie mehr? … Wenn Sie allerdings meine Meinung wissen wollen, so denke ich, die drei Frauen sind nicht töter als ich! … Sieh mal an! … Der Admiral! … Kommen Sie, Admiral, ich stelle Ihnen die Herren Kriminalpolizisten vor …«

»Verzeihung«, sagte ich, »ich gehöre nicht zur Polizei …«

»Was geht mich das an? Und erst den Admiral! …«

Der Mann kam näher, ein kleiner weißhaariger Alter mit rot geädertem Gesicht und triefenden Augen, im weißen Flanellanzug, auf dem Kopf eine Seglermütze aus weißem Tuch mit einem großen Wappenschild.

»Ein Glas für den Admiral, Emma!«

Und als die Läden im ersten Stock sich wieder bewegten:

»Du kannst runterkommen, Lili! … Brauchst dir auch nichts überzuziehen!«

Der Alte salutierte und machte es sich in einem Sessel bequem in Erwartung des versprochenen Glases. Er wirkte völlig vernebelt, offenbar vom Alkohol.

»So! Und nach dem Essen tun Sie, wozu Sie Lust haben! … Wenn Sie auf die Jagd gehen wollen, leihe ich Ihnen ein Gewehr … Aber am reizvollsten ist hier immer noch die Jagd auf die Meeräsche … Die Calanques muss man gesehen haben … Klarstes Wasser … Man schießt, wenn sie an der Oberfläche schwimmen …«

Wie von Zauberhand hatte sich mein Glas gefüllt. Um es den anderen gleichzutun, leerte ich es.

Es kam mir vor, als dränge mir die Sonne von allen Seiten in den Schädel. Zu stark waren die Düfte, die ich hier einatmete. Und ich muss wohl Emma, das nachlässig gekleidete Hausmädchen mit den nackten Beinen, ein wenig zu eindringlich angesehen haben. Ich glaube sogar, dass Monsieur Henry dem Admiral zuzwinkerte.

Es ging uns gut in den Hängematten. Man musste nur die Hand nach dem Getränk ausstrecken. Die Gläser waren stets gefüllt.

Und dann kam Lili, eine ganz Niedliche, ihr Körper

schmiegte sich in einen lachsfarbenen Strandpyjama. Sie betrug sich affektiert und gab vor, sie wolle lieber etwas Süßes trinken.

»Klappe! … Du schluckst einen Whisky wie alle anderen auch!«, schleuderte Monsieur Henry ihr entgegen.

Nun begann die Phasenverschiebung. Für mich zumindest gab es keine scharfe Trennung mehr zwischen Realität und Einbildung. Jedenfalls bis zum Ende der Mahlzeit, wo uns, glaube ich, Auberginen mit Tomaten, Lamm und ein mit verschiedenen Essenzen angemachter Melonensalat serviert wurden …

G7 kam mir recht blass vor. Aber er saß ja auch direkt neben dem halb nackten Monsieur Henry, der mit seiner sonnenverbrannten Haut jetzt wie ein Faun aussah.

2

Der Flüsternachmittag

Meine erste etwas genauere Erinnerung ist, dass ich Monsieur Henry plötzlich vom Tisch aufstehen, im Vorbeigehen das Grammofon in Gang setzen und sich anschließend in eine der Hängematten plumpsen lassen sah. Es war eine riesige Hängematte, geräumig, mit Matratzen, Kissen und von einem mit Girlanden verzierten Baldachin überwölbt.

Er hielt eine noch nicht angezündete Zigarette zwischen den Lippen, und als er darauf deutete, sprang die junge Frau, die mit uns gespeist hatte, auf und gab ihm Feuer.

Ich beobachtete den Admiral. Er sagte nichts, hatte

einen leeren Blick. Mit seiner ziegelgelben Haut, seinen schmutzwasserfarbenen Augen und seinen schlaffen Lippen war er auf dem Höhepunkt der Vernebelung. Und doch fand er gerade noch die Kraft, von seinem Stuhl aufzustehen und nach drinnen zu wanken.

Neue Erinnerungslücke. Ich muss ein paar Minuten weggedämmert sein. Als ich die Augen öffnete, schien mir die Sonne auf die Stirn. Ich war knallrot, das Hemd klebte mir auf der Haut.

Zuerst sah ich Monsieur Henry, der mit offenem Mund in seiner Hängematte schlief, laut schnarchend, mit mächtigem Auf und Ab der Brust.

Ich hörte Flüstern. Und irgendwann fand ich heraus, woher es kam. G7 und das junge Ding, das Monsieur Henry Lili nannte, hatten sich abseits in eine Laube zurückgezogen. Ich wollte hin. Der Kies knirschte unter meinen Schritten. Sie machten *Sst…* und zeigten auf den Schlafenden.

Betrunken fühlte ich mich nicht mehr. Aber etwas Unklares war zurückgeblieben, körperlich und seelisch. Ich zuckte zusammen und hätte fast einen Stuhl umgeworfen, nur weil einen Meter vor meinen Füßen eine riesige Eidechse im Gras raschelte.

»Glauben Sie mir, er ist ganz in Ordnung«, sagte Lili leise, »schon ein bisschen grob … aber nicht bösartig …«

»Kennen Sie ihn schon länger?«

»Seit Jahren … Ich bin Beamtenkind … Ich habe einiges Pech gehabt … Ich betreibe ein kleines Wäschegeschäft in Saint-Raphaël … Mehrmals habe ich Henry gesehen, wie er von Hafen zu Hafen gondelte, die ganze Küste entlang … Er wurde auf mich aufmerksam …

Aber ich wollte nie hierherkommen … Vor allem wegen des Ladens … Aber jetzt, wo die Geschäfte schlecht laufen …«

»Haben Sie vor, lange auf Grand Langoustier zu bleiben?«

Sie setzte ein gewollt geheimnisvolles Lächeln auf.

»Man kann nie wissen …«

»Man sagt ihm nach, er behalte seine Gespielinnen nie länger!«

»Aber es gibt solche und solche Frauen, nicht wahr?«

Sie ist mir noch im Ohr, diese vertrauliche Mitteilung mit gedämpfter Stimme, nur ein paar Schritte neben dem halb nackten Mann, der immer noch schlief:

»Die meisten sind Dirnen, die nur auf sein Geld aus sind … oder noch schlimmer: bekloppte, kranke Damen von Welt auf der Suche nach starken Erlebnissen … Sehen Sie! Ich bin erst ein paar Tage hier und habe doch schon etwas Ordnung in sein Hauswesen bringen können … Hätten Sie für möglich gehalten, dass er seine Socken in den Müll wirft, sobald sie ein Loch haben, und dass seine Hausangestellte sich nicht einmal die Mühe macht, sie zu stopfen?«

Ein leichtes, ein ganz leichtes Lächeln umspielte die Lippen von G7. Und ich versuchte, etwas frische Luft zu schnappen.

»So wie er ist, will ich nicht ausschließen, dass er weiterhin anderen Frauen nachläuft … Aber was soll's? … Ich darf eben nicht eifersüchtig sein … Ich habe Ersparnisse … Und in ein paar Jahren wird er ruhiger werden …«

Sie war wunderbar: In dieser Umgebung von auf die

Spitze getriebener Unordnung, in ihrem Strandpyjama, der ihre Formen nachzeichnete, neben dem Mann, der mit gelegentlichem Zucken seines behaarten Körpers schlief, mit dem unabgeräumten Tisch, dem Whisky – da legte sie auf einmal diese Kleinbürgermentalität an den Tag! Es fehlte nur noch, dass sie uns von dem weißen Häuschen mit den grünen Fensterläden mitten im Dickicht vorschwärmte!

»Haben Sie Mrs Biglow kennengelernt?«, fragte G7 vorsichtig.

»Eine Rothaarige … Leider kann ich Rothaarige nicht leiden … Sicherlich eine Frau von einiger Bildung, vermögend … Aber sie lief den Männern genauso hinterher wie … wie …«

»Kam sie auch hierher?«

»Da war ich noch nicht hier … Ich habe davon erzählen hören … Nachmittags war es … Sie ging spazieren … Sie kam durchs Tor, bat um Erlaubnis, das Anwesen zu besichtigen, was natürlich ganz schön neugierig sei … Das hat sich Henry nicht entgehen lassen … Ganz gewiss hatte sie es genau darauf abgesehen! …«

»Und die beiden anderen?«

»Die habe ich nie gesehen … Die Schweizerin soll dick und hässlich gewesen sein, mit einem Sonnenbrand, der ständig so aussah, als würde er bluten …«

All das kam zögernd, fast widerwillig. Sirren von Insekten. Unruhige Blicke zu dem schlafenden Mann hinüber.

»Was halten Sie vom Admiral?«

»Ein alter Knacker! Ich glaube, das Leben in den Kolonien hat ihn vertrotteln lassen! Er trinkt, er isst, er schläft … Ein Freund von Henry … Aber er zahlt für Kost und Logis … Das heißt, sie teilen sich die Kosten …«

»Ist er auch so ein Schürzenjäger?«

Sie lächelte verächtlich.

»Emma ist ihm genug! … Ich möchte wetten, dass sie noch zusammen sind … Die Leute finden alles rätselhaft, weil sie keine Ahnung haben … Sie glauben doch nicht, dass im Dorf und überall sonst nichts Schlimmeres geschieht … Nur hier versteckt man sich nicht …«

Einer Bremse gelang es, mich durch den Stoff der Hängematte hindurch in den Rücken zu stechen. Das nervte mich. Ich hätte gern kaltes Wasser gehabt.

Ich schloss die Augen für eine halbe Minute, um das Nachbild des Sonnenlichts loszuwerden.

Doch dann schreckte ich hoch, alles in mir zog sich zusammen, und mir lief ein kalter Schauer über den Rücken. Nicht weit von uns, irgendwo hier auf dem Gelände, war ein Schrei ertönt, ein lang gezogenes Heulen vor Schmerz oder Entsetzen.

Es war nah, und doch wäre ich außerstande gewesen, die Richtung anzugeben, aus der dieser gedehnte Klang kam, der von einer Schärfe war wie die Stimme einer Frau in panischer Angst.

Ich sah, wie Monsieur Henry die Augen öffnete, die Ohren spitzte, die Stirn runzelte und sich mühsam aufrappelte. Auch G7 war aufgestanden und lauschte auf einen weiteren Schrei. Und Lili blieb der Mund offen stehen, sie war zu keiner Regung fähig.

Nie habe ich so viele verschiedene Geräusche gleichzeitig gehört wie in diesem Augenblick. Es war, als führte jedes Gräschen, jedes Blatt, jede Erdbeerbaumfrucht ein eigenes Leben.

Ich hörte mehrere Meter entfernt eine Mücke fliegen, ein Reptil sich durchs Unterholz schlängeln, das Meer an den Felsen an der Spitze der Insel plätschern und sogar das Brummen eines Motorboots meilenweit draußen auf dem Meer, das nicht zu sehen war.

Die Luft stand still. Ein Schrei hatte sie zerrissen, aber sie war wieder erstarrt.

Monsieur Henry setzte sich als Erster in Bewegung, ging zu dem Gewehr, das am Baum lehnte, hängte es sich über die nackte Schulter und schritt voran. G7 folgte ihm. Dann ich. Lili zögerte, aber als sie merkte, dass uns schon ein paar Meter trennten, lief sie hinter uns her.

Monsieur Henry hatte immer noch nichts gesagt.

»Glauben Sie, es kam von dort?«, fragte G7.

Er zuckte die Achseln und gab keine Antwort. Er ging mit großen Schritten, mit den Knien schob er die Büsche beiseite, deren Dornen er nicht zu spüren schien, die aber rote Striemen auf seinen nackten Beinen hinterließen.

Das Gelände war so unübersichtlich, dass man rasch die Orientierung verlor. Die Ruine einer Mauer versperrte uns den Weg. Wir mussten darüberspringen. Lili bat mich um Hilfe, und danach ließ sie meinen Arm nicht mehr los, um sich sicherer zu fühlen.

Zwischen den Bäumen stießen wir wieder auf ein Stück Mauer. Monsieur Henry blieb manchmal stehen, schaute sich um, schien auf einen weiteren Ruf zu warten und brummelte:

»Verd… noch mal, Verd… noch mal!«

Seine Wut machte sich auf merkwürdige Weise Luft: Am Ende packte er das Gewehr am Lauf, als wollte er es wie eine Keule benutzen und dem Feind den Schädel zerschmettern.

»War das der Schrei von einer Frau?«, fragte G7 freundlich.

»Idiot!«

Und wir schritten weiter. Bei einem Knacken im Gestrüpp blieb ich abrupt stehen. Monsieur Henry holte aus, um mit dem Gewehr zuzuschlagen. Aber da kam sein eigener Hund zwischen seinen Beinen hervor, Ohren und Schwanz angelegt.

»Such, Dick! … Such!«

Dick wollte nicht suchen! Dick zitterte und machte sich ganz klein zu Füßen seines Herrn, bei dem er Schutz zu suchen schien.

»So geht das nicht, heiliger Strohsack!«

Den ganzen Whisky und Wein konnte er noch nicht abgebaut haben, aber offenbar war er das Trinken so gewohnt, dass nur die etwas aufgedunsenen Wangen und die leicht geschwollenen Augenlider seinen Zustand anzeigten.

Wir kamen an eine Stelle, wo das Gelände besonders unübersichtlich wurde. Ein vormaliger Burggraben, das Fragment eines eingestürzten Turms, Steinhaufen, eine Dampfmaschine, die, weiß der Himmel wann, hier ihren Geist aufgegeben hatte, und sogar ein völlig vergammeltes Bootswrack.

Und ein Bewuchs wie im Urwald!

Ich ging als Letzter, mit Lili, deren Finger immer noch meinen Ärmel umkrallten. Nun war ich es, der abrupt stehen blieb und mit weit aufgerissenen Augen voller Angst auf das lauschte, was nicht etwa um mich herum, sondern in mir geschah.

»Bin ich tot oder bin ich nicht tot?«

Es mag lächerlich klingen, doch genau diese Frage stellte sich mir unvermittelt. Denn ich hatte gleichzeitig eine Detonation gehört und einen Stoß am Kopf gefühlt, und mein Hut hatte sich bewegt.

Ich zögerte noch, die Hand zu heben und mir an die Stirn zu fassen, denn ich wusste nicht, ob es Blut oder Schweiß war, was da herunterlief.

Monsieur Henry hatte sich wie ein Bär ins Gestrüpp gestürzt und teilte es mit all seinem Gewicht, dabei stieß er wilde Drohungen aus. G7 sah mich an, er war ganz blass.

»Verletzt?«

Ich lächelte. Ein gezwungenes Lächeln. Ich nahm den Hut ab und betrachtete meine Hand, auf der etwas wie rötliches Wasser zu sehen war.

»Ich glaube ... Ich ...«

Ich stand kurz vor einer Ohnmacht. Ich wollte das nicht. Ich versuchte, weiter zu lächeln, während meine Begleiterin hysterisch schluchzte.

»Es ist nichts Ernstes ...«

Ich hatte eine trockene Kehle. Die Knie wurden mir weich. Ich lehnte mich an einen Baum.

»Halten Sie still!«, sagte G7 zu mir.

Und er tastete vorsichtig mit den Fingern meinen Kopf ab und schlug mir auf die Schulter.

»Nur eine Schramme! ... Vier Tropfen Blut!«

Er hob meinen grauen Filzhut auf, der zwei klar umrissene Löcher hatte, eins hinten, eins vorn.

Da bekam ich einen Lachkrampf, ich lachte Tränen, wie wenn ich geweint hätte. Ich sah mich aufmerksam um.

»Wo ist er?«

Man hörte das Rauschen der Erdbeer-, der Mastixbäume und der Tamarisken. Da umkreiste uns irgendein Wüterich von allen Seiten, und wir bekamen ihn nicht zu Gesicht.

Die Flora war von solch überbordender Dichte, dass man weder das Haus noch das Meer, noch die Küstenfelsen sah. Wohin man auch ging, stets lief man Gefahr, sich zu verirren.

»Verletzt?«, hörte ich aus nächster Nähe die raue Stimme von Monsieur Henry fragen.

»Nein ... Fast gar nicht ...«

Er schaute auf meinen Kopf und auf meinen Hut und kaute unverständliche Worte hervor.

»Haben Sie nichts gefunden?«, wollte G7 wissen.

Und wieder zuckte er als Antwort nur die Achseln. Erst als ich mit ihnen den Weg fortsetzen wollte, merkte ich, dass ich knieweicher war als ein von schwerer Krankheit Genesender. Und Lili hielt nicht mehr mich am Ärmel fest, sondern ging neben meinem Freund.

Ich habe mich bemüht, die Ereignisse so präzise wie möglich zu schildern. Das Bild wäre aber unvollständig, wenn man sich nicht das Ambiente vorstellt. Und ganz besonders, wenn man sich nicht das Gefühl totaler Abgeschiedenheit vor Augen führt, das einem Grand Langoustier vermittelt, kaum drei Kilometer von der Plage d'Argent und dem niedlichen Dorf Porquerolles entfernt, das sich wie im Bilderbuch um einen Hafen schart.

Und außerdem: Man soll sie nicht auf die leichte Schulter nehmen, die drückende Sonne, die nichts Fröhliches an sich hat und die Luft zäh macht wie Sirup, voller mysteriöser Geräusche, Düfte und kaum merklichem Flirren.

Wir kehrten zum Haus zurück. Dort trafen wir auf Emma, die, genauso nachlässig gekleidet wie am Morgen, gerade dabei war, den von Fliegen übersäten Tisch abzuräumen.

»Wo ist der Admiral?«, fragte Monsieur Henry.

Ich vermutete, er habe den gleichen Gedanken gehabt wie ich. Monsieur Henry konnte nicht geschossen haben, denn er ging uns voraus. Lili auch nicht. Aber es gab den vertrottelten Alten, der die Zeit gehabt haben mochte, sich im Dickicht zu verstecken.

»Der schläft ...«

»Seit dem Essen?«

»Ja, fast ...«

Und mit einem ziemlich zynischen Lächeln gab sie zu verstehen, was sie mit diesem *fast* meinte.

»Hast du nichts gehört?«

»Nein ...«

»Keinen Schuss?«

»Doch ... Waren das nicht Sie?«

Offenkundig wunderte sich niemand mehr über einen Schuss auf diesem Anwesen, wo man mit der Waffe in der Hand herumlief und Spaß daran hatte, wahllos auf Fische, Hasen, Vögel und sogar auf überreife Feigen zu schießen!

»Sonst nichts? Keinen Schrei?«

»Soll das länger her sein? ... Nein! ... Ich habe auch geschlafen.«

Wahrhaftig ein tolles Anwesen. Die Hausangestellte teilt das Lager mit dem Admiral, anschließend hält sie Siesta, und es geht ordentlich zur Sache mit Geschrei, viel Whisky und Klängen aus dem Grammofon.

Genau da setzte Monsieur Henry die Nadel mit geübtem Griff wieder auf dieselbe Schallplatte, und schon spielte das Akkordeon seinen Volksjava.

Da sah ich, wie sich unser Gastgeber vor G7 aufbaute, so grob, als wollte er ihn zermalmen.

»Und was sagen Sie dazu? …

Ein mysteriöser Schrei … Eine Kugel quer durch den Hut Ihres Kumpels … Und das alles hier bei mir! … Genügt das, Sie davon zu überzeugen, dass ich mir die drei Weibchen schlicht und ergreifend einverleibt habe? … Na ja! Wenn Sie genug Mumm haben, rate ich Ihnen Folgendes: Warten Sie ab! … Am Ende werden wir was zu lachen haben, das verspreche ich Ihnen … Hast du ein Schlafzimmer hergerichtet, Emma?«

»Das im ersten Stock ist …«

»Gut! … Sag Jean, er soll kommen …«

Er schenkte sich ein großes Glas Whisky ein, zog das Grammofon wieder auf, das abgelaufen war, und musterte Lili vom Scheitel bis zur Sohle.

»Und du, hast du keine Angst?«

Er lächelte. Aber es war ein eigenartiges Lächeln, eher wild als vergnügt. Mir ist seither nie wieder ein so gut aussehender Grobian über den Weg gelaufen.

Er witterte Pulverdampf. Er spürte, die Schlacht hatte begonnen. Er fühlte sich stark und holte zum Schlag aus.

Zugleich verachtete er uns alle; er beobachtete uns mit einem Hauch Mitleid und gefiel sich in seiner Überlegenheit, ließ die Muskeln spielen und setzte eine stahlharte Miene auf.

Jean, der barfuß angeschlichen kam, war ein kleiner, dürrer Alter mit struppigem Bart und Affenaugen.

»Wie viele Fuchsfallen haben wir noch?«

»Vielleicht noch zehn!«

»Gut! Öle sie … Bring sie in die Scheune.«

Und als Jean weg war, sagte er zu G7:

»Ich lasse Ihnen Ihre Bewegungsfreiheit … Allerdings habe ich den Beweis, dass jemand auf meinem Gelände ist. Und ich treffe Vorsichtsmaßnahmen, wie es das Gesetz zulässt … Jetzt bekommen Sie Ihr Zimmer gezeigt … Sie dürfen bleiben, solange Sie wollen …«

Dann brummelte er noch etwas zwischen den Zähnen:

»Und wenn Sie dann immer noch nicht zufrieden sind …«

Ganze zwei Stunden irrten G7 und ich dann durchs Gestrüpp, durch den Gemüsegarten und durch die Ruinen der Befestigungsanlage. Mein Gefährte hatte, bildlich gesprochen, die zusammengebissenen Zähne nicht ein einziges Mal voneinander gelöst, bildlich gesprochen.

Wir sahen den Hafen, den Monsieur Henry erwähnt hatte: eine vier Meter lange Mole, die eine winzige Felsbucht schützte, in der ein Boot festgemacht war.

Ein schmuckloses Boot. Ein etwa sechs Meter langes Gerät mit Schratsegel und Motor, wie es die meisten Mittelmeerfischer benutzen.

An Land Langusten- und Fischreusen, Aal- und Muränenbecken. Ein Korken dümpelte auf der Wasseroberfläche. Ich holte ihn mit einem Bootshaken heran, griff nach der Leine, an der er befestigt war und zog einen

Fischkasten aus dem Wasser, in dem ein halbes Dutzend Äschen und kleinere Fische schwammen.

Die Sonne war weniger stechend als am Mittag, der Himmel von tieferem Blau, aber es hatte nicht abgekühlt. Im Gegenteil! Die Luft war noch feuchter und stickiger geworden.

»Letztlich ist es unmöglich«, sagte ich, »die drei Frauen zu finden, wenn sie denn tot oder lebend hier versteckt sind ... Man müsste mit einem Regiment Polizisten eine Treibjagd veranstalten ...«

Ich war nicht wenig verblüfft, als sich der Himmel auf einmal verdunkelte. Im nächsten Augenblick sah ich, weniger als zweihundert Meter vom Ufer entfernt, den Panzerkreuzer *Béarn* über den seidenblanken Wasserspiegel gleiten. Dann erblickte ich etwas weiter entfernt vier Schiffe der gleichen Klasse, zwei Torpedoboote und ein halb abgetauchtes U-Boot.

»Das Toulon-Geschwader!«, sagte G7. »Die andere Seite der Insel, links vom Dorf, sie heißt Pointe des Mèdes, dient den Mittelmeertruppen als Schießplatz.«

»Waren Sie schon mal hier?«

»Das ist lange her ... Für die nächsten Stunden wird uns das Donnern von großen Marinekanonen begleiten ... Die rote Fahne am Leuchtturm ist wohl schon gehisst ...«

Das beeindruckte mich. Alles beeindruckte mich an jenem Tag. Das Rätsel um uns herum schien undurchdringlich. Vielleicht suchte ich gerade deshalb in den nebensächlichsten Begebenheiten nach einer Erklärung.

Von einem der Schiffe ertönte ein Signal. Wir begannen, den Bogen zum Rückweg zu schlagen.

Was Monsieur Henry die Scheune nannte, war ein alter Stadel, der keine Tür mehr hatte und in dem Gerätschaften aller Art, Fischereiutensilien und Landwirtschaftsmaschinen durcheinander gelagert waren.

Dort war er, umgeben nicht etwa von Fuchsfallen, sondern von Hunderten Metern Klingeldraht, den Jean ihm entwirren half. Mit grimmigem Blick sah er uns näherkommen. Aber ich konnte mir vorstellen, wie stolz er darauf war, mit eigener Hand zu werkeln, seinen Hafen selber zu betonieren, Bananenstauden anzubauen und sich mit Elektrizität auszukennen.

»Verstanden?«, fragte er mürrisch. »Ich nehme an, Sie haben schon mal eine Raubtierfalle gesehen ... Ein Fangeisen, das im richtigen Augenblick zuschnappt ... Das zermalmt einem starken Mann die Pfote! ... Rund ums Haus gibt es zehn Stück davon ... Und ich kann Ihnen nur raten, vor morgen früh nicht allzu weit auszuschwärmen ... Die Fallen sind mit einem Klingeldraht verbunden ... Mit anderen Worten: Wenn jemand gefasst wird, werden wir alle verständigt ... Das Messer, Jean ... Ach nein, lass! ... Gib mir die Klemmen ...«

»Haben Sie Telefon?«

»Nein!«

Er blickte G7 misstrauisch an.

»Aber auf der Insel gibt es Telefon, nicht wahr?«

»Ja, und?«

»Wie lange brauchen Sie mit Ihrem Boot bis Toulon?«

»Mit Motor zwei Stunden ... Mit Segel hängt es vom Wind ab ...«

»Aber schaffen Sie es in einer halben Stunde bis zur Spitze von Giens?«

»Sogar schneller! ... In zwanzig Minuten ... Wir sind schneller als die Cormoran ...«

Ich hätte gern gesehen, wie er die bereits gelegten Fallen, deren Lage wir nicht kannten, verdrahtete. Aber er trödelte, vielleicht mit Absicht. Schließlich murmelte er:

»Gut! Das mach ich nachher ... Trinken wir erst mal was ...«

Der Admiral war aus seinem Zimmer gekommen, mit verschlafenen Augen, aber im tadellosen Flanellanzug, den Hut sorgfältig auf dem silbernen Haar.

»Gut geschlafen, *old chap*?«

»Yes!«

»Whisky?«

»Yes!«

»Wollen Sie auch einen? ... Gleich wenn ich mit der Bastelei fertig bin, gibt es Abendessen ... Wollen Sie sich bis dahin schon mal den Schädel desinfizieren?«

»Das ist nicht nötig.«

»Schlecht für Sie!«

Das war mir unheimlich. Ich musste plötzlich, keine Ahnung warum, an vergiftete Pfeile, an Wundbrand denken ... Fünf Minuten später ging ich zu Emma in die Küche und bat sie um etwas Jodtinktur.

»So, und wenn ich Ihnen einen guten Rat geben darf, dann machen Sie jetzt einen Spaziergang ins Dorf, um zu zeigen, dass Sie noch am Leben sind ... So blöd, wie die da drüben sind, haben wir sonst in einer Stunde die Polizei hier, die Ihre Leichen abholen soll.«

Wir machten uns auf, nicht so sehr deshalb, sondern weil wir nicht wussten, wie wir uns sonst die Zeit bis zum Abendessen vertreiben sollten.

An der Plage d'Argent war nur noch das Pärchen mit der Frau, die sich immer noch die Brüste von der Sonne bräunen ließ. Ihr Mann lag bäuchlings neben ihr, den Kopf in die Hände gestützt, in ein Buch versunken. Rötliches Abendlicht durchflutete den Himmel.

Dann kamen die Pinien mit ihrem beinahe erfrischenden Schatten. Schließlich die Mimosenallee und der eukalyptusgesäumte Platz mit mindestens zehn Grüppchen von Boulespielern.

Ein paar helle Kleider auf der Hotelterrasse und Reisende aus Giens, die von der Cormoran an Land gingen. G7 hatte sich nicht getäuscht: Am Leuchtturm wehte eine rote Fahne. Ein Schnellboot hatte angelegt, unzählige Marinesoldaten hielten die Trossen, während ein Offizier an Land ging. Und zur Pointe des Mèdes hin war der Himmel ganz verdunkelt vom Rauch der mächtigen grauen Schiffe, die ungerührt dalagen, den Bug in den Wind gedreht.

G7 sprach den Wachtmeister von Hyères an, der auf der Insel die Ermittlungen zum Fall der drei Verschwundenen leitete, und stellte sich vor.

»Gibt es heute Abend Schießübungen?«

»Ja! Der Ausrufer hat die Bewohner bereits gebeten, die Fenster offen zu halten, damit es keinen Glasbruch gibt …«

»Glauben Sie nicht, dass ein Gewitter …«

Der Wachtmeister schaute erst in den westlichen, dann in den östlichen Himmel.

»Kann sein … Wann beginnen Sie mit den Ermittlungen?«

»Ich hoffe, sie heute Nacht abzuschließen … Es ist noch einiges unklar …«

»Wann sind Sie angekommen?«

»Heute Morgen ...«

Der Wachtmeister drehte einigermaßen nervös an seinem Schnauzer.

»Waren Sie schon auf Grand Langoustier? Ihnen ist ja klar, dass man da sehr vorsichtig sein muss ... Dieser Monsieur Henry ist nicht auf der Wassersuppe dahergeschwommen ... Er soll beim Geheimdienst gewesen sein ... Seine Schwester ist mit einem der großen Immobilienmakler der Côte d'Azur verheiratet ... Das sagt natürlich gar nichts, aber ich erzähle es Ihnen doch, damit ...«

Ein Mann kam mit ausgestreckter Hand auf unseren Gesprächspartner zu. Er trug eine weiße Leinenhose, einen gestreiften Pulli, Espadrilles und eine Schiffermütze. Er war jung, dunkelhaarig, kräftig.

»Tag, Wachtmeister! Wie geht's, wie steht's?«

»Geht schon, Baptiste!«

»Die Herren sind aus Paris gekommen, um die drei Frauen zu suchen?«

Der Wachtmeister konnte sich ein Lächeln nicht verkneifen. Im Grunde gefiel ihm das forsche Auftreten! Zumal Baptiste G7 und mich mit nicht zu überbietender Arroganz von oben bis unten musterte!

»Haben Sie sie wenigstens zu Fischsuppe eingeladen?«

Wie der Dialekt Südfrankreichs klang! Silben wie Gongschläge.

»Lass uns allein, Baptiste! ... Wir müssen noch etwas besprechen ...«

Der tippte sich an die Mütze und schlenderte von dannen.

»Ein komischer Typ! Ein Fischer, den man kaum je fischen sieht … Überall steckt er die Nase hinein! … Weiß alles! … Lotst die Jachten von reichen Ausländern, und wenn er keine Jacht zu lotsen hat, geht er wohl fischwildern … Aber wehe, einer kommt ihm zu nahe! … Und nicht zu vergessen, dass ihm die Frauen zu Füßen liegen, die reichen Touristinnen genauso wie die Mädchen von hier … Oder lagen, bis Monsieur Henry auftauchte, der ihm mächtig die Schau stiehlt … Wären die Herren bereit, mit mir zu Abend zu essen? …«

»Leider nicht möglich! Wir sind schon eingeladen!«

»Auf der Insel?«

»Auf Grand Langoustier …«

Die Luft wurde blaudunstig, mit großen rötlichen Streifen am Himmel. Dann fragte G7 unvermittelt:

»Sagen Sie mal! Sollten der Admiral im Fall Wynands und der Admiral von Porquerolles ein und dieselbe Figur sein?«

»Sie erinnern sich noch an die Geschichte?«

»Einigermaßen. Unterbrechen Sie mich, wenn ich falschliege … Es war vor etwa sechs Jahren, ein gewisser Wynands, Kaffeehändler aus Amerika, lebt auf großem Fuß in Nizza … Natürlich wird er sogleich umschwärmt von all denen, deren Beruf es ist, den reichen Leuten an der Riviera zu helfen, ihr Geld auszugeben … Regelmäßig wird er zusammen mit dem Admiral gesehen, über den die französische Polizei kaum verlässliche Informationen hat.

Der Admiral ist ein ruhiger alter Mann. Er beträgt sich als ehrenwerter Gentleman, und sein einziger Fehler ist, dass er immer einen Freund dabeihat, der für ihn zahlt. Eine Art Berufsschmarotzer …«

All das sagte G7 mit einem Zögern in der Stimme wie ein Schüler, der seine auswendig gelernte Lektion vorträgt.

»Jedenfalls einer, der überwacht gehört«, brummelte der Wachtmeister, »für mich ist das ein pensionierter Abenteurer …«

»Kurz und gut, eines Abends kommt Mister Wynands in Begleitung des Admirals aus dem Kasino. Die beiden Männer sind betrunken, wie immer. Arm in Arm ziehen sie durch die Straßen, und an einer Ecke bekommen sie jeder einen Schlag mit dem Knüppel auf den Kopf.

Die Polizei findet sie erst eine Stunde später, man hat sie um ihre Brieftasche erleichtert. Und als er wieder ins Hotel kommt, erfährt Monsieur Wynands, dass kurz nach dem Überfall ein Unbekannter in sein Zimmer eingebrochen ist. Der Kammerdiener überraschte den Übeltäter, der stach mit einem Messer zu und ergriff die Flucht …«

»Genauso war's!«

»Mister Wynands ist wieder nach Amerika gegangen!«

»Ja, und der Admiral ist hiergeblieben … Er hat sich auf Grand Langoustier zur Ruhe gesetzt, wo er sich mit viel Whisky den restlichen Verstand wegsäuft … Aber ich nehme an, Sie glauben nicht, dass …«

»Nicht im Mindesten! Ich finde ihn eher urig!«

»Wollen Sie meine Meinung wissen? Ich glaube nämlich, nachdem er lange anderen auf der Tasche gelegen hat, spielt der Admiral jetzt die umgekehrte Rolle, und Monsieur Henry und seine Frauen nehmen ihn unbemerkt aus …«

Da gab G7 dem Wachtmeister zerstreut die Hand.

Als wir eine knappe Stunde später an der Spitze der Insel ankamen, dunkelte es schon. Das Grammofon im Garten spielte eine hawaiianische Gitarrenmelodie.

Monsieur Henry, ganz in Schale mit Flanellhose und offenem Hemd, erwartete uns, die Zigarette im Mund.

Durch das Fliegengitter im ersten Stock war Lili in Unterwäsche zu sehen, die gerade überlegte, welches Kleid sie anziehen sollte.

Die Luft erfüllt vom Geruch nach Knoblauch, Mimose, tropischer Hitze.

»Gehen Sie nicht zu weit!«, riet Monsieur Henry, wobei er auf das Gestrüpp ringsrum deutete, »die Fallen sind aufgestellt ... Ein Whisky gefällig?«

Da ließ der erste Kanonenschlag die ganze Insel erzittern, als wäre sie nicht richtig am Meeresgrund verankert. Der Admiral erwachte aus seiner Lethargie und gab einen kleinen verdrossenen Seufzer von sich.

»Wollen Sie die Bohnen zusammen mit den Koteletts?«, fragte Emma von der Küchentür her, während sie sich die Hände am Morgenmantel abwischte.

Um die Schattenflächen, mit denen uns die Nacht immer enger umfing, in Schach zu halten, gab es auf der Terrasse nur eine kleine Glühbirne, die statt eines Schirms in ein rosa Tuch gehüllt war.

So waren wir eingesperrt zwischen Wänden aus Dunkelheit, die von unbekannten Geräuschen, Flattern, winzigen Schlägen, Vogelzwitschern und Grillenzirpen bebte.

Ich schaute Monsieur Henry in die Augen, und eine Sekunde lang, bevor er seinen Whisky kippte, wirkte er wie gelähmt vor Angst.

Nur G7 gelang es, die Rolle des wohlerzogenen jungen Mannes zu spielen, der zu Gast ist.

3
Die Fuchsfallen

Ich will versuchen, so genau wie möglich zu sein, denn auch die geringsten Einzelheiten sind von Bedeutung.

Etwa um halb zehn erhoben wir uns vom Abendessen. Es hatte Bouillabaisse, Hammelkoteletts und Bohnen gegeben, danach Käse und Obst.

Wir trödelten noch eine Weile auf dem lichtungsähnlichen Platz herum, wo sich das Leben von Grand Langoustier abspielt. Nichts Auffallendes an den Unterhaltungen, außer dass Monsieur Henry fragte:

»Werden Sie die Nacht in Ihrem Schlafzimmer verbringen?«

Und als G7 bejahte, schaute er uns traumselig an.

»Ich glaube, ich schlafe hier in der Hängematte. Das tue ich oft um diese Jahreszeit ... Noch einen Whisky, Admiral?«

Ich gestehe, dass ich von diesem Augenblick an etwas spürte, eine geradezu morbide Unruhe lag in der Luft. Aber mir kam auch der Gedanke, Monsieur Henry könnte diese matte, langgezogene Sprechweise vielleicht nur wählen, um uns zu beeindrucken.

Ich trank ein Glas Whisky, das mir der Admiral zuschob. G7 benetzte nur die Lippen und kippte den Rest auf den Boden. Lili schlummerte bereits in einem Liegestuhl.

Dann stand G7 auf und sagte freundlich:

»Erlauben Sie, dass wir schlafen gehen. Ich bin todmüde … Dieser heiße Tag hat mich fertiggemacht …«

»Emma!«, rief da Monsieur Henry, »zeig den Herren ihr Schlafzimmer …«

Es war im ersten Stock, ich glaube, das erwähnte ich schon. Emma machte Licht. Ein schmuckloses Zimmer, gekalkte Wände, primitive Möblierung. Mir fiel auf, dass die Läden offen standen, man konnte uns also von draußen gut sehen. Sobald Emma gegangen war, wies ich G7 darauf hin.

»Dann machen Sie die Läden doch zu!«

Dazu musste ich das Fenster öffnen. Ich sah Monsieur Henry auf seinem Platz sitzen, unter dem rosa Licht den Admiral, ganz in Weiß, der sich nachschenkte, und Lili, die in ihrem Liegestuhl schlief. Ich drehte mich um. G7 schloss die Tür ab.

»Die Läden sind durchscheinend … Wir sind trotzdem zu sehen …«

»Machen Sie das Licht aus …«

Auf die Leute auf der Terrasse musste das befremdlich wirken, denn wir hatten uns keine Zeit zum Entkleiden genommen. G7 hatte sich seine kleine schlanke Pfeife angesteckt.

»Werden wir die Nacht hier verbringen?«, fragte ich.

Eine Kleinigkeit: Ich hatte meine Pfeife auf dem Tisch im Garten zurückgelassen, wo ich sie jetzt neben der Whiskyflasche liegen sah. Und weder er noch ich hatten Zigaretten bei uns!

»Keine Ahnung …«

»Haben Sie einen Plan?«

»Nein! Ehrlich gesagt, ich habe noch keine Ahnung.«

Das war entwaffnend, denn er sprach diese Worte wohlgesetzt. Eine Feststellung, als wäre das die natürlichste Sache von der Welt. Ein Kanonenschlag, auf den fünf oder sechs weitere folgten, ließ mich aufschrecken, aber mir fiel natürlich gleich das Geschwader ein, das vor der Pointe des Mèdes lag.

Nur noch etwas, das uns für den Rest der Nacht begleitete: tiefe Ruhe, eine Salve, wieder tiefe Ruhe. Scheinwerfer am Himmel. Motorenbrummen in der Dunkelheit über uns.

»Auch Flieger dabei!«, knurrte ich missmutig.

Denn es kam mir so vor, als hinderte mich all der Lärm daran, mich zu konzentrieren. Meinen Gefährten konnte ich nicht sehen. Ich ahnte, dass er auf der Bettkante saß.

»Rührt sich unten noch was?«

»Keine Seele ... Ich habe noch nie jemanden so viel trinken sehen wie den Admiral.«

»Ich wüsste gern, wovor sie Angst haben ... Oder wovor sie vorgeben, Angst zu haben! ... Aber ich neige zu ersterer Annahme ... Vielleicht vor dem Mann, der auf Ihren Hut geschossen hat?«

»Glauben Sie nicht, dass er eher auf meinen Kopf gezielt hat?«

»Wenn man jemanden umbringen will und an seiner Treffsicherheit zweifelt, zielt man nicht auf den Kopf, sondern auf die Brust ... Wenn Ihr Hut getroffen wurde, dann wurde auf Ihren Hut gezielt ... Was machen die da?«

»Nichts! ... Emma ist am Abräumen ...«

»Reden sie nicht?«

Ich hatte die Fensterläden einen Spaltbreit geöffnet. Monsieur Henry in seiner Hängematte war weniger als fünfzehn Meter von mir entfernt. Aber das Licht war zu blass, als dass ich Einzelheiten erkennen konnte.

Zu allem Überfluss begann ich, schläfrig zu werden. Ich schob meine Benommenheit auf die Hitze und schielte sehnsüchtig nach meiner Pfeife.

»Sagen Sie mal, G7 … Wenn Sie fertig geraucht haben, würde es Ihnen etwas ausmachen, mir …«

Zu meiner Verblüffung reichte er mir seine Pfeife, mit einem leicht angewiderten Zug um den Mund.

»Hier! Keine Ahnung, aber irgendwie wird mir vom Rauch eher übel …«

Lili war schlicht eingeschlafen, der Kopf war ihr auf die Schulter gesunken. Der Admiral hatte noch nach einem möglichst bequemen Plätzchen in der Nähe gesucht und war schließlich ins Haus gegangen. Kurz danach hörten wir irgendwo auf unserem Stockwerk ein Bettgestell ächzen.

»Ist das Monsieur Henry?«

»Nein! … Der Admiral …«

G7 saß immer noch auf der Bettkante. Ich konnte ihn nicht sehen. Ab und zu ein Seufzer oder eine Handbewegung, mit der er eine Mücke verscheuchte oder sich kratzte. Ich hatte mir die Pfeife rasch angezündet, wozu ich mich bückte, damit man draußen den Schein des Streichholzes nicht sah. Ein paar Minuten danach legte ich sie auf die Fensterbank.

»Scaferlati-Tabak?«

»Ja … noch von dem, den ich an der Gare de Lyon gekauft habe …«

»Nanu, anscheinend ist mir die Rauchlust auch vergangen …«

Emma war fertig mit dem Abräumen. Sie verschwand in der Küche und ließ die Tür offen stehen, sodass ein Rechteck Licht nach draußen fiel.

»Sagen Sie mal, G7 …«, entfuhr es mir auf einmal, und ich drehte mich zu ihm.

Eine Stimme wie aus großer Entfernung erwiderte:

»Ja?«

»Spüren Sie auch was? …«

Ich konnte ihn nicht sehen, aber mir war, als wischte er sich mit der Hand über die Stirn und rieb sich die Augen, bevor er schließlich stammelte:

»Was sagen Sie?«

»Was ich sage? Na ja, ich sage, dass sie uns offenbar etwas ins Getränk getan haben … Gift oder ein Schlafmittel! … Eher wohl Schlafmittel … Los, alter Freund, aufstehen!«

Ah! Diese Angst! Mir war klar, was auf mich zukam! Ich wusste, dass meine lichten Momente gezählt waren und es von einem auf den nächsten Augenblick zu spät sein konnte. Ein quälender Kampf: nicht gegen Äußeres, sondern gegen sich selber.

»Da haben Sie wohl recht …«

Er war aufgestanden. Er befühlte sich. Er warf einen Blick nach draußen und bemerkte mit einer eigenartigen Stimme, die schon ziemlich nach Traum klang:

»Der schläft auch …«

Er deutete auf Monsieur Henry, der mit offenem Mund dalag und laut und regelmäßig schnarchte. Ich war nass geschwitzt.

»Das ist noch nicht alles! Wie schafft man es zu …«

»Ja! Zu kämpfen …«

»Offenbar die Auswirkung von dem …«

Wir gaben wohl das Bild von Leuten ab, die mächtig über den Tisch gezogen worden waren. Alles um uns herum wogte. Wir waren selber Wogen. Mir kam es so vor, als wäre mein Körper ganz leicht geworden und würde davonschwimmen, wenn ich ihm den leisesten Stups gäbe.

»Ich weiß nicht, was los ist!«, seufzte G7 endlich.

»Ich auch nicht! Das fühlt sich wie Gift an. Dann gibt es also auch ein Gegengift …«

»Ein Gegengift …«, wiederholte er.

Ich sah die zehn Wildfallen mit dem Klingeldraht vor mir, die vielleicht einen Heidenlärm auslösen würden. Ich sah ein Heer von Feinden … Und einen, der sich ins Gebüsch verdrückte …

»Hören Sie zu, G7 …«

Ich raffte meine letzten Kräfte zusammen. Ich griff nach der Wasserkaraffe auf dem Nachttisch. Das Wasser war noch ziemlich kühl. Ich trank es bis zum letzten Tropfen, und mir schien, dass es mir daraufhin etwas besser ging.

»Jetzt Sie! … Warten Sie …«

Da stand ein Emailkrug voll Wasser. Wir wussten nicht, ob es Trinkwasser war.

»Na los! … Ich halte den Krug … Trinken Sie, so viel reinpasst … Es ist vielleicht nicht erwiesen, aber ich denke doch, dass das den Stoff einigermaßen verdünnt …«

Ich weiß nicht, wie viel Wasser wir in uns hineinschütteten. Unvorstellbare Mengen! Wir hatten Mägen wie Ballone, uns war speiübel. Zumal das Wasser im Krug, im Gegensatz zu dem in der Karaffe, lauwarm war.

Wohlgemerkt, während all dessen vergaß ich nicht hinauszublicken, wo Monsieur Henry und Lili beide fest schliefen. Ich fragte mich:

Spielen die uns was vor? ... Stehen auch sie unter Drogen? ...

Ich blickte in die Ferne. Ich rechnete immer noch damit, etwas aus dem Wald, vom Ring der Fallen her kommen zu sehen.

Die Szenerie selbst war schon beeindruckend genug, denn vom ersten Stock aus sah man eine riesige Wasserfläche, auf der kleine Wellen im Mondlicht strahlten. Drüben konnte man die Schwadron erahnen mit ihren Rauchwolken, Geschützen und Nebelhörnern. Gelegentlich unterbrach eine Serie Kanonenschläge das Gespräch und legte meine Nerven blank ...

Und uns vor der Nase dieser Gartentisch, wo man die Tischdecke, den Whisky, die Gläser und meine Pfeife hatte liegen lassen ... Überall herumstehende Korbsessel ... Lili in ihrem Liegestuhl, die Beine angezogen – ich sehe noch heute ihre sehr langen und sehr schmalen Knie vor mir.

Und Monsieur Henry in der Hängematte, der Hüne, schwitzend, schnarchend, ein wahrer Fleischkloß.

Das allzu schwache rosa Licht machte das Bild noch rätselhafter. Wenigstens war da die offenstehende Küchentür, wo Emma herumlief und mit Tellern und Töpfen vertraute Geräusche machte.

»Geht's etwas besser?«

G7 vermied es, sich wieder hinzulegen, ja sogar sich zu setzen. Auch er blickte nun nach draußen. Fast meinte man, einen etwas kühleren Lufthauch zu spüren.

Frösche quakten in einem Tümpel, den wir nicht sehen konnten. Und als sie einmal plötzlich innehielten, machte mir das Angst, weil ich annahm, dass sie etwas gewittert hatten. Keine Ahnung, ob Frösche überhaupt einen Geruchssinn haben. In jener Nacht hielt ich es für möglich. Ich hätte alles für möglich gehalten ...

Zum Beispiel rechnete ich damit – keine Ahnung, weshalb –, den Schrei vom Nachmittag noch einmal zu hören, den ich für mich schon den Schrei der Verschwundenen nannte.

»Ich bin trotzdem ganz schön schläfrig«, flüsterte mir mein Gefährte zu.

»Ich auch ... Wie spät mag es sein?«

Aber es war zu dunkel. Wir konnten meine Armbanduhr nicht ablesen. Emma legte sich schlafen, es war also wohl schon spät.

»Schau mal! Die schläft jedenfalls nicht!«

»Stimmt ... Und der Admiral?«

Die Angestellte war im Erdgeschoss, am anderen Ende des Hauses untergebracht. Ich sah G7 aus unserem Zimmer schleichen, und das beunruhigte mich gleichermaßen für ihn und für mich. Zumal er eine gute Viertelstunde wegblieb. Was ich hörte, war schwer einzuordnen, ein Reiben oder Knacken.

Hoffentlich ist er nicht unterwegs eingeschlafen oder im Zimmer vom Admiral. Oder man hat ihm eine Falle gestellt ...

Das viele Wasser im Magen bereitete mir Übelkeit und kam mir von Zeit zu Zeit hoch. Ich versuchte, G7s Pfeife in den Mund zu stecken, aber schon der kalte Tabak widerte mich an.

Kalte, klebrige Tropfen hatten sich mir auf der Stirn gebildet.

»Ich hab mir gleich sein Zimmer angeschaut!«, hörte ich die Stimme des Kommissars hinter mir.

»Haben Sie Licht gemacht?«

»Nein! Ich habe mich vorgetastet … Er schläft, in voller Montur … Nur einen Schuh hat er ausgezogen …«

»Haben Sie etwas herausgefunden?«

»Fotografien in einer Schublade … Aber ohne Licht kann man nichts erkennen …«

Er hielt sie in der Hand. Er schaute aus dem Fenster. Er schien zu zögern.

»Besser nicht … Man kann nie wissen …«

»Na ja, außer Emma schlafen doch alle …«

»Ja … Glauben Sie, Sie halten die Nacht durch?«

»Keine Ahnung … Es geht mir wohl etwas besser …«

Da schüttelte mich ein heftiger Schluckauf und trieb mir die Tränen in die Augen.

»Ich trinke noch ein wenig Wasser … Wenn ich mich doch nur übergeben könnte …«

Wir konnten einander immer noch nicht richtig sehen. Unsere Gesichter waren nur verschwommene Schemen in der tiefen Dunkelheit. Unsere Handbewegungen wie Rauchschwaden.

Ernüchtert hatte ich gerade einen Satz begonnen:

»Jedenfalls ist das der verworrenste …«

Und Knack! Eine elektrische Klingel! Ich bin außerstande zu beschreiben, was das in mir auslöste. Etwa das Gleiche wie das Bohren beim Zahnarzt.

Unmöglich zu sagen, woher dieser Ton kam! Er hielt an! Ich erwartete Stille, aber es gab keine Stille mehr! Unwillkürlich drückte ich G7s Schulter.

»Die Fallen …«

»Ja … wenn es nicht das Telefon …«

»Es gibt im Haus kein Telefon …«

Und außerdem klingelt so kein Telefon, so pausenlos. Monsieur Henry rührte sich nicht von der Stelle. Lili rührte sich nicht von der Stelle! Aus dem Zimmer des Admirals war nichts zu hören!

»Wir müssen hingehen …«

»Wohin?«

Ja, wohin? … Wir hatten keine Ahnung, wo die Fuchsfallen aufgestellt waren! Hinzu kam, dass das Klingeln selbst eine Falle sein konnte. Trotz der Benebelung im Kopf gelang es mir zu denken:

Und wenn das alles eine List ist? Die ganzen Fallen nur eine List! Der Schlaf von Monsieur Henry vorgetäuscht! Ein Trick nur das Klingeln, das uns nach draußen locken soll … Dass man uns etwas anhängt und niemandem vom Haus etwas nachzuweisen ist …

»Kommen Sie …«

Beinahe wäre ich kopfüber die Treppe hinuntergefallen. Unten brauchte ich eine Weile, bis meine Hand den Türknopf gefunden hatte. Und das unablässige Klingeln sägte weiter an meinen Nerven.

»Sind Sie bewaffnet?«

»Ich habe meinen Revolver und …«

Da musste ich denken:

Die Lampe beleuchtet uns! Wir sind also ein hervorragendes Ziel für Leute, die sich im Gebüsch versteckt halten …

Unwillkürlich griff meine Hand an meinen Kopf, wo sie auf etwas Schorf stieß, der sich im Haar gebildet hatte.

»Hören Sie das?«

»Das Klingeln …«

»Nein, noch was anderes!«

»Was?«

»Da atmet jemand …«

Ich hörte es, oder ich redete mir ein, es zu hören! Ich könnte schwören, dass ich ein Keuchen hörte. Aber wo?

G7 war zu Monsieur Henry gelangt. Er betrachtete ihn aus nächster Nähe. Ich sah, wie er ihm den Revolver an die Schläfe hielt, ohne dass das geringste Zucken das Gesicht des Schläfers belebt hätte.

Und das Klingeln ging weiter, wie die Klingeln, mit denen die Vorstadtkinos den Beginn der Vorstellung ankündigen.

Linker Hand standen, dicht beieinander, ein paar Pinien. Der Boden war fast sauber, nur von einem Teppich rötlicher Nadeln bedeckt.

G7 machte ein paar Schritte in diese Richtung. Ich ihm nach. Da brummelte eine Stimme grantig:

»Stehen bleiben, oder ich schieß dich tot …«

Unscharf konnte ich eine Gestalt zwischen den Bäumen erkennen, zehn Meter vor uns. G7 ging weiter. Ein Schuss löste sich, und das Gebüsch raschelte.

Kurz darauf standen wir hinter einem Baumstamm. Fünf oder sechs Minuten mochten vergangen sein. Unsere Augen gewöhnten sich allmählich an die Dunkelheit.

Nun erst begriff ich, dass der Unbekannte dort hockte und dass er heftige Anstrengungen unternahm, seinen Fuß freizubekommen, der offenbar in einem Fangeisen steckte.

»Wenn du dich bewegst, schieße ich!«, sagte G7 ungerührt.

Da richtete sich der Mann auf. Ein Augenblick des Zögerns. G7 wollte Boden gewinnen, aber da löste sich ein zweiter Schuss, und ihm blieb nur, hinter einem anderen Baum Schutz zu suchen.

Hinter uns nichts zu hören.

»Schauen Sie, ob Sie Monsieur Henry irgendwie wach kriegen!«, flüsterte mir mein Gefährte zu.

Wieder nahm ich die Lichtung in den Blick, die Lampe, die mit einem rosa Fummel umwickelt war, wohl ein Teil weiblicher Unterwäsche, der Tisch mit dem Whisky und die in sich zusammengerollte Lili …

Ich rüttelte Monsieur Henry, aber er gab nur einen Seufzer von sich. Auf dem Tisch stand noch die Siphonflasche. Ich richtete den Strahl auf sein Gesicht, keine Reaktion.

Keine Ahnung, wo der nächste Brunnen, eine Pumpe oder ein Wasserhahn war. Die Küchentür war abgeschlossen. Ich ging ums Haus, auf der Suche nach Emmas Schlafkammer. Ich öffnete eine Tür. Es war die Waschküche.

Ich fühlte mich wieder besser auf den Beinen. Ich hatte sogar den genialen Einfall, einem Fahrrad die Lampe abzunehmen.

»Und?« G7 war neugierig, als er mich zurückkommen hörte.

»Ich habe einen Scheinwerfer … Sollen wir ihn anleuchten? … Die anderen schlafen tief und fest …«

»Ja, machen Sie!«

Der Lichtstrahl irrte umher, näherte sich einer menschlichen Gestalt, umkreiste sie, zingelte sie regelrecht ein. Und wir sahen Baptiste, den Matrosen, den wir schon im Dorf getroffen hatten, der, gekrümmt wie ein Tier, immer noch versuchte, die Falle zu öffnen, in der sein Fuß eingeklemmt war.

Ein paar Zentimeter vor seiner Hand lag der Revolver. Er hob den Kopf. Das Licht blendete ihn. Und er zeigte uns ein hasserfülltes Gesicht. Er nahm die Waffe. Er schoss dreimal auf die Lampe, ohne zu treffen.

4

Der Dritte im Bunde

Ich weiß nicht, wie spät es war. Aber der Morgen graute, als es mir mithilfe von eimerweise Wasser gelang, Monsieur Henry wieder zum Leben zu erwecken. G7 hatte gesagt, ich sollte ihm Handschellen anlegen, und so galt der erste Blick des Gefangenen seinen gefesselten Handgelenken. Ein anfangs noch verschwommener Blick, der schärfer wurde und sich schließlich ganz auf mich richtete.

Auch der Admiral, der immer noch im Bett lag, trug Handschellen, aber ich hatte noch keinen Auftrag, ihn zu wecken.

»Kappen Sie die Leitung!«, rief mir G7 zu, denn das Klingeln dauerte immer noch an.

Endlich konnte man wieder etwas sehen. Ich fand den Klingeldraht auf dem Boden und schnitt ihn mit dem Taschenmesser durch …

Ich gestehe, dass mir, nun bei guter Sicht, der Anblick von Baptiste mit seinem in der Fuchsfalle eingeklemmten Knöchel naheging. Selbst ein gefährliches Tier ist in solcher Lage zu bedauern. Für einen Menschen ist es extrem, vor allem wenn der Knöchel unter der hellen Leinenhose so stark blutet.

»Ergibst du dich?«

Keine Antwort.

»Wirf den Revolver hier rüber … Dann wirst du befreit …«

Er zögerte. Schließlich gehorchte er, und ich bekam den Auftrag, zu ihm zu gehen und ihm zu helfen, während G7 ihn mit der Waffe in Schach hielt.

Wenig später geleitete ich den Mann zur Lichtung, er humpelte, und sein Bein war geschwollen. Hasserfüllt blickte er auf Monsieur Henry. Ich glaube, er wäre beinahe über ihn hergefallen.

Währenddessen begutachtete G7 im Morgenlicht die Fotografien, die er beim Admiral gefunden hatte, lauter Amateurfotos, die meisten in Indien, Cannes und Monte Carlo aufgenommen. Schließlich reichte er mir eines herüber. Darauf sah man zwei Männer in einem Park. Im Hintergrund das Kasino von Nizza. Einer der beiden war der Admiral, der andere ein sehr angelsächsisch wirkender Alter.

»Mister Wynands, der Kaffeehändler aus Detroit …«

Ich musste an das Gespräch in Porquerolles denken. Aber ich hatte immer noch Durst, trotz der unerhörten

Wassermengen, die ich gekippt hatte. Und Lilis Schlaf war weiterhin beeindruckend. Fast hätte ich mir einen Whisky eingeschenkt, aber dann fiel mir ein, dass er vielleicht vergiftet war.

»Haben Sie etwas vorzubringen, Baptiste?«

»Nein!«

»Und Sie, Monsieur Henry?«

»Nichts! Außer dass Baptiste lügen wird …«

Da musste G7 lachen, es war ein heiteres Lachen.

»Wer von euch beiden hat den Kammerdiener von Mister Wynands niedergestochen?«

Betretenes Schweigen. Dann ein feixender Baptiste.

»Er hat doch die ganze Sache aufgezogen … Ich war nicht mal in Nizza, er musste hierherkommen, um mich zu holen …«

»Da haben wir's«, sagte G7 zu mir, ohne eine Miene zu verziehen. »Sie werden das schon verstanden haben. Überflüssig, Sie darauf hinzuweisen, dass Monsieur Henry ein Abenteurer ist … Ein Abenteurer von dem Zuschnitt, dass der Geheimdienst ihn für eine Weile gut gebrauchen konnte, denn Spionagefirmen brauchen solche mit allen Wassern Gewaschenen … Er reist. Er gewinnt Geld, er verliert Geld … In den Vierzigern ist er ein bisschen dick geworden, kommt an der Côte d'Azur nicht zurecht und begegnet einem anderen Abenteurer gleichen Zuschnitts, aber noch gerissener als er: dem nämlich, der sich mit Admiral anreden lässt … Der Admiral begnügt sich damit, die Palazzi und Kasinos abzuklappern, gut gekleidet, wohlerzogen, und mal diesem, mal jenem auf der Tasche zu liegen …

Beide sind an der Küste … Sie verstehen sich gut … Ein Mister Wynands ist in Nizza, lebt auf großem Fuß … Ist unermesslich reich … Dem Admiral gelingt es, sein Vertrauen zu gewinnen … Beide sind sie auf den Gedanken gekommen, ihn auszunehmen, und sicherheitshalber tun sie sich mit einem Dritten zusammen.

Die Hände schmutzig machen wollen sie sich denn doch nicht. Man tut sich um in Toulon und Umgebung … Man bringt in Erfahrung, dass ein gewisser Baptiste aus Porquerolles gegen Geld alles zu tun bereit ist … Er wird engagiert …

Eines Nachts, das stand dann sogar in der Zeitung, ist Mister Wynands im Kasino … Zusammen mit dem Admiral trinkt er … Er spielt … Ist es dem Admiral gelungen, seinem Gefährten einzureden, er kenne eine todsichere Gewinnformel? … Jedenfalls hat er ihn dazu bewogen, die stattliche Summe von zweihunderttausend Dollar mitzubringen …

Allerdings rät er ihm davon hab, die todsichere Formel heute Abend anzuwenden, behauptet, heute wäre ein ungünstiger Tag dafür, oder was auch immer …

Um zwei Uhr früh verlassen sie das Kasino, beide ziemlich betrunken … An der Straßenecke werden sie überfallen. Die zweihunderttausend Dollar sind verschwunden …

Sind die Räuber mit der Beute noch nicht zufrieden? Zehn Minuten später sind sie im Hotel … Dringen in die Suite des Amerikaners ein … Denken, dass niemand da ist … Sie stoßen auf den Kammerdiener, der auf seinen Herrn wartet, und stechen ihn nieder, unnötigerweise übrigens, denn in seinen Koffern finden sie fast gar nichts ...

Das ist Schnee von gestern ... Natürlich hatte die Polizei auch den Admiral in Verdacht ... Doch als Mister Wynands wieder zu sich gekommen war, verteidigte er ihn hartnäckig ... So etwas kommt vor! ... Gerade die Opfer können ganz schön verblendet sein. ...

Von den beiden anderen keine Spur ... Die Sache wird ad acta gelegt ... Der Kammerdiener überlebt und folgt seinem Herrn nach Amerika ...

Diese Geschichte ging mir durch den Kopf, als ich hier reinkam, und erst recht, als dann vom Admiral die Rede war ... Und deswegen habe ich den Dritten im Bunde gesucht, denn es ist eine Regel fast ohne Ausnahme, dass Komplizen sich am Ende zerstreiten ...

Das wär's, jedenfalls beinahe.«

Ich schaute ihn verdutzt an.

»Was heißt, das wär's?«

»Aber ja! Alles andere ist die immer gleiche Geschichte, mit dem kleinen Unterschied, dass Monsieur Henry und der Admiral richtig intelligente Männer sind ... von großer Weisheit, jedenfalls kriminaltechnisch! ... Sie leben nicht großspurig! ...

Sie lassen sich hier nieder! ... Sie prassen auf ihre Weise, aber ohne Exzesse! ... Suchen sie die Einsamkeit? ... Hier haben sie sie! ... Suchen sie das Mondäne, Kabarett, Kasino? ... Eine Stunde mit dem Schiff, und sie sind an der Küste ... Und in Porquerolles ist man exzentrische Fremde gewohnt.

Nur gibt es da noch den Dritten ... Der Dritte im Bunde, der im Verlauf der Ereignisse betrogen wurde, der als einfaches Werkzeug nur einen lächerlichen Anteil von der Beute abbekam …

Es kommt zu Auseinandersetzungen … Bevor Monsieur Henry auftauchte, war Baptiste der Don Juan der Gegend … Und jetzt lassen ihn die Frauen wegen des neuen Verführers links liegen …

Baptiste aber hat Angst … Stets trägt er eine Waffe bei sich … Grand Langoustier ist gut gesichert …

Er ist ganz anders … Ein Mann aus dem Volk … Monsieur Henry beeindruckt ihn … Er wagt nicht …

Über Monate, über Jahre braut sich in ihm der Hass zusammen … Ich nehme an, dass er seinem Feind ab und zu ein Sümmchen abzuluchsen versucht …

Monsieur Henry bleibt fest. Er ist stark. Zugeschlagen hat ja der andere … Also wäre der ins Zuchthaus gewandert, während er selber mit ein paar Jahren Gefängnis davongekommen wäre …

Wie sich rächen? … Baptiste erwägt hundert Möglichkeiten … Spielt die kompliziertesten Arrangements durch … Der Sommer kommt … Er ist geladen … Die Frauen liegen Monsieur Henry zu Füßen, er lebt wie ein Pascha …

Ihn über die Wynands-Sache stolpern lassen? … Das hätte vor allem Baptiste auszubaden …

Ihn umbringen? … Zu gefährlich …

Ihn über etwas anderes stolpern lassen! …

Da nimmt die Sache mit den drei Verschwundenen Gestalt an … Die Wahl fällt auf drei Frauen, die schon mal auf Langoustier waren und etwas mit Monsieur Henry hatten …

Baptiste lässt sie verschwinden … Er weiß, auf wen der

Verdacht fallen wird, und das lässt auch nicht lange auf sich warten …

Tot oder lebendig: Die drei Frauen sind hier in der Nähe …

Baptiste wartet ab! Baptiste ist ungeduldig! Er will endlich Rache! Wir legen ab, er folgt uns …

Aber er hat eine hohe Meinung von Monsieur Henrys Bildung … Er hat ihm bei der Arbeit zugesehen … Als Absolvent der Hauptschule bewundert er den Studierten, Weitgereisten, Vielbeschäftigten …

Unser Mittagessen auf Grand Langoustier erscheint ihm allzu einträchtig. Und so stößt Baptiste, der jeden Quadratmeter der Insel kennt wie kein Zweiter, einen durchdringenden Schrei aus und schießt auf einen von uns … Klar, dass man jemanden vom Haus verdächtigen wird! …

Übernachten wir hier? … Natürlich! In der Nacht wird er hingehen und etwas tun, das ebenfalls Monsieur Henry zur Last gelegt werden wird …

Der wird misstrauisch, er kennt den Feind … Er legt Fallen …

Aber er hat nicht bedacht, dass es eine Komplizin gibt: Emma hat ein Schlafmittel in die Bouillabaisse getan …

So müssten alle schlafen … Und am nächsten Morgen soll einer von uns tot sein, und Monsieur Henry wird festgenommen … Nicht schlecht ausgedacht! …

Der Hass treibt Baptiste, seinen Plan immer weiter auszutüfteln und zu verfeinern …

Er ist kurz vor dem Ziel … Da tun sich zwei Hindernisse auf: Ein enormer Zufall führt dazu, dass wir nicht schlafen … Und er gerät mit dem Bein in eine der Fallen! …

Baptiste, wo sind die drei Frauen?«

Keine Antwort! Kein Wort von Monsieur Henry. Lili kam allmählich zu sich und blickte frühmorgendlich entsetzt in die Runde.

Ein Motorengeräusch auf dem Wasser. Das war Emma, auf der Flucht nach Toulon!

Ein paar Stunden später wurde sie von der Polizei aufgegriffen. Der Admiral, vernebelt von fünfzig Jahren Whisky, ließ sich widerstandslos abführen, in geradezu irritierender Würde.

Den ganzen Tag suchte man nach den drei Frauen, ohne Ergebnis. Abends nahmen wir den Zug zurück nach Paris, wo G7 bei einem Schwurgerichtsprozess erwartet wurde.

Erst vierzehn Tage später sah ich ihn wieder.

»Wie ist es mit Porquerolles weitergegangen?«

»Abgeschlossen … Sie haben die Frauen gefunden …«

»Lebend?«

»Tot … Und das Merkwürdigste daran ist, dass man sie erst infolge eines anonymen Briefs gefunden hat … Den Brief hatte Baptiste am Abend vor seiner Verhaftung geschrieben … An die örtliche Polizei, eingeworfen in Giens, wohl von einem Fischer … Darin ein Plan von Grand Langoustier, auf dem mit einem roten Kreuzchen eine Art Brunnen markiert ist, der vor Jahren verschlossen wurde … Sodass, selbst wenn Baptiste in derselben Nacht verschwand, Monsieur Henry angeklagt werden würde …

Denn dort waren die Leichen! ... Die Obduktion hat ergeben, dass der Mörder nicht nur Rachegelüsten, sondern auch einem sadistischen Impuls gefolgt war ... Und dieser Sadismus ist nach und nach in ihm entstanden, in dem Maße, wie er sich von Monsieur Henry aus seiner Rolle als Don Juan verdrängt sah ...

Letztlich hat er gestanden ... Er beansprucht verminderte Schuldfähigkeit ... So kann die Todesstrafe verwandelt werden in lebenslänglich Zwangsarbeit ...«

»Ein Fall, den Sie mit logischen Schlüssen gelöst haben!«, sagte ich und dachte, ihm damit zu schmeicheln.

Er schaute mich mitleidig an.

»Fangen Sie auch schon an? ... Ganz der Schriftsteller? ... Keine Logik, nichts dergleichen ... Ich habe die Leute gesehen ... Ich habe sie gewittert ... Ich habe mir andere Fälle in Erinnerung gerufen ... Ich habe mir vor allem den Lebenslauf der meisten Verbrecher vergegenwärtigt ...«

Er hielt inne.

»Ich möchte nicht mehr sagen, denn wenn ich weiterrede, werden Sie noch von Psychologie anfangen ...«

»Es ist also? ...«

»Handwerk. Nicht mehr!«

Wir betraten ein gutes Lokal an der Place Dauphine, um dort zu Mittag zu essen, neben Maurern im Blaumann, Verputzern und Chauffeuren. In einer Ecke saß ein unauffälliger Mann, der den *Petit Parisien* las.

»Beim Nachtisch mache ich Sie miteinander bekannt!«, sagte G7. »Das ist der schlaueste Mann bei der Spurensicherung! Ein Taschentuch vom Tatort, und er rekonstruiert die gesamte Handlung und schildert Ihnen minutiös das Leben des Mörders.«

Ich traute mich nicht zu antworten, denn ich kam nicht dahinter, ob das ein Scherz war oder ob er es ernst meinte.

Nachweis

Ljuba Arnautović
Sandspiele. Aus: *Meer Morde. Kriminelle Geschichten im und am Wasser*. Residenz Verlag, Salzburg und Wien 2023. Copyright © by Ljuba Arnautović.

T. C. Boyle
Schluss mit cool. Aus: *Schluss mit cool. Erzählungen*. Aus dem Englischen von Werner Richter. Copyright © 2002 by Carl Hanser Verlag, München.

G. K. Chesterton
Der Gott des Gongs. Aus: G. K. Chesterton, *Pater Brown Tod und Amen. Alle Fälle in einem Band*. Aus dem Englischen von Hanswilhelm Haefs und Julian Haefs. Copyright © 2022 by Kampa Verlag AG, Zürich.

Agatha Christie
Die Gesellschafterin. Aus: Agatha Christie, *Das große Miss-Marple-Buch*. Sämtliche Kriminalgeschichten. Aus dem Englischen von Renate Orth-Guttmann. Copyright © 2015 by Hoffmann und Campe Verlag, Hamburg.

Marcel Huwyler
Bösee. Aus: *Mord in der Badi. Sommerliche Krimigeschichten aus der Schweiz*. Copyright © 2023 by Atlantis Verlag in der Kampa Verlag AG, Zürich.

Henning Mankell
Der Mann am Strand. Aus: Henning Mankell, *Wallanders erster Fall und andere Erzählungen.* Aus dem Schwedischen von Wolfgang Butt. Copyright © 2002 by Paul Zsolnay Verlag, Wien.

Georges Simenon
Auf Grand Langoustier. Aus: Georges Simenon, *Das Rätsel der Maria Galanda. Vier Fälle für G7.* Aus dem Französischen von Kristian Wachinger. Copyright © 2018 by Kampa Verlag AG, Zürich.

Peter Weingarter
Blutroter Sommerabend. Aus: *Mord in der Badi. Sommerliche Krimigeschichten aus der Schweiz.* Atlantis Verlag in der Kampa Verlag AG, Zürich. Copyright © 2023 by Peter Weingartner.

Klaus-Peter Wolf
Der Schutzengel. Aus: Klaus-Peter Wolf, *Mord am Leuchtturm. 17 Kurz-Krimis.* Copyright © 2014 by S. Fischer GmbH, Frankfurt am Main.